Les Éditions du Boréal
4447, rue Saint-Denis
Montréal (Québec) H2J 2L2
www.editionsboreal.qc.ca

La Table des autres

DU MÊME AUTEUR
EN LANGUE FRANÇAISE

La Peau d'un lion, roman, Payot, 1989 ; Gallimard, coll. « Folio », 1991 ; Éditions du Seuil, coll. « Points », 2003.

Un air de famille, nouvelles, Éditions de l'Olivier, 1991 ; Éditions du Seuil, coll. « Points », 1998.

Le Patient anglais, roman, Éditions de l'Olivier, 1997 ; Éditions du Seuil, coll. « Points », 1995.

Billy the Kid, œuvres complètes, poésie, Éditions de l'Olivier, 1998 ; Éditions du Seuil, coll. « Points », 2007.

Buddy Bolden, une légende, essai, Éditions de l'Olivier, 1999.

Écrits à la main, poésie, Éditions de l'Olivier, 2000.

Le Fantôme d'Anil, roman, Boréal et Éditions de l'Olivier, 2000 ; Éditions du Seuil, coll. « Points », 2001.

Divisadero, roman, Boréal et Éditions de l'Olivier, 2007 ; Éditions du Seuil, coll. « Points », 2008.

Conversations avec Walter Murch (l'art du montage cinématographique), essai, Ramsay, 2009.

L'Homme aux sept orteils, poésie, Le Noroit, 2011.

Michael Ondaatje

La Table des autres

roman

traduit de l'anglais (Canada)
par Michel Lederer

Boréal

© Michael Ondaatje 2011
© Les Éditions du Boréal 2012 pour l'édition en langue française au Canada
© Les Éditions de l'Olivier 2012 pour l'édition en langue française dans le reste du monde

L'édition originale de cet ouvrage a été publiée en 2011 par Alfred A. Knopf
sous le titre *The Cat's Table*.

Dépôt légal : 3ᵉ trimestre 2012
Bibliothèque et Archives nationales du Québec

Diffusion au Canada : Dimedia

Catalogage avant publication de Bibliothèque et Archives nationales du Québec
et Bibliothèque et Archives Canada

Ondaatje, Michael, 1943-
    [Cat's table. Français]
    La table des autres
    Traduction de : The cat's table.
    ISBN 978-2-7646-2148-6
    I. Lederer, Michel. II. Titre. III. Titre : Cat's table. Français.

PS8529.N283C3814   2012   C813'.54   C2012-941054-3
PS9529.N283C3814   2012

ISBN PAPIER 978-2-7646-2148-6
ISBN PDF 978-2-7646-3148-5
ISBN ePUB 978-2-7646-4148-4

Pour Quintin, Griffin, Kristin et Esta
Pour Anthony et pour Constance

Et c'est ainsi que je vois l'Orient. […] Je le vois toujours d'un petit bateau – pas une lumière, pas un mouvement, pas un son. Nous conversions en bas murmures, comme si nous avions peur de réveiller la terre. […] Tout est dans cet instant où j'ai ouvert sur lui mes jeunes yeux. Je l'ai abordé après un combat avec la mer.

JOSEPH CONRAD, *Jeunesse*

Il se taisait. Il regarda par la vitre de la voiture durant tout le trajet. Devant, deux adultes parlaient à voix basse. Il aurait pu écouter, mais il n'écoutait pas. Un moment, sur la partie de la route que le fleuve inondait parfois, il entendit l'eau gicler sous les roues. Ils entrèrent dans le Fort et la voiture passa en silence devant le bâtiment de la poste et la tour de l'horloge. À cette heure de la nuit, il n'y avait pratiquement pas de circulation dans Colombo. Ils empruntèrent Reclamation Road, longèrent l'église St. Anthony, et il aperçut, après, les dernières gargotes de coin de rue, chacune éclairée par une unique ampoule. Puis ils arrivèrent dans un vaste espace dégagé, le port, où brillait au loin, le long de la jetée, un ruban de lumières. Il descendit et resta à côté de la chaleur de la voiture.

Il entendait aboyer dans les ténèbres les chiens errants qui rôdaient sur les quais. Presque tout ce qui l'entourait était invisible, sauf ce qu'on distinguait sous la vapeur des rares lanternes à soufre – les débardeurs qui tiraient une procession de chariots à bagages, quelques familles réunies en petits groupes. Tous commençaient à se diriger vers le bateau.

Il avait onze ans quand, ce soir-là, aussi neuf au monde qu'il pouvait l'être, il monta à bord du premier et unique navire de sa vie. On aurait dit qu'une ville s'était greffée à la côte, plus éclairée que n'importe quelle cité ou n'importe quel village. Il gravit la passerelle, le regard fixé sur le parcours de ses pieds – rien devant lui n'existait –, et il continua jusqu'à ce qu'il se retrouve face à la mer et au port plongés dans le noir.

Dans le lointain se dessinaient les silhouettes d'autres bateaux dont les lumières s'allumaient. Seul, il respira toutes les odeurs, puis revint vers le bruit et la foule tournée vers la terre. Une lueur jaune au-dessus de la ville. Il avait déjà l'impression qu'un mur se dressait entre lui et ce qui se déroulait là-bas. Les stewards proposaient un cordial et des sandwiches. Après en avoir mangé quelques-uns, il descendit à sa cabine, se déshabilla et se glissa dans sa couchette étroite. À une exception près, à Nuwara Eliya, il n'avait encore jamais dormi sous une couverture. Il n'avait pas sommeil. La cabine étant sous la ligne de flottaison, elle ne possédait pas de hublot. Il trouva un bouton à côté du lit, et quand il le pressa, sa tête et son oreiller furent soudain illuminés par un cône de lumière.

Il ne remonta pas sur le pont jeter un dernier regard ou agiter la main à l'intention des parents qui l'avaient emmené au port. Il entendait chanter et imaginait la lente puis rapide séparation des familles dans l'air vibrant de la nuit. Je ne sais pas, même aujourd'hui, pourquoi il a choisi cette solitude. Ceux qui l'avaient conduit à bord de l'*Oronsay* étaient-ils déjà partis? Dans les films, les gens s'arrachent des bras de leurs proches en pleurant, puis le navire se détache de la terre pendant que les passagers s'accrochent aux visages qui s'éloignent, jusqu'à ce qu'ils aient perdu toute netteté.

J'essaie d'imaginer qui était le garçon à bord du navire. Peut-être qu'il n'existe même pas de sentiment d'identité dans cette immobilité nerveuse sur l'étroite couchette, dans cette sauterelle verte ou ce petit grillon, comme si par hasard et sans le savoir, il était entré clandestinement dans l'avenir.

Il se réveilla en entendant des passagers courir dans le couloir. Il se rhabilla et sortit de la cabine. Il se passait quelque chose. Des cris d'ivrogne emplissaient la nuit, étouffés par ceux des officiers. Au milieu du pont B, des matelots tâchaient de s'emparer du pilote. Après avoir dirigé le navire hors du port avec précaution (il y avait de nombreuses routes à éviter en raison de la présence d'épaves submergées et d'un ancien brise-lame), il avait bu trop de verres pour fêter sa réussite. Et apparemment, il ne voulait plus s'en aller. Pas tout de suite. Peut-être rester encore une heure ou deux à bord. Mais l'*Oronsay* était pressé de partir sur le coup de minuit, et le remorqueur du pilote attendait contre la coque du paquebot. L'équipage avait tenté de le forcer à descendre par l'échelle de corde, mais comme il risquait de tomber et de se tuer, on l'avait emprisonné comme un poisson dans un filet afin de le déposer en toute sécurité sur le pont du remorqueur. L'homme n'en semblait nullement embarrassé, au contraire des officiers de l'Orient Line qui se tenaient sur la passerelle, furieux dans leurs uniformes blancs. Les passagers applaudirent quand le remorqueur commença à s'écarter. On distingua ensuite le bruit du moteur à deux temps et le chant las du pilote cependant que le bateau disparaissait dans la nuit.

Départ

Qu'y avait-il eu dans ma vie avant pareil navire? Une pirogue sur un fleuve? Une vedette dans le port de Trincomalee? Il y avait toujours des bateaux de pêche à notre horizon. Mais je n'aurais jamais imaginé la splendeur de ce château qui allait traverser les mers. Les plus longs voyages que j'avais faits, c'était en car jusqu'à Nuwara Eliya et Horton Plains, ou en train jusqu'à Jaffna, un train qu'on prenait à sept heures du matin et qui arrivait en fin d'après-midi. On emportait pour le trajet nos sandwiches aux œufs, quelques *thalagulies*, un jeu de cartes et un petit livre d'aventures.

Il avait été décidé que j'irais en Angleterre par bateau et que je ferais le voyage seul. Nul ne mentionna qu'il s'agissait peut-être d'une expérience inhabituelle, ni qu'elle pourrait être excitante ou dangereuse, si bien que je l'abordais sans joie ni peur. On ne m'avait pas prévenu que le paquebot comporterait sept ponts, qu'il y aurait six cents personnes à bord, dont un commandant, neuf cuisiniers, des mécaniciens, un vétérinaire, et qu'il renfermerait une petite prison et des piscines chlorées qui vogueraient en notre compagnie sur deux océans. La date du départ avait été négligemment marquée sur le calendrier par ma tante, qui avait signalé à l'école que je partirais à la fin du trimestre. Que je doive passer vingt et un jours en mer, on en parlait comme d'une chose sans grande importance, de sorte que je fus étonné que des parents se donnent la peine de me conduire au port. J'avais supposé que je prendrais seul un premier bus puis que je changerais à Borella Junction.

Il y avait eu cependant une tentative pour me préparer au voyage. Il se trouvait qu'une femme nommée Flavia Prins, dont le mari connaissait mon oncle, effectuait la même traversée, et on l'invita un après-midi à prendre le thé afin qu'elle fasse ma connaissance. Elle voyagerait en première classe, mais elle promit de garder un œil sur moi. Je lui serrai la main avec précaution à cause des bagues et des bracelets qui la couvraient, puis elle se tourna pour reprendre la conversation que j'avais interrompue. Je passai presque l'heure entière à écouter quelques oncles et à compter le nombre de petits sandwiches qu'ils mangeaient.

Le dernier jour, je pris un carnet de notes vierge, un crayon, un taille-crayon, une carte du monde, et je rangeai le tout dans ma petite valise. Je sortis dire au revoir au groupe électrogène, déterrer les pièces détachées du poste de radio que j'avais démonté et que, étant incapable de le remonter, j'avais enfouies sous la pelouse. Je dis au revoir à Narayan, au revoir à Gunepala.

Alors que je m'installais dans la voiture, on m'expliqua qu'après avoir franchi l'océan Indien, la mer d'Arabie, la mer Rouge, puis le canal de Suez pour déboucher dans la Méditerranée, je débarquerais un matin sur une petite jetée en Angleterre où ma mère m'attendrait. Ce n'était pas la magie ou l'ampleur du voyage qui m'intéressaient, mais un détail : comment ma mère pourrait connaître le moment exact où j'arriverais dans cet autre pays ?

Et serait-elle là ?

J'entendis qu'on glissait un mot sous ma porte. C'était pour m'indiquer que je prendrais mes repas à la table 76. La deuxième couchette était restée vide. Je m'habillai puis sortis de la cabine. Je n'avais pas l'habitude des escaliers et je les montai avec précaution. Au restaurant, il y avait neuf personnes à la table 76, dont deux garçons qui semblaient à peu près de mon âge.

« On dirait que nous sommes à la table des autres, déclara une femme nommée Miss Lasqueti. La table la moins considérée. »

Il était évident que nous étions placés loin de la table du commandant qui se trouvait à l'autre bout de la salle. L'un des deux garçons s'appelait Ramadhin et le second, Cassius. Le premier était silencieux, l'autre avait un air méprisant, et nous nous ignorâmes, encore que j'avais reconnu Cassius. J'avais été dans la même école que lui, où, bien qu'il eût un an de plus que moi, je savais beaucoup de choses à son sujet. Il était tristement célèbre et avait même été exclu pendant un trimestre. J'étais sûr qu'il s'écoulerait longtemps avant que nous ne nous parlions. Le côté positif de notre table, c'est qu'il paraissait y avoir plusieurs adultes intéressants. Un botaniste et un tailleur, propriétaire d'une boutique là-haut à Kandy. Et surtout, nous avions un pianiste qui affirmait gaiement avoir « mené une vie de vagabond ».

C'était Mr Mazappa. Le soir, il jouait dans l'orchestre du bateau, et l'après-midi, il donnait des leçons de piano. Ainsi, il bénéficiait d'une réduction pour sa traversée. Après ce premier repas, il nous raconta, à Ramadhin, Cassius et moi, des histoires vécues. C'est grâce à la compagnie de Mr Mazappa, qui nous régalait des paroles confuses et souvent obscènes des chansons qu'il connaissait, que nous en vînmes tous trois à nous accepter les uns les autres. Car nous étions timides et gauches. Aucun de nous n'avait seulement esquissé un geste de salut jusqu'à ce que Mazappa nous prenne sous son aile et nous conseille de garder les oreilles et les yeux ouverts au cours de ce voyage qui se révélerait très instructif. Donc, dès la fin de la première journée, nous avions compris que nous pourrions exercer ensemble notre curiosité.

Il y avait encore une personne intéressante à la table des autres : Mr Nevil, qui avait travaillé dans un chantier de démantèlement de bateaux et qui, maintenant à la retraite, retournait en Angleterre après avoir séjourné un certain temps en Orient. Nous interrogions souvent cet homme doux et imposant, puisqu'il n'ignorait rien de la structure des navires. Il avait démantelé des paquebots célèbres. Au contraire de Mr Mazappa, il était réservé et n'évoquait les épisodes de son passé que lorsqu'on le poussait à le faire. S'il n'avait pas été à ce point réservé dans ses réponses à notre feu nourri de questions, nous ne l'aurions pas cru, ni n'aurions été aussi captivés.

De plus, il avait accès à tout le bateau, car il faisait des recherches sur la sécurité pour le compte de l'Orient Line. Il nous présenta ses collègues de la salle des machines et de la chaufferie dont nous observâmes les activités. Comparée à la première classe, la salle des machines – au niveau des Enfers – bouillonnait dans un bruit et une chaleur intenables. Deux heures de visite de l'*Oronsay* avec Mr Nevil nous permirent de faire le tri parmi les choses dangereuses et moins dangereuses. Il nous apprit que les canots de sauvetage qui se balançaient au-dessus du pont n'étaient dangereux qu'en apparence, de sorte que Cassius, Ramadhin et moi y grimpions souvent pour espionner les passagers. C'est la remarque de Miss Lasqueti, qualifiant la nôtre de « table la moins considérée » et sans importance sociale, qui nous persuada que nous étions invisibles aux yeux des officiers, tels que le commissaire du bord, le chef steward ou le commandant.

Je découvris par hasard qu'une de mes lointaines cousines, Emily de Saram, se trouvait à bord. Malheureusement, elle n'avait pas été affectée à la table des autres. Pendant des années, c'est par Emily que j'avais su ce que les adultes pensaient de moi. Je lui racontais mes aventures et j'écoutais sa réaction. Elle disait sincèrement ce qu'elle aimait et ce qu'elle n'aimait pas, et comme elle était plus âgée que moi, je me conformais à ses jugements.

Comme je n'avais ni frères ni sœurs, mes plus proches parents, durant mon enfance, ont été des adultes. Tout un assortiment d'oncles célibataires et de tantes qui se déplaçaient avec lenteur, intimement liés par leurs bavardages et leur position sociale. Il y avait aussi un riche parent qui veillait à demeurer à distance. Personne ne l'aimait, mais chacun le respectait et parlait tout le temps de lui. Les membres de la famille analysaient les cartes de Noël qu'il se faisait un devoir d'envoyer tous les ans, discutaient de la photographie avec les visages de ses enfants qui grandissaient, ainsi que des proportions de sa maison à l'arrière-plan qui ressemblait à une vantardise muette. J'ai grandi autour de pareils jugements familiaux et c'est pourquoi, jusqu'à ce que je sois hors de leur portée, ils ont gouverné ma prudence.

Mais il y avait toujours Emily, ma «*machang*» qui a habité presque à côté de chez moi durant quelques années. Nos enfances ont été similaires en ce que nos parents étaient soit dispersés, soit peu fiables. Sa vie de famille était pourtant, je le soupçonne, pire que la mienne – les affaires de son père étaient précaires et la famille vivait constamment sous la menace de ses humeurs. Sa femme se soumettait à ses règles. D'après le peu qu'Emily me disait, je savais qu'il était violent. Les visiteurs adultes eux-mêmes ne se sentaient pas en sûreté avec lui. Seuls les enfants qui venaient chez eux à l'occasion d'une fête d'anniversaire appréciaient l'incertitude de son comportement. Il arrivait, nous racontait quelque chose de drôle, puis il nous poussait dans la piscine. Emily était nerveuse en sa présence, même quand il lui enlaçait les épaules avec amour et la faisait danser, ses pieds nus en équilibre sur ses chaussures à lui.

La plupart du temps, il était parti pour son travail ou, simplement, il disparaissait. Emily n'avait aucune carte à laquelle s'en remettre, aussi je suppose qu'elle s'inventait elle-même. Elle avait un esprit libre, une folie que j'aimais, et elle se hasardait dans diverses aventures. Finalement, par bonheur, sa grand-mère donna de quoi l'envoyer en pension dans le sud de l'Inde, ce qui lui permit de s'éloigner de son père. Elle me manqua. Et quand elle revint pour les grandes vacances, je ne la vis pas beaucoup car elle travailla tout l'été à la compagnie Ceylon Telephone. Une voiture de la société la prenait chaque matin, et le soir son patron, Mr Wijebahu, la déposait. Mr Wijebahu, me confia-t-elle, passait pour avoir trois testicules.

Ce qui nous rapprochait le plus, c'était la collection de disques d'Emily, toutes ces vies et ces désirs rimés et distillés au cours des deux ou trois minutes d'une chanson. Héros de la mine, filles phtisiques habitant au-dessus de boutiques de prêteurs sur gages, chercheurs d'or, célèbres joueurs de cricket, et même celle qui disait : Oui ! On n'a pas de bananes[1]. Elle estimait que j'étais un peu rêveur et m'apprit à danser, à la serrer par la taille pendant qu'elle balançait ses bras en l'air, à sauter sur ou par-dessus le canapé qui basculait sous notre poids. Et puis soudain elle repartit dans son école, loin en Inde, et nous n'eûmes plus de nouvelles d'elle, sinon quelques lettres à sa mère où elle suppliait qu'on lui envoie d'autres gâteaux par l'intermédiaire du consulat de Belgique, des lettres que son père tenait à lire à voix haute, avec fierté, à tous ses voisins.

Lorsqu'elle monta à bord de l'*Oronsay*, je ne l'avais pas vue depuis deux ans. J'éprouvai un choc à la voir ainsi, plus nette, le visage plus mince, conscient d'une grâce que je n'avais pas remarquée auparavant. Elle avait maintenant dix-sept ans, et l'école, me sembla-t-il, avait gommé un peu de sa folie, même si elle s'exprimait avec un léger accent traînant qui me plaisait. Qu'elle m'ait saisi par l'épaule pour me parler

---

1. Allusion à la célèbre chanson : *Yes ! We Have No Bananas.* (*Toutes les notes sont du traducteur.*)

alors que je passais en courant devant elle sur le pont promenade, cela me conféra un certain prestige auprès de mes deux nouveaux amis. La plupart du temps, toutefois, elle faisait bien comprendre qu'elle ne voulait pas être suivie. Elle avait ses propres plans pour le voyage… quelques ultimes semaines de liberté avant d'arriver en Angleterre pour y effectuer ses deux dernières années d'études.

L'amitié entre le calme Ramadhin, l'exubérant Cassius et moi grandit vite, même si nous nous cachions beaucoup de choses. Du moins était-ce le cas pour moi. Ce que je tenais dans la main droite, je ne le révélais jamais à la gauche. Je m'étais déjà exercé à la prudence. Dans les pensionnats où nous étions allés, la crainte des punitions avait généré un talent pour le mensonge, et j'avais appris à taire de petites vérités pertinentes. Les punitions, à vrai dire, n'ont jamais humilié certains d'entre nous ni ne nous ont servi de leçon au point de nous rendre d'une totale franchise. Nous avions l'impression d'être sans cesse battus à cause de bulletins scolaires lamentables ou d'une variété de vices (se prélasser à l'infirmerie en prétendant avoir les oreillons, tacher définitivement l'une des baignoires du pensionnat en faisant dissoudre des tablettes d'encre dans l'eau pour fabriquer celle destinée aux grandes classes). Notre plus cruel bourreau était le maître de l'école primaire, le père Barnabus, qui continue à hanter mes souvenirs avec son arme préférée, une longue canne de bambou fendue. Il n'employait jamais les mots ou la raison. Il se contentait de circuler d'un air menaçant parmi nous.

À bord de l'*Oronsay*, cependant, nous avions la chance d'échapper à tout ordre. Et je me réinventais au sein de ce monde apparemment imaginaire peuplé de démanteleurs de bateaux et de tailleurs, de passagers adultes qui, durant les festivités du soir, titubaient sous d'énormes masques de têtes d'animaux, tandis que certaines des femmes, à peine vêtues, dansaient, et que l'orchestre, Mr Mazappa au piano, jouait sur l'estrade, tous ses membres habillés de costumes exactement de la même couleur prune.

Tard le soir, alors que les passagers de première classe invités à la table du commandant avaient quitté le restaurant, alors que le bal se terminait, les couples débarrassés de leurs masques dansant dans les bras l'un de l'autre presque sans bouger, et alors que les stewards, après avoir ramassé les verres vides et les cendriers, s'appuyaient sur des balais immenses pour balayer les serpentins multicolores, on sortait le prisonnier.

C'était en général avant minuit. Le pont brillait sous la lune dans un ciel sans nuages. Il apparaissait en compagnie de ses gardes, l'un enchaîné à lui, l'autre marchant derrière, armé d'une matraque. Nous ignorions quel crime il avait commis. Nous pensions qu'il ne pouvait s'agir que d'un meurtre. Le concept de quelque chose de plus compliqué, un crime passionnel ou politique, nous était alors étranger. Il avait l'air fort, renfermé, et il était pieds nus.

Cassius avait découvert que la promenade du prisonnier se déroulait à cette heure tardive, si bien que tous trois étions souvent présents à ce moment-là. Il pourrait, songions-nous entre nous, sauter par-dessus le bastingage, entraînant le garde enchaîné à lui dans les eaux noires. Nous l'imaginions s'élancer en courant et plonger vers sa mort. Nous imaginions cela, je suppose, parce que nous étions jeunes et que l'idée même de *chaîne*, de personne *enfermée*, nous procurait un sentiment d'étouffement. À notre âge, nous n'en supportions pas l'idée. Nous acceptions à peine de mettre des sandales pour aller manger et, tous les soirs à notre table, nous nous représentions le prisonnier en train de se nourrir de restes sur un plateau de métal, pieds nus dans sa cellule.

On m'avait recommandé de m'habiller convenablement pour venir dans le salon feutré de tapis de la première classe retrouver Flavia Prins. Bien qu'elle eût promis de garder un œil sur moi durant la traversée, nous ne nous vîmes en réalité qu'en de rares occasions. À présent j'étais invité à prendre le thé avec elle, et dans son mot, elle me suggérait de mettre une chemise propre et repassée ainsi que des chaussettes. Ponctuel, je montai au Verandah Bar à quatre heures.

Elle me repéra comme si j'étais à l'autre bout d'un télescope, ignorant que je pouvais déchiffrer son expression. Elle était installée à une petite table. Il s'ensuivit une difficile tentative de conversation de sa part, guère encouragée par mes monosyllabes nerveuses. Le voyage me plaisait ? Je m'étais fait un ami ?

Je m'en étais fait deux, répondis-je. Un garçon nommé Cassius et un autre nommé Ramadhin.

« Ramadhin… Est-ce ce petit musulman de la famille des joueurs de cricket ? »

Je ne savais pas, dis-je, mais je le lui demanderais. Mon Ramadhin ne paraissait posséder aucun don physique d'une quelconque sorte. Il avait une passion pour les sucreries et le lait condensé. En y pensant, j'empochai quelques biscuits pendant que Mrs Prins tâchait d'attirer l'attention du serveur.

« J'ai connu ton père quand il était un très jeune homme… » dit-elle, laissant sa phrase en suspens.

Je hochai la tête, mais elle n'ajouta rien de plus.

«Ma tante… commençai-je, sachant maintenant comment m'adresser à elle. Tu es au courant pour le prisonnier?»

Il s'avéra qu'elle était aussi désireuse que moi d'éviter les menus propos, et elle se prépara à une rencontre un peu plus longue que prévue. «Reprends du thé», murmura-t-elle, et je m'exécutai, bien que le goût ne me plût pas. Elle avait entendu parler du prisonnier, quoique ce fût censé être un secret. «Il est sous bonne garde. Il ne faut pas que tu t'inquiètes. Il y a même un officier supérieur anglais à bord.»

Je ne résistai pas à l'envie de me pencher en avant pour lâcher avec jubilation: «Je l'ai vu. Se promener tard la nuit. Sous bonne garde.

– Vraiment… dit-elle d'une voix traînante, déroutée par l'as que je venais d'abattre avec tant de rapidité et d'aisance.

– Il paraît qu'il a fait quelque chose de terrible, affirmai-je.

– Oui. On dit qu'il a tué un juge.»

Là, c'était plus fort qu'un as. Je demeurai bouche bée.

«Un juge anglais. Je ne devrais sans doute pas en dire davantage», conclut-elle.

Mon oncle, le frère de ma mère, mon tuteur à Colombo, était juge, encore qu'il fût ceylanais et non anglais. Un juge anglais n'aurait pas été autorisé à présider un tribunal sur l'île, aussi devait-il être venu en visiteur, à moins que ce n'eût été comme consultant ou conseiller… Une partie, je l'appris de Flavia Prins, et le reste, je le reconstituai plus tard avec le concours de Ramadhin, doté d'un esprit posé et logique.

Le prisonnier avait tué le juge pour l'empêcher d'engager des poursuites, peut-être. À cet instant, j'aurais bien voulu parler à mon oncle à Colombo. Je craignais que sa vie ne fût en danger. *On dit qu'il a tué un juge!* La phrase résonnait dans ma tête.

Mon oncle était un homme imposant, cordial. J'avais habité chez sa femme et lui à Boralesgamuwa, depuis que ma mère était partie pour l'Angleterre quelques années auparavant, et quoique nous n'ayons jamais eu de longues ou même brèves conversations intimes et qu'il ait toujours été pris par son rôle de personnage public, c'était un homme aimant, et je me sentais en sécurité auprès de lui. Quand il rentrait à la maison et se servait un gin, il me laissait verser le bitter dans son verre. Je n'avais eu qu'une seule fois des problèmes avec lui. Il présidait alors un sensationnel procès pour meurtre impliquant un joueur de cricket et j'avais annoncé à mes amis que l'accusé était innocent. Quand ils me demandèrent comment je le savais, je répondis que mon oncle me l'avait dit. Il ne s'agissait pas tant d'un mensonge que du désir de consolider ma foi en ce héros du cricket. Mis au courant, mon oncle s'était contenté de rire avec désinvolture, mais il m'avait suggéré avec fermeté de ne pas recommencer.

Dix minutes plus tard, je filai rejoindre mes amis au pont D et je régalai Cassius et Ramadhin du récit du crime attribué au prisonnier. J'en parlai à la piscine du Lido et j'en parlai autour de la table de ping-pong. Mais vers la fin de l'après-midi, Miss Lasqueti, qui avait eu vent de mon histoire, me prit à part et jeta un doute dans mon esprit sur la version du crime du prisonnier telle que rapportée par Flavia Prins. «Il a peut-être ou peut-être pas fait cela, dit-elle. Ne crois jamais ce qui pourrait n'être qu'une rumeur.» Ainsi, elle m'amena à penser que Flavia Prins avait dramatisé le crime, placé la barre plus haut parce que j'avais vu le prisonnier, et choisi par conséquent un crime auquel je pouvais m'identifier – le meurtre d'un juge. Le frère de ma mère eût-il été apothicaire, le meurtre aurait été celui d'un apothicaire.

Le soir, je pris mes premières notes dans mon carnet. Un instant de chaos avait régné dans le salon Delilah quand un passager avait agressé son épouse pendant une partie de cartes. Les plaisanteries étaient allées trop loin au cours d'un jeu de la Dame de pique. Il en avait résulté une tentative d'étranglement, puis la femme avait eu l'oreille transpercée par une fourchette. Je me débrouillai pour suivre le commissaire du bord qui conduisait la passagère le long d'un étroit couloir jusqu'à l'hôpital, une serviette étanchant le sang de la blessure, tandis que le mari avait regagné en hâte sa cabine.

Malgré le couvre-feu décrété alors, Ramadhin, Cassius et moi, on se glissa hors de nos cabines et on monta les escaliers hasardeux à demi éclairés pour voir le prisonnier émerger. Il n'était pas loin de minuit, et tous trois, nous fumions des brins arrachés à un fauteuil en rotin, qu'on allumait et aspirait. À cause de son asthme, Ramadhin n'aimait pas trop cela, mais Cassius voulait qu'on essaie de fumer tout le fauteuil avant la fin du voyage. Au bout d'une heure, il devint clair que la promenade nocturne du prisonnier avait été annulée. Il faisait noir tout autour de nous, mais nous savions nous diriger dans l'obscurité. Nous nous faufilâmes dans la piscine où, après avoir rallumé nos brins de rotin, nous fîmes la planche. Silencieux comme des cadavres, nous contemplâmes les étoiles. Nous avions l'impression de nager dans la mer et non entre les parois d'un bassin au milieu de l'océan.

Le steward m'avait dit que j'avais un compagnon de cabine, mais jusqu'à présent personne n'était venu occuper l'autre couchette. La troisième nuit, alors que nous étions encore dans l'océan Indien, les lumières éblouissantes de la cabine s'allumèrent soudain et un homme, qui se présenta sous le nom de Mr Hastie, entra, une table de jeu pliante sous le bras. Il me secoua puis me souleva pour me poser sur la couchette du haut. «Quelques amis vont arriver pour faire une partie de cartes, me dit-il. Rendors-toi.» J'attendis pour voir de qui il s'agissait. Une demi-heure plus tard, quatre hommes jouaient au bridge, sérieux et calmes. Ils avaient à peine la place de s'asseoir autour de la table. Ils parlaient bas à cause de moi et je ne tardai pas à sombrer dans le sommeil au son du murmure des enchères.

Le lendemain, je me retrouvai de nouveau seul. La table de jeu pliée était appuyée contre la cloison. Hastie avait-il dormi? Était-il un passager normal ou un membre de l'équipage? Il s'avéra qu'il était le responsable du chenil de l'*Oronsay*, et sa tâche ne devait pas être trop ardue car il consacrait la plupart de son temps à lire ou à promener les chiens par obligation sur un petit secteur du pont. Résultat, à la fin de la journée, il avait un trop-plein d'énergie. Aussi, peu après minuit, ses amis le rejoignaient-ils. L'un, Mr Invernio, l'assistait dans son travail. Les deux autres étaient les radiotélégraphistes du bord. Ils jouaient chaque nuit pendant deux ou trois heures, puis repartaient sans bruit.

J'étais rarement seul avec Mr Hastie. Quand il arrivait à minuit, il pensait sans doute que je devais me reposer, si bien qu'il ne tentait presque jamais d'engager la conversation, d'autant que les autres apparaissaient peu après. Quelque part, au cours de ses voyages en Orient, il avait pris l'habitude de mettre un sarong et, en général, il ne portait que cela autour de la taille, même en présence de ses amis. Il venait avec quatre petits verres et de l'arak. Il posait les verres et la bouteille par terre pour qu'il n'y ait sur la table que les cartes. De ma modeste hauteur, depuis la couchette supérieure, je voyais le jeu du mort. Je regardais distribuer, j'écoutais battre les cartes, la litanie des enchères. *Passe... Un pique... Passe... Deux trèfles... Passe... Deux sans-atout... Passe... Trois carreaux... Passe... Trois piques... Passe... Quatre carreaux... Passe... Cinq carreaux... Contrés... Surcontrés... Passe... Passe... Passe...* Ils ne discutaient pas beaucoup. Je me souviens qu'ils s'appelaient par leurs noms de famille – «Mr Tolroy», «Mr Invernio», «Mr Hastie», «Mr Babstock» –, comme des enseignes de vaisseau dans une école navale du XIXe siècle.

Ensuite, quand j'étais en compagnie de mes amis et que je tombais sur Mr Hastie, il se comportait de manière fort différente. Sorti de notre cabine, il avait des opinions arrêtées et bavardait sans arrêt. Il nous parlait de ses hauts et bas dans la marine marchande, de ses aventures avec une ex-épouse, grande cavalière, et de son amour indéfectible pour les chiens de chasse qu'il plaçait au-dessus de toutes les autres races. Mais à minuit, dans la pénombre de la cabine, Mr Hastie murmurait; il avait eu la courtoisie de changer la lumière jaune vif pour une lumière bleue tamisée. Aussi, quand j'entrais dans le royaume du demi-sommeil, qu'on remplissait les verres, qu'on remportait des robres et que de l'argent circulait de main en main, l'éclairage bleu me donnait-il l'impression que les hommes évoluaient dans un aquarium. La partie finie, tous quatre montaient fumer sur le pont. Une demi-heure plus tard, Mr Hastie revenait se glisser en silence dans la cabine pour lire un moment avant d'éteindre la lampe de sa couchette.

Le sommeil est une prison pour un garçon qui a des amis à voir. Nous attendions la nuit avec impatience et étions debout avant que le jour se lève au-dessus du bateau. Nous mourions d'envie de continuer à explorer cet univers. Allongé sur ma couchette, j'entendais Ramadhin frapper doucement à la porte, en code. Un code inutile en fait – de qui d'autre aurait-il pu s'agir à pareille heure? Deux coups, longue pause, un autre coup. Si je ne descendais pas de ma couchette pour ouvrir, j'entendais sa toux théâtrale. Et si je ne répondais toujours pas, je l'entendais murmurer: «Mynah», qui était devenu mon surnom.

Nous retrouvions Cassius à côté de l'escalier et peu après nous flânions pieds nus sur le pont de la première classe qui, à six heures du matin, était un palais non gardé, où nous arrivions avant même qu'une amorce de lumière ne naisse à l'horizon, avant même que les indispensables veilleuses du pont ne clignotent et ne s'éteignent automatiquement à l'aube. Nous ôtions nos chemises et plongions comme des aiguilles dans la piscine dorée de la première classe, soulevant à peine un éclaboussement. Le silence était essentiel tandis que nous nagions dans l'ébauche de lumière nouvelle.

Si nous réussissions à rester une heure sans nous faire repérer, nous avions une chance de piller le buffet du petit déjeuner sur le pont supérieur, un amoncellement de nourriture sur des plateaux, puis de nous enfuir avec le bol en argent de lait condensé, la cuillère plantée au milieu de l'épais liquide. Après quoi, nous grimpions manger notre repas mal acquis dans l'un des canots de sauvetage suspendus en l'air où l'atmosphère était semblable à celle d'une tente. Un matin, Cassius apporta une cigarette Gold Leaf qu'il avait fauchée dans un salon et nous apprit à fumer correctement.

Ramadhin refusa poliment à cause de ses problèmes d'asthme qui nous sautaient déjà aux yeux, ainsi qu'à ceux des autres convives de la table des autres. (Tout comme ils me sauteraient encore aux yeux lorsque je le reverrais quelques années plus tard, à Londres. Nous avions treize ou quatorze ans et nous nous étions retrouvés après nous être perdus de vue, acharnés que nous étions à nous adapter à un pays étranger. Même à l'époque, quand je l'ai rencontré avec ses parents et sa sœur Massoumeh, il attrapait toutes les toux et les grippes qui traînaient dans le quartier. Nous allions nouer une seconde amitié en Angleterre, mais nous étions différents alors, car nous n'étions plus libérés des réalités de la terre. D'une certaine manière, j'étais en ce temps-là plus proche de sa sœur Massi qui nous accompagnait toujours au cours de nos promenades dans le sud de Londres – au vélodrome de Herne Hill, au cinéma Ritzy de Brixton, puis au Bon Marché où nous parcourions à toute allure les rayons d'alimentation et d'habillement, ivres de joie sans raison. Parfois, l'après-midi, Massi et moi nous installions sur le petit canapé dans la maison de leurs parents de Mill Hill, et nos mains glissaient l'une vers l'autre avant de se rejoindre sous la couverture pendant que nous feignions de regarder une interminable retransmission de golf à la télévision. Un matin tôt, elle est entrée dans la chambre à l'étage que nous partagions, Ramadhin et moi, et elle s'est assise à côté de moi, un doigt sur les lèvres pour me recommander de garder le silence. Ramadhin dormait dans son lit à quelques pas. J'ai voulu me redresser mais, du plat de la main, elle m'a obligé à me rallonger, puis elle a déboutonné sa veste de pyjama pour que je voie ses jeunes seins qui, dans le reflet des arbres devant la fenêtre, paraissaient presque vert pâle. Au cours des minutes qui ont suivi, j'ai eu conscience de la toux de Ramadhin, du raclement de sa gorge qu'il dégageait dans son sommeil, cependant que Massi, à moitié nue, farouche, effarouchée, m'affrontait, avec les émotions que suscite un tel geste quand on a treize ans.)

Nous laissions dans la chaloupe les assiettes, les couteaux et les cuillères de nos repas volés, après quoi nous regagnions la classe touriste. Un steward finit par découvrir les reliefs de nos nombreux petits déjeuners à l'occasion d'un exercice d'évacuation où l'on arma les canots de sauvetage, si bien que pendant un temps le commandant crut qu'il y avait un passager clandestin à bord.

Il n'était même pas huit heures quand nous franchissions la frontière entre la première classe et la classe touriste. On feignait d'osciller en suivant le roulis du navire. J'en étais venu à aimer le mouvement transversal, la valse lente de notre bateau. J'étais seul, hormis la présence lointaine de Flavia Prins et d'Emily, ce qui était en soi une aventure. Je n'avais pas de responsabilités familiales. Je pouvais aller partout, tout faire. Et Ramadhin, Cassius et moi avions déjà édicté une règle. Chaque jour nous devions faire au moins une chose interdite. La journée débutait à peine, et nous avions des heures devant nous pour accomplir notre méfait.

Quand mes parents se séparèrent, on ne le reconnut pas vraiment ni ne l'expliqua, mais on ne le cacha pas non plus. C'était plutôt présenté comme un faux pas, et non comme un accident de voiture. Aussi, je ne sais pas à quel point la malédiction de leur divorce retomba sur moi. Je ne me souviens pas de son poids. Un garçon sort le matin et continue à se préoccuper de la carte évolutive de son monde. Mais ce fut une jeunesse précaire.

Petit pensionnaire au collège St. Thomas, à Mount Lavinia, j'adorais nager. J'adorais tout ce qui touchait à l'eau. Dans le parc de l'école, il y avait un canal bétonné où les eaux des crues s'engouffraient pendant les moussons. Il devenait alors un terrain de jeu pour certains internes. Nous sautions dedans pour nous laisser emporter, culbuter par le courant violent, ballottés de tous côtés. Cinquante mètres plus loin, il y avait une corde grise que nous agrippions pour nous hisser hors du canal. Lequel, vingt mètres après, se transformait en une conduite qui disparaissait sous terre et s'enfonçait dans les ténèbres. Nous ignorions où elle débouchait.

Nous devions être quatre à courir ainsi nous jeter à l'eau, chacun notre tour, la tête pointant à peine au-dessus de la surface. C'était un jeu fébrile, attraper la corde, sortir du canal, puis revenir au galop sous la pluie battante pour recommencer. Lors d'une de mes tentatives, je coulai à l'approche de la corde et ne remontai pas à temps pour m'en emparer. J'avais le bras en l'air, c'est tout, tandis que je filais vers la fatale conduite souterraine. En cet après-midi à Mount Lavinia, à un moment donné de la mousson de mars, c'était ma mort annoncée, prédite par un astrologue. J'avais neuf ans et un voyage en aveugle dans les ténèbres souterraines m'attendait. Une main saisit mon bras toujours levé, et un élève plus âgé me tira hors de l'eau. Il se contenta de nous dire à tous les quatre de déguerpir, puis il s'éloigna en hâte sous la pluie, sans se soucier de voir si nous lui obéissions. Qui était-il? J'aurais dû le remercier mais, haletant et trempé, je gisais dans l'herbe. Qu'étais-je à cette époque? Je ne me rappelle aucune empreinte extérieure et n'ai donc aucune perception de moi-même. Si j'avais à inventer une photo datant de mon enfance, ce serait celle d'un garçon pieds nus, en culotte courte et chemise de coton, courant en compagnie de quelques amis du village, le long du mur piqué d'humidité qui, à Boralesgamuwa, séparait la maison et le jardin de la circulation de High Level Road. Ou celle de moi tout seul qui les attends, dos à la maison, le regard tourné vers la route poussiéreuse.

Qui sait combien les enfants sauvages sont heureux? L'emprise de la famille s'évanouissait dès que je franchissais le seuil de la porte. Même si entre nous, nous avions sans doute essayé de comprendre et de reconstituer le monde des adultes, nous demandant ce qui s'y passait et pourquoi. Mais le jour où nous avons grimpé la passerelle de l'*Oronsay*, nous nous sommes trouvés pour la première fois et par la force des choses en contact étroit avec ce monde-là.

Mazappa

Pendant que j'explique à un très vieux passager l'art de déplier un transat en deux mouvements, Mr Mazappa se faufile à côté de moi, me prend par le bras et m'entraîne. «*From Natchez to Mobile*, me prévient-il, *from Memphis to Saint Joe*...[1]» Il s'interrompt devant mon air perdu. C'est la soudaineté des apparitions de Mr Mazappa qui me prend toujours au dépourvu. Je finis une longueur de piscine et il agrippe mon bras glissant puis, accroupi là, me plaque contre le bord. «Écoute, mon étrange petit garçon, *les femmes t'enjôleront, te feront les yeux doux*... je te protège avec ce que je sais.» Or à onze ans, je ne me sens pas protégé mais virtuellement blessé d'avance. C'est pire, apocalyptique même, quand il nous parle à tous les trois. «Quand je suis rentré chez moi après ma dernière tournée, j'ai trouvé un nouvel étalon ruant dans mon box... Vous voyez ce que je veux dire?» Non, nous ne voyons pas. La plupart du temps, néanmoins, il ne s'adresse qu'à moi, comme si j'étais ce garçon *étrange* sur qui on pouvait faire impression. À cet égard, il a peut-être raison.

Max Mazappa se levait à midi et prenait un petit déjeuner tardif au Delilah Bar. «Deux œufs sur toast et un soda Nash, s'iou plaît», demandait-il, grignotant quelques cerises au marasquin en attendant qu'on le serve. Après avoir mangé, il allait s'installer au piano dans la

---

1. «De Natchez à Mobile... de Memphis à Saint Joe»: extrait de *Blues in the Night*, célèbre blues des années 1940.

salle de bal, avec sa tasse de café qu'il posait sur les touches des aigus. Et là, stimulé par les accords de piano, il familiarisait les personnes présentes aux éléments importants et complexes du monde. Un jour, c'était sur les moments où il convient de porter un chapeau, un autre sur l'orthographe. «C'est parfois impossible. *Impossible!* Égypte, par exemple. C'est difficile. Ébahi le Galant Yankee Pince les Tétons Enchanteurs.» Et en effet, je n'ai jamais oublié cette phrase. Aujourd'hui encore, alors que je l'écris, je marque une hésitation subliminale tandis que je mets les capitales dans ma tête.

La majeure partie du temps, cependant, il dévoilait son savoir musical, expliquait les subtilités de la mesure à trois/quatre ou se remémorait une chanson que lui avait apprise dans un escalier des coulisses une séduisante soprano. Nous avions ainsi droit à une espèce de biographie enfiévrée. «*I took a trip on a train and I thought about you*[1]», grognait-il, et nous croyions l'entendre parler de son pauvre cœur dévasté. Aujourd'hui, je me rends compte qu'en fait Max Mazappa adorait les détails de la structure et de la mélodie, car les stations de son chemin de croix ne se rapportaient pas toutes aux échecs amoureux.

Il était moitié sicilien, moitié autre chose, nous dit-il avec son accent impossible à situer. Il avait travaillé en Europe, voyagé brièvement dans les Amériques, puis il était descendu vers les tropiques où il avait habité au-dessus d'un bar dans un port. Il nous apprit le refrain de *Hong Kong Blues*. Il avait tant de chansons et tant de vies à son actif que la réalité et l'imagination se mêlaient trop étroitement pour que nous parvenions à les distinguer. Il était facile de nous faire marcher, nous trois et notre innocence à nu. De plus, certaines des paroles des chansons que Mr Mazappa marmonna devant son piano, un après-midi où la lumière de l'océan éclaboussait le sol de la salle de bal, nous ne les comprîmes pas.

---

1. «J'ai fait un voyage en train et j'ai pensé à toi»: extrait de *I Thought about You*, autre blues célèbre des années 1940.

Salope. Utérus.

Il s'adressait à trois garçons prépubères et n'ignorait sans doute pas l'effet qu'il produisait. Mais il gratifiait aussi son jeune public d'histoires d'honneur musical, et l'homme qu'il célébrait le plus était Sidney Bechet, lequel, accusé lors d'un concert à Paris d'avoir fait une fausse note, avait provoqué son accusateur en duel, blessé une passante au cours de l'échange de coups de feu qui s'en était suivi, a vant d'être jeté en prison et expulsé. «Le Grand Bechet – Bash, comme on le surnommait. Vous, les garçons, vous vivrez des années et des années, dit Mazappa, avant de voir quelqu'un défendre ainsi un principe.»

Les drames immenses de l'amour, tels que les chansons, les soupirs et les récits de Mazappa les dépeignaient, nous stupéfiaient et nous choquaient. Nous supposions que sa carrière avait été brisée par quelque trahison ou sa trop grande passion pour une femme.

Every month, the changing of the moon.
I say, every month, the changing of the moon,
The blood comes rushing from the bitch's womb[1].

Il y avait un côté extraterrestre et indélébile dans le couplet que Mazappa chanta cet après-midi-là, indépendamment du sens des paroles. Nous ne les entendîmes qu'une fois, mais elles demeurèrent cachées en nous comme un bloc de vérité que nous continuerions à éviter, ainsi que nous le fîmes à l'époque. Les paroles (de Jelly Roll Morton, découvrirais-je plus tard) étaient blindées et étanches. Mais alors nous ne le savions pas, trop déconcertés par leur brutalité – les mots de ce dernier vers, la chute étonnante et assassine qui tombe si pauvrement après la répétition des deux premiers. On se détacha de sa présence, soudain conscients des stewards qui, juchés sur des échelles,

---

1. Chaque mois, au changement de lune. / Je dis, chaque mois, au changement de lune, / Le sang jaillit de l'utérus de la salope.

préparaient le bal du soir, braquaient les lumières multicolores, installaient des arches de papier crépon qui s'entrecroisaient au-dessus de la salle. Ils dépliaient dans un claquement les grandes nappes blanches pour en draper les tables en bois. Au centre de chacune d'elles, ils posaient un vase de fleurs destiné à conférer à la pièce nue un aspect civilisé et romantique. Mr Mazappa ne partit pas avec nous. Il resta à son piano, le regard fixé sur le clavier, ne prêtant pas attention à l'opération de camouflage qui se déroulait autour de lui. Nous savions que ce qu'il jouerait ce soir avec l'orchestre ne serait pas ce qu'il venait de jouer pour nous.

Le nom de scène de Max Mazappa – ou son « nom de guerre » comme il disait – était Sunny Meadows – Prairie ensoleillée. Il avait commencé à l'utiliser à la suite d'une faute d'impression sur une affiche de son spectacle en France. Peut-être les organisateurs avaient-ils voulu dissimuler la consonance levantine de son nom. À bord de l'*Oronsay* où ses leçons de piano étaient annoncées sur le bulletin, il était également présenté comme « Sunny Meadows, professeur de piano ». Pour nous, à la table des autres, il était Mazappa, car *ensoleillée* et *prairie* ne semblaient guère s'appliquer à sa nature. Il n'y avait pas grand-chose d'optimiste ou de frais chez lui. Pourtant, sa passion pour la musique animait notre table. Il consacra un repas entier à nous conter les péripéties savoureuses du duel du « Grand Bechet » qui s'était terminé par des coups de feu au petit matin à Paris en 1928 – Bechet qui tire sur McKendrick, la balle qui effleure le borsalino de son accusateur pour aller se loger dans la cuisse d'une Française qui se rendait à son travail. Mr Mazappa mima la scène, se servant d'une salière, d'un poivrier et d'un bout de fromage pour décrire la trajectoire de la balle.

Un après-midi, il m'invita dans sa cabine pour écouter quelques disques. Bechet, me dit Mazappa, jouait avec une clarinette système Albert qui possédait un son formel et somptueux. « Formel et somptueux», ne cessa-t-il de répéter. Il mit un 78 tours et chantonna l'air tout en soulignant les incroyables improvisations et morceaux de bravoure. «Tu vois, il *secoue* la musique.» Je ne comprenais pas, mais j'étais émerveillé. Mazappa m'indiqua les fois où Bechet faisait réapparaître la mélodie, «comme le soleil sur le sol de la forêt», a-t-il dit, je m'en souviens. Il fouilla dans une valise d'aspect cireux, en tira un carnet et lut ce que Bechet avait dit à un élève : «Aujourd'hui, je vais te donner une note. Vois de combien de manières tu peux la jouer, la grogner, l'étaler, la jouer trop bas, trop haut, tout ce que tu veux. C'est comme un discours.»

Ensuite, il me parla du chien : «Il montait sur scène avec Bash et grondait quand son maître jouait… Et c'est ce qui a provoqué la rupture entre Bechet et Duke Ellington. Le Duke ne voulait pas de la présence de Goola sous les projecteurs, car il éclipsait son costume blanc.» Aussi, à cause de Goola, Bechet avait quitté l'orchestre de Duke Ellington et ouvert le Southern Tailor Shop, à la fois boutique de retouches et de nettoyage, et lieu de rencontre pour musiciens. «C'est à cette époque qu'il a fait ses meilleurs enregistrements – comme *Black Stick, Sweetie Dear*. Un jour, il faudra que tu achètes tous ces disques-là.»

Puis de la vie sexuelle : «Oh, Bash était un récidiviste, il revenait souvent à la même femme… Bien des femmes ont essayé de le discipliner, mais tu sais, il était sur la route et jouait depuis l'âge de seize ans, et il avait déjà connu des filles de toutes sortes et sous tous les cieux.» De toutes sortes et sous tous les cieux ! *From Natchez to Mobile…*

J'écoutais, approuvant de la tête sans comprendre, Mr Mazappa qui chérissait ces exemples de mode de vie et de talent musical comme s'ils étaient contenus dans le portrait ovale d'un saint serré contre son cœur.

Pont C

Assis sur ma couchette, je contemplais la porte et la cloison métallique. En fin d'après-midi, on étouffait dans la cabine. C'était l'unique moment où je pouvais être seul. Je passais le plus clair de la journée en compagnie de Ramadhin et de Cassius, et parfois de Mazappa ou d'autres adultes de la table des autres. Le soir, j'étais souvent cerné par les murmures de mes joueurs de cartes. Il fallait que je remonte un peu en arrière. Ainsi, je me rappelais le bien-être qu'on éprouve à être curieux et seul. Quelques instants plus tard, je me rallongeais et fixais le plafond à une cinquantaine de centimètres au-dessus de moi. Je me sentais en sécurité, même ici, au milieu de l'océan.

Certains soirs, juste avant la tombée de la nuit, je me retrouvais sur le pont C où il n'y avait personne. Je m'approchais du bastingage qui m'arrivait à hauteur de poitrine et je regardais la mer filer le long du navire. De temps en temps, elle semblait monter presque jusqu'à moi, comme si elle voulait me prendre. Je restais là, bien que ravagé par la peur et la solitude. C'était un sentiment identique à celui qui m'étreignait lorsque je me perdais dans les rues étroites du marché de Pettah ou que je devais m'adapter à de nouvelles règles à l'école. Quand je ne voyais pas l'océan, la peur disparaissait, mais là, il se soulevait dans la semi-obscurité, encerclait le bateau et s'enroulait autour de moi. Effrayé comme je l'étais, je ne bougeais pas, frôlé par les ténèbres qui passaient, désirant d'un côté m'en écarter, et d'un autre bondir vers elles.

Un jour, avant de quitter Ceylan, j'avais vu un paquebot qu'on brûlait à l'extrémité du port de Colombo. Tout l'après-midi, j'avais regardé le bleu acétylène déchiqueter les flancs du navire. Je réalisais qu'on pouvait également découper en morceaux celui à bord duquel je me trouvais. Rencontrant alors Mr Nevil qui connaissait ces choses-là, je le tirai par la manche pour lui demander si nous étions en sécurité. Il me répondit que l'*Oronsay* était en excellent état, qu'il n'en était qu'à la moitié de sa carrière. Il avait servi de transport de troupes pendant la Deuxième Guerre mondiale, et quelque part sur une cloison de la cale il y avait une grande fresque rose et blanc peinte par un soldat, représentant des femmes nues à califourchon sur des canons et des tanks. Elle était toujours là, un secret, car les officiers du bateau ne descendaient jamais dans la cale.

«Mais on ne risque rien?»

Il me fit asseoir puis, au dos de l'un des plans qu'il avait toujours avec lui, il me dessina ce qu'il dit être un navire de guerre grec, une trière. «C'était le plus formidable des vaisseaux des mers. Et même lui, il n'existe plus. Il a combattu les ennemis d'Athènes, rapporté des fruits et des produits agricoles inconnus, des sciences nouvelles, des architectures et jusqu'à la démocratie. Tout cela grâce à ce bateau. Il ne comportait pas la moindre décoration. Les trières étaient ce qu'elles étaient: des armes. À bord, il n'y avait que des rameurs et des archers. Aujourd'hui, on n'en a pas retrouvé un seul fragment. On continue en vain à en chercher dans le limon des fleuves côtiers. Elles étaient en bois dur d'orme et de frêne, avec une quille en chêne et une coque en planches de pin vert cintrées, cousues par des cordes en lin. La charpente ne contenait aucune pièce métallique. Ainsi, on pouvait la brûler sur une plage, ou si elle coulait, elle se dissolvait dans la mer. Notre bateau est plus sûr.»

D'une certaine façon, la description d'un ancien vaisseau de guerre que me fit Mr Nevil me réconforta. Je ne m'imaginais plus à bord de l'*Oronsay* avec ses ornements, mais à bord de quelque chose de plus autonome, de plus dépouillé. J'étais un archer ou un rameur sur une trière. Nous allions entrer en mer d'Arabie puis en Méditerranée de cette façon, sous le commandement de Mr Nevil.

Cette nuit-là, je me réveillai brusquement avec le sentiment que nous passions devant des îles, et que celles-ci étaient proches au milieu des ténèbres. Le bruit des vagues contre la coque semblait différent, produisant une impression d'écho, comme si elles réagissaient à la présence de la terre. J'allumai la lumière jaune à côté de ma couchette pour consulter la carte du monde que j'avais recopiée à partir d'un livre. J'avais oublié de mettre les noms dessus. Tout ce que je savais, c'est que nous allions vers le nord-ouest, loin de Colombo.

Une Australienne

À l'heure qui précède l'aube, quand nous rôdions dans ce qui ressemblait à un navire abandonné, les salons caverneux sentaient les cigarettes de la nuit, et Ramadhin, Cassius et moi avions déjà transformé la bibliothèque silencieuse en un chaos de chariots lancés à travers la pièce. Un matin, on se retrouva cernés par une fille en patins à roulettes qui sillonnait à toute allure les planches du pont supérieur. Apparemment, elle s'était levée encore de plus bonne heure que nous. Comme si nous n'existions pas, elle patinait de plus en plus vite et, de son pas fluide, mettait son équilibre à l'épreuve. Dans un virage, calculant mal un saut par-dessus des câbles, elle s'écrasa contre le bastingage de la poupe. Elle se remit debout, regarda l'entaille qui saignait sur son genou, puis repartit en jetant un coup d'œil à sa montre. Elle était australienne et nous étions fascinés. Jamais nous n'avions vu pareille détermination. Aucun membre féminin de nos familles ne se comportait de cette manière. Plus tard, nous la reconnûmes dans la piscine, où sa vitesse soulevait un barrage d'eau. Nous n'aurions pas été étonnés si elle avait plongé par-dessus bord et nagé vingt minutes de concert avec l'*Oronsay*.

Aussi, nous avons commencé à nous réveiller encore plus tôt pour la regarder effectuer ses cinquante ou soixante allers-retours. Une fois qu'elle avait fini, elle délaçait ses patins et, épuisée, en sueur, tout habillée, se dirigeait vers la douche en plein air. Elle restait sous le jet et les embruns, secouait ses cheveux de droite à gauche, comme une espèce d'animal vêtu. C'était un nouveau genre de beauté. Quand elle partait, nous suivions les traces de ses pas qui s'évaporaient déjà dans la lumière naissante à mesure que nous les approchions.

Cassius

Qui baptiserait un enfant Cassius aujourd'hui, je me le demande. La plupart des parents ont renoncé à donner des noms pareils à un premier-né. Encore qu'au Sri Lanka on ait toujours aimé le mélange de prénoms classiques et de noms de famille cinghalais – Solomon et Senaka ne sont pas courants, mais ils existent. Le pédiatre de notre famille s'appelait Socrates Gunewardena. Quoique marqué par son empreinte romaine, Cassius est un nom doux et caressant, même si le jeune Cassius que j'ai connu au cours de la traversée était un sérieux iconoclaste. Je ne l'ai jamais vu se ranger du côté de quelque autorité que ce soit. Il vous attirait vers sa conception des choses, et vous considériez alors la hiérarchie à bord du bateau à travers son regard. Il se réjouissait, par exemple, d'être l'une des personnes insignifiantes à la table des autres.

Quand Cassius parlait de St. Thomas à Mount Lavinia, c'était avec la violence de celui qui se rappelle un mouvement de résistance. Comme il était une classe au-dessus de moi, il semblait que des mondes nous séparaient, alors que c'était une figure phare pour les élèves plus jeunes, car il se faisait rarement prendre pour ses forfaits. Et quand cela lui arrivait, aucune trace d'embarras ou d'humilité ne se lisait sur son visage. Il avait été fêté en particulier pour avoir réussi à enfermer pendant plusieurs heures «Badine Bambou» Barnabus, notre maître d'internat, dans les toilettes de l'école primaire afin de protester contre l'état révoltant des lieux. (On s'accroupissait au-dessus du trou de l'enfer et on se lavait ensuite avec de l'eau prise dans une boîte rouillée ayant un jour contenu du sirop doré Tate & Lyle. «De la force naît la douceur», je m'en souviendrais toujours.) Cassius attendit que Barnabus entre à six heures du matin dans les toilettes des élèves situées au rez-de-chaussée pour son long séjour habituel puis, après avoir coincé la porte au moyen d'une barre de fer, il entreprit de bloquer le verrou avec du ciment à prise rapide. On entendit notre maître d'internat se jeter contre la porte. Ensuite, il nous appela par nos noms, débutant par les élèves en qui il avait confiance. L'un après l'autre, on lui proposa d'aller chercher de l'aide, puis on s'éparpilla dans le parc du pensionnat où chacun fit ses besoins derrière les buissons avant d'aller nager ou de se rendre sagement à sept heures à l'étude, une classe que le père Barnabus lui-même avait instituée plus tôt dans le trimestre. Il fallut qu'un des gardiens casse le ciment à l'aide d'une batte de cricket, mais l'affaire se prolongea jusqu'en fin d'après-midi. Nous espérions alors que notre maître d'internat aurait été terrassé par les miasmes, qu'il serait peut-être évanoui et privé de parole. Or, sa vengeance ne tarda pas. Fouetté puis exclu une semaine, Cassius devint plus que jamais une idole de l'école primaire, surtout après le discours enflammé prononcé par le directeur au service du matin à la chapelle, où il le maudit deux minutes durant comme s'il s'agissait de l'un des anges déchus. Naturellement cet épisode ne servit pas de leçon – à personne. Des années plus tard, quand un ancien élève fit un don à St. Thomas pour un nouveau pavillon de cricket, mon ami Senaka déclara : «Ils feraient mieux de commencer par construire des chiottes décentes.»

Afin d'être admis dans une école anglaise, Cassius dut comme moi passer un examen surveillé par le directeur. Il y avait des problèmes de mathématiques basés sur les livres sterling et les shillings, alors que nous ne connaissions que les roupies et les cents. Ainsi que des questions de connaissances générales, telles que de combien d'hommes se compose l'équipage d'aviron d'Oxford ou quel personnage a vécu à un endroit appelé Dove Cottage. On nous demanda même de citer trois membres de la Chambre des lords. Ce samedi après-midi là, nous étions, Cassius et moi, les seuls élèves dans le living-room du directeur, et il me souffla une mauvaise réponse à la question «Comment appelle-t-on la femelle du chien?» Il me murmura «Chatte», ce que j'écrivis. C'était en réalité la première fois qu'il me parlait, et ce fut pour dire un mensonge. Jusqu'à présent, je ne le connaissais que de réputation. À l'école primaire, nous le tenions tous pour le sujet incorrigible du collège St. Thomas. Il ne faisait pas de doute que la pensée qu'il allait représenter l'établissement à l'étranger contrariait le corps professoral.

Il y avait chez Cassius un mélange de résolution et de gentillesse. Je n'ai jamais su d'où lui venaient ces vertus. Il ne mentionnait jamais ses parents et, l'eût-il fait, il aurait probablement inventé un scénario pour se distinguer d'eux. Il est vrai que pendant la traversée, nous ne nous sommes guère intéressés aux milieux dont nous étions issus. Ramadhin parlait de temps en temps des conseils de prudence que ses parents lui avaient donnés à propos de sa santé. Quant à moi, tout ce que les deux autres savaient, c'était que j'avais une «tante» en première classe. C'était Cassius qui nous avait recommandé de garder pour nous nos histoires personnelles. L'idée d'être indépendant lui plaisait, je crois. C'est ainsi qu'il concevait l'existence de notre petite bande à bord du navire. Il tolérait les anecdotes familiales de Ramadhin en raison de sa fragilité. Cassius avait un côté aimablement démocratique. À la réflexion, il ne s'opposait qu'au pouvoir de César.

Je suppose qu'il m'a changé au cours de ces vingt et un jours, qu'il m'a poussé à interpréter selon sa perspective bizarre ou inversée tout ce qui se passait autour de nous. Vingt et un jours constituent une très brève période dans une existence, mais je ne désapprendrais jamais le murmure de Cassius. Les années s'écouleraient et j'entendrais parler de lui ou suivrais sa carrière dans les journaux, mais je ne le reverrais jamais. C'est avec Ramadhin que je resterais en contact, à qui je rendrais visite à Mill Hill où habitait sa famille, et c'est avec lui que j'irais l'après-midi au cinéma, en compagnie de sa sœur, ou au salon nautique d'Earls Court où nous nous efforcerions d'imaginer les actes que Cassius aurait commis s'il avait été avec nous.

« *Ne le regarde pas, tu m'entends, Celia ? Je t'interdis de regarder à nouveau ce porc !* »

« *Ma sœur a un prénom bizarre. Massoumeh. Ça veut dire "immaculée", "protégée du péché". Mais ça peut aussi signifier "sans défense".* »

« *J'ai une aversion particulière, je regrette d'avoir à le dire, pour le terrier de Sealyham.* »

« *Au début, je croyais que c'était une bas-bleu.* »

« *Nous utilisons parfois des fruits pour empoisonner les poissons.* »

« *Les pickpockets sortent toujours pendant les orages.* »

« *Cet homme a prétendu qu'il pouvait traverser un désert en ne mangeant qu'une datte et un oignon par jour.* »

« *Je la soupçonne, à cause de son don pour les langues, d'avoir été recrutée par Whitehall.* »

« *Ce singleton m'a ruiné !* »

« *J'ai dit à ton mari, quand il m'a offert une huître vieille de trois jours, que c'était plus dangereux pour moi que de faire l'amour lorsque j'avais dix-sept ans.* »

La cale

Larry Daniels était de ceux qui mangeaient avec nous à la table des autres. Massif, musclé, il avait toujours une cravate, toujours les manches retroussées. Né dans une famille bourgeoise de Kandy, il était devenu botaniste et consacrait une grande part de sa vie à étudier les forêts et les plantes à Sumatra et à Bornéo. C'était son premier voyage en Europe. Au départ, tout ce que nous savions de lui, c'était qu'il était fou amoureux de ma cousine Emily qui ne lui accordait pas la moindre attention. En raison de ce manque d'intérêt, il avait pris sur son temps pour rechercher mon amitié. Je suppose qu'il m'avait vu rire avec elle et ses amis près de la piscine où l'on trouvait en général Emily. Mr Daniels me demanda si je voulais voir son «jardin» à bord du bateau. Je proposai d'emmener mes deux acolytes, et il donna son accord, bien qu'à l'évidence il eût préféré être seul avec moi afin de pouvoir m'interroger sur les goûts de ma cousine.

Chaque fois que Cassius, Ramadhin et moi étions en compagnie de Mr Daniels, nous ne cessions de lui demander de nous acheter des cocktails exotiques au bar de la piscine. Ou alors, nous le persuadions de faire le quatrième à l'un des jeux organisés sur le pont. C'était un homme intelligent, curieux, mais nous désirions surtout tester notre force en luttant avec lui, en l'attaquant tous les trois ensemble, et en le laissant hors d'haleine sur un tapis de jute tandis que, en nage, nous filions plonger dans la piscine.

Il n'y avait qu'au dîner que je ne pouvais échapper aux questions de Mr Daniels sur Emily car j'étais placé à côté de lui, et il fallait que je parle d'elle et rien que d'elle. La seule véritable information que j'étais en mesure de lui apporter, c'était qu'elle aimait les cigarettes Player's Navy Cut. Elle en fumait depuis au moins trois ans. Le reste, je l'inventais.

« Elle aime les glaces de l'Elephant House, disais-je. Elle veut faire du théâtre. Être actrice. »

Daniels s'accrocha à ce faux espoir.

« Il y a une compagnie théâtrale à bord. Je pourrais peut-être la leur présenter... »

Je hochai la tête, comme pour approuver, et le lendemain, je le vis parler à trois membres de la troupe Jankla, des artistes, acrobates de rue, en route pour l'Europe afin de s'y produire, mais qui donnaient aussi quelques représentations pour les passagers pendant le voyage. Après le thé de l'après-midi, il leur arrivait de temps en temps de jongler de manière improvisée avec leurs assiettes et leurs tasses, mais en général, ils exécutaient leurs numéros avec tout le cérémonial, en costumes et lourdement maquillés. Et surtout, ils appelaient des passagers sur la scène de fortune pour révéler sur eux des détails intimes, ce qui était parfois embarrassant. Pour l'essentiel, il s'agissait de dire où se trouvaient un portefeuille ou une bague perdus, ou que tel passager se rendait en Europe pour rendre visite à un parent malade. Ces choses-là étaient annoncées par l'Esprit d'Hyderâbâd dont le visage était zébré de pourpre et dont les yeux, cerclés de peinture blanche, semblaient ceux d'un géant. En vérité, il nous terrifiait, car il se baladait dans les rangs du public et indiquait le nombre d'enfants qu'avait une personne ou bien le lieu de naissance de sa femme.

Une fin d'après-midi que je me promenais seul sur le pont C, j'aperçus l'Esprit d'Hyderâbâd qui, accroupi sous un canot de sauvetage, se maquillait en vue d'une représentation. Tenant d'une main un petit miroir, il traçait rapidement de l'autre les rayures pourpres. L'Esprit d'Hyderâbâd était svelte, de sorte que sa tête peinte paraissait trop grosse pour son ossature délicate. Il s'examinait dans la glace, ignorant ma présence à quelques pas de lui, tandis qu'il s'embellissait dans la pénombre de la chaloupe suspendue aux bossoirs. Après quoi, il se redressa et, alors qu'il débouchait dans le soleil, les couleurs éclatèrent, cependant que les yeux de goule étaient maintenant perçants, pleins de soufre. Il me jeta un regard et passa devant moi comme si je n'existais pas. Je venais pour la première fois d'être témoin de ce qui se déroulait probablement derrière le mince rideau de l'art, ce qui me fournit une protection lorsque je le revis ensuite sur scène, paré de son costume. J'avais l'impression de voir la charpente en dessous, ou du moins de la deviner.

C'était Cassius qui aimait le plus la troupe Jankla. Il mourait d'envie d'en faire partie, surtout après que Ramadhin nous avait appelés un jour d'une voix excitée pour raconter qu'il avait vu un de ses membres subtiliser une montre au poignet d'un homme à qui il donnait des informations. Il avait procédé avec tant d'habileté que le passager ne s'était rendu compte de rien. Deux après-midi plus tard, l'Esprit d'Hyderâbâd qui se promenait au milieu des spectateurs annonça à l'homme où sa montre était « peut-être » au cas où il la chercherait. C'était remarquable. Une boucle d'oreille, un sac, une machine à écrire disparaissaient d'une cabine pour être remis à l'Esprit d'Hyderâbâd qui finissait par révéler à leur propriétaire où ils se trouvaient. Quand on confia notre découverte à Mr Daniels, il se contenta de rire en déclarant que cela s'apparentait à l'art de la pêche à la mouche.

Mais avant de connaître cet aspect de la troupe, Mr Daniels se présenta à ses membres, dit qu'il avait une excellente amie, Miss Emily de Saram, une jeune femme très talentueuse qui adorait le théâtre, et ne pourrait-elle pas les regarder répéter s'il l'amenait les voir ? Ce qu'il fit, je crois, un ou deux jours plus tard, encore que j'ignore quel intérêt réel Emily attachait au théâtre. En tout cas, c'est ainsi qu'elle rencontra l'Esprit d'Hyderâbâd et qu'elle vécut une vie différente de celle qu'on attendait.

En dehors de ce que nous considérions comme son faible pour Emily, nous n'éprouvions pas une grande curiosité envers Mr Daniels. Même si aujourd'hui je prendrais sans doute plaisir à sa compagnie et à me promener dans l'un de ses jardins botaniques, à l'écouter décrire les particularités d'une plante devant laquelle nous passerions, alors que les frondes, les palmes et les haies effleureraient nos bras.

Un après-midi, il nous rassembla tous les trois pour nous conduire où il avait promis : dans les entrailles du navire. On entra d'abord dans une salle balayée par un courant d'air projeté par deux ventilateurs à turbine reliés à la chambre des machines. Mr Daniels avait une clé donnant accès à la cale, une caverne de ténèbres qui s'enfonçait dans le bateau sur plusieurs niveaux. Loin en bas, nous distinguions des lumières. On descendit par une échelle métallique rivée à la cloison tandis que se succédaient des étages et des étages remplis de caisses, de sacs et de balles de caoutchouc naturel à l'odeur entêtante. On entendit les cris et les gloussements de poules prises de panique, et ensuite le silence soudain des volatiles prenant conscience de notre présence, ce qui nous fit rire. On entendit un flot se précipiter contre les cloisons, et Mr Daniels nous expliqua que c'était de l'eau puisée dans la mer qu'on dessalait.

Au fond de la cale, il s'engagea dans la pénombre. Nous suivîmes un chemin éclairé par de faibles lampes accrochées juste au-dessus de nos têtes. Après une cinquantaine de mètres, Mr Daniels tourna à droite et on déboucha devant la fresque dont Mr Nevil m'avait parlé, figurant des femmes à califourchon sur des canons. Sa dimension me procura un choc. Les femmes étaient deux fois plus grandes que nous et, bien qu'elles fussent déshabillées et que le paysage derrière elles fût un désert, elles souriaient et agitaient la main. « Mon oncle, ne cessait de demander Cassius, qu'est-ce que c'est ? » Mais Mr Daniels ne nous laissa pas regarder plus longtemps et nous poussa en avant.

On aperçut alors une lumière dorée. C'était davantage que cela. Nous approchions d'un champ de couleurs, le « jardin » que Mr Daniels transportait en Europe. On resta un instant devant, puis Cassius et moi, et même Ramadhin, on se mit à courir dans les allées étroites, cependant que Mr Daniels s'accroupissait pour examiner une plante. Quelle était la taille de ce jardin ? Impossible de le savoir car il n'était jamais éclairé dans sa totalité, dans la mesure où les lampes fluorescentes reproduisant la lumière solaire ne s'allumaient ni ne s'éteignaient toutes en même temps. De plus, il devait y avoir des parties que nous ne vîmes pas au cours de cette expédition. Je ne me souviens même pas de sa forme. Aujourd'hui, j'ai l'impression que nous l'avons rêvé, qu'il n'existait peut-être pas au bout de cette marche de dix minutes dans la pénombre de la cale. Une brume envahissait parfois l'atmosphère et nous offrions nos visages à la pluie fine. Certaines plantes étaient plus hautes que nous. D'autres, minuscules, nous arrivaient à peine aux chevilles. On tendait le bras pour caresser les fougères au passage.

« Ne touche pas ! s'écria Mr Daniels, abaissant ma main. C'est le *Strychnos nux-vomica*. Sois prudent, ça a un parfum attirant, surtout la nuit. On serait presque tenté de casser cette coque verte, tu ne trouves pas ? Ça ressemble au fruit de ton *bael* de Colombo, mais il ne faut pas confondre. C'est de la strychnine. Celles-là, avec leurs fleurs qui tombent, ce sont des trompettes des anges, et celles dont les fleurs sont droites, pernicieusement belles, ce sont des trompettes du diable. Et ça, c'est une *Scrophulariaceae*, une gueule-de-loup, elle aussi dangereusement séduisante. Il suffit de les humer pour avoir la tête qui tourne. »

Cassius inspira à fond, recula en titubant théâtralement avant de « s'évanouir », écrasant quelques brins d'herbe sous son coude. Mr Daniels s'approcha pour écarter son bras d'une fougère à l'air inoffensif.

« Les plantes possèdent des pouvoirs remarquables, Cassius. Le suc de celle-là gardera tes cheveux bien noirs et aidera tes ongles à pousser sainement. Là-bas, ces fleurs bleues…

– Un jardin sur un bateau ! »

Le secret de Mr Daniels impressionnait Cassius lui-même.

«Noé… dit Ramadhin doucement.

– Oui. Et n'oubliez pas, la mer est aussi un jardin, comme nous a dit un poète. Bon, venez par ici. Il me semble vous avoir vus l'autre jour fumer tous les trois des brins de ce fauteuil en rotin… Je crois que cela, ce sera mieux pour vous.»

Il se baissa et on s'assit sur nos talons à côté de lui pendant qu'il cueillait quelques feuilles en forme de cœur. «C'est du *Piper betle*, du bétel», dit-il, les déposant dans ma paume. Il fit quelques pas, prit un peu de chaux dans un sachet et la mélangea avec des lamelles de noix d'arec qu'il sortit d'un sac de jute, puis il remit la préparation à Cassius.

Deux minutes plus tard, nous mâchions du bétel le long de ce chemin pauvrement éclairé. Nous connaissions bien ce léger stimulant populaire. Et, comme l'avait fait remarquer Mr Daniels, c'était moins mauvais pour Ramadhin que de fumer un fauteuil en rotin. «Pour les mariages, on ajoute parfois un peu d'or à la cardamome et à la chaux.» Il nous donna une petite provision de ces ingrédients ainsi que quelques feuilles de tabac déshydratées qu'on décida de réserver pour nos balades d'avant l'aube, où nous pourrions cracher le jus rouge par-dessus le bastingage dans la mer tumultueuse ou les ténèbres des cornes de brume. Nous suivîmes tous les trois Mr Daniels dans les allées. Nous étions en mer depuis des jours, et la gamme des couleurs s'était limitée au blanc, au gris et au bleu, à l'exception de quelques rares couchers de soleil. Et là, dans ce jardin éclairé à la lumière artificielle, les plantes nous éblouissaient de leurs verts, de leurs bleus et de leurs jaunes exacerbés. Cassius réclama à Mr Daniels d'autres détails sur les poisons. Nous espérions qu'il nous indiquerait une herbe ou une graine capable de terrasser un adulte antipathique, mais il ne mentionna rien de tel.

On quitta le jardin pour traverser de nouveau les ténèbres de la cale. Devant la fresque de femmes nues, Cassius demanda encore : «Qu'est-ce que c'est, mon oncle?» Puis on grimpa l'échelle métallique qui menait au pont. C'était plus dur que de descendre. Mr Daniels était presque un niveau au-dessus de nous et quand on arriva en haut, il fumait à l'air libre une beedie roulée dans du papier blanc au lieu d'une feuille brune. Il la tenait dans le creux de sa main gauche et paraissait soudain désireux de nous faire un cours sur les palmiers du monde entier. Il singea la manière dont ils se dressaient et se balançaient selon leur famille ou leur genre, et dont ils se courbaient et se soumettaient au vent. Il nous montra les diverses positions des palmiers jusqu'à ce que nous éclations de rire. Ensuite, il nous passa la cigarette et nous expliqua comment la fumer. Cassius la lorgnait, mais Mr Daniels me la tendit d'abord, puis la beedie circula entre nous.

«Drôle de beedie», dit lentement Cassius.

Ramadhin tira une deuxième bouffée et demanda: «Refais les palmiers, mon oncle!» Et Mr Daniels entreprit d'en imiter d'autres. «Là, bien sûr, c'est le talipot, le palmier parapluie, dit-il. C'est grâce à lui que vous buvez du *toddy* et que vous mangez du *jaggery*. Il bouge comme ça.» Après, il mima le palmier royal du Cameroun qui pousse dans les marais d'eau douce. Puis un arbre des Açores et un autre au tronc élancé de Nouvelle-Guinée pour lequel il transforma ses bras en feuilles effilées. Il compara leur façon d'affronter le vent, certains avec agitation, certains avec une simple torsion du tronc afin de ne présenter que leur profil aux bourrasques.

«L'aérodynamique… très important. Les arbres sont plus intelligents que les êtres humains. Même le lis est supérieur à l'homme. Les arbres sont pareils à des whippets…»

Nous nous esclaffions devant les poses qu'il prenait. Et d'un seul coup, on détala tous les trois. On franchit en hurlant le terrain où se déroulaient les demi-finales du tournoi féminin de badminton, puis on sauta tout habillés dans la piscine comme des boulets de canon. On alla même chercher quelques chaises longues pour les prendre dans l'eau avec nous. Il y avait du monde à cette heure, et les mères accompagnées de jeunes enfants essayaient de nous éviter. On vida nos poumons et on se laissa couler jusqu'au fond, remuant doucement les bras comme les palmiers de Mr Daniels. Nous aurions aimé qu'il nous voie.

La chambre des turbines

Il fallait que nous restions éveillés afin de savoir ce qui se passait la nuit sur le paquebot, mais nous étions déjà épuisés à force de nous lever avant l'aurore. Ramadhin suggéra qu'on dorme l'après-midi comme nous le faisions enfants. Au pensionnat, nous méprisions ces siestes, mais nous nous rendions maintenant compte qu'elles pouvaient être utiles. Il y avait néanmoins des problèmes. Dans la cabine voisine de celle attribuée à Ramadhin, un couple, affirmait-il, riait, criait et hurlait l'après-midi, et dans celle à côté de la mienne, une femme travaillait le violon, et le son traversait la cloison métallique. Rien que des crissements, dis-je, pas de rires. Je l'entendais même s'apostropher entre les grincements et les pincements impossibles à ignorer. En outre, la température dans ces cabines des ponts inférieurs dépourvues de hublots était infernale. Toute colère que j'éprouvais à l'égard de la violoniste se trouvait atténuée du fait que je me doutais qu'elle devait elle aussi transpirer et probablement ne porter que le strict minimum pour demeurer respectable à ses yeux. Je ne la vis jamais, je ne savais pas à quoi elle ressemblait ni ce qu'elle cherchait à atteindre sur cet instrument. Il ne paraissait pas s'agir du son «formel et somptueux» de Mr Sidney Bechet. Elle rejouait tout le temps les mêmes séries de notes, puis elle hésitait et recommençait, les épaules et les bras couverts d'une pellicule de sueur cependant qu'elle passait ses après-midi seule, si occupée, dans la cabine adjacente à la mienne.

De plus, nous n'aimions pas être séparés. En tout cas, Cassius estimait que nous devrions avoir un quartier général permanent, et notre choix se porta sur la chambre des turbines où nous étions entrés avant de descendre dans la cale en compagnie de Mr Daniels. Et c'est là, dans la pénombre et la fraîcheur, à l'aide de quelques couvertures et gilets de sauvetage empruntés, que nous nous fîmes un petit nid pour certains de nos après-midi. Nous bavardions un moment, puis nous dormions à poings fermés au milieu du rugissement des ventilateurs afin de nous préparer pour les longues soirées.

Or, nos enquêtes nocturnes ne donnaient guère de résultats. Nous ne savions pas exactement de quoi nous étions témoins, si bien que nos esprits ne saisissaient qu'à moitié les manœuvres du vaisseau adulte. Au cours d'un de nos «quarts de nuit», on se cacha dans l'ombre sur le pont promenade, puis on suivit au hasard un homme, juste pour voir où il allait. Je reconnus celui qui se déguisait en Esprit d'Hyderâbâd et qui, nous avait-on appris, s'appelait Sunil. À notre surprise, il nous mena à Emily. Elle était appuyée au bastingage, vêtue d'une robe blanche qui semblait luire à son approche. L'Esprit d'Hyderâbâd enveloppa à moitié Emily qui lui tint les doigts dans ses mains en coupe. Nous n'arrivions pas à entendre s'ils parlaient.

On recula dans l'obscurité et on attendit. Je vis l'homme abaisser la bretelle de la robe d'Emily puis poser son visage sur son épaule. Elle avait la tête rejetée en arrière, le regard levé vers les étoiles, si toutefois il y avait des étoiles.

Les trois semaines de mer, telles que je me les suis d'abord rappelées, furent tranquilles. C'est maintenant seulement, des années plus tard, après que mes enfants m'eurent poussé à le raconter, que mon voyage, vu à travers leurs yeux, est devenu une aventure et même un événement significatif dans le cours d'une existence. Un rite de passage. La vérité, cependant, c'est que nulle grandeur n'a été ajoutée à ma vie mais qu'il en a été au contraire retranché. Quand la nuit tombait, le chœur des insectes, le braillement des oiseaux des jardins, le bavardage du gecko me manquaient. De même qu'à l'aube, la pluie dans les arbres, le goudron humide sur Bullers Road, la corde qui brûlait dans la rue, toujours la première odeur palpable de la journée.

Certains matins à Boralesgamuwa, je me levais de bonne heure et traversais le vaste bungalow plongé dans le noir, jusqu'à la porte de Narayan. Il n'était pas encore six heures. J'attendais qu'il sorte, serrant son sarong autour de lui. Il m'adressait un signe de tête, et quelques minutes plus tard nous marchions d'un pas vif, en silence, sur l'herbe mouillée. C'était un homme de très haute taille, et j'étais un garçon de huit ou neuf ans. Nous étions tous deux pieds nus. Nous nous dirigions vers la cabane à l'entrée où, une fois à l'intérieur, Narayan allumait un reste de bougie puis, accroupi, la lumière jaune dans une main, il tirait sur le cordon qui mettait le groupe électrogène en route.

Ainsi, mes journées débutaient par les vibrations et les bruits assourdis de cette créature qui dégageait une délicieuse odeur d'essence et de fumée. Les manières et les faiblesses du groupe électrogène, datant des années 1943-44, seul Narayan les comprenait. Il l'apaisait petit à petit, puis nous ressortions à l'air libre et, dans les vestiges de la nuit, je voyais les lumières s'allumer avec hésitation dans toute la maison de mon oncle.

Nous allions ensuite vers le portail qui donnait sur High Level Road. Quelques boutiques étaient déjà ouvertes, chacune éclairée par une unique ampoule. Chez Jinadasa nous achetions des *appas* à l'œuf que nous mangions au milieu de la rue presque déserte, les tasses de thé à nos pieds. De lourdes charrettes à bœufs passaient en grinçant, dont les conducteurs et même les bœufs dormaient à moitié. J'accompagnais toujours Narayan pour ce petit déjeuner aux aurores après qu'il avait fait démarrer le groupe électrogène, même si cela signifiait que je devrais en prendre un second, plus officiel, une ou deux heures plus tard avec la famille. Mais c'était digne d'un héros de marcher ainsi aux côtés de Narayan dans la nuit qui se dissipait, de saluer les marchands qui se réveillaient, de le voir se pencher pour allumer sa beedie à un bout de corde de chanvre à côté de l'échoppe à cigarettes.

Narayan et Gunepala, le cuisinier, furent les fidèles compagnons de mon enfance, je passais probablement davantage de temps avec eux qu'avec les membres de ma famille, et ils m'apprirent beaucoup. Je regardais Narayan démonter les lames d'une tondeuse à gazon pour les affûter, ou encore, de la paume de la main, huiler tendrement la chaîne de sa bicyclette. Chaque fois que nous allions à Galle, Narayan, Gunepala et moi descendions des remparts jusqu'à la mer pour nager vers le récif où ils pêchaient notre dîner. Le soir tard, on me trouvait endormi au pied du lit de mon *ayah*, et mon oncle devait me porter dans ma chambre. Gunepala, qui pouvait être violent et colérique, était un perfectionniste. De ses doigts calleux, il piochait dans une marmite bouillante tout aliment douteux, qu'il jetait à trois mètres dans les plates-bandes – un os de poulet, une *thakkali* trop mûre que, connaissant son habitude, les bâtards qui rôdaient autour dévoraient aussitôt. Gunepala se disputait avec tout le monde

— marchands, vendeurs de billets de loterie, policiers curieux —, toutefois il avait conscience d'un univers invisible au reste d'entre nous. Pendant qu'il faisait la cuisine, il sifflait divers chants d'oiseaux qu'on voyait rarement en ville mais qu'il avait entendus durant son enfance. Personne d'autre ne mettait ainsi l'accent sur ce qui nous était ou pouvait nous être audible. Un après-midi, il me réveilla de mon profond sommeil et me demanda de m'allonger tout à côté de bouses de bœuf étalées sur l'allée depuis plusieurs heures. Il me fit écouter les insectes à *l'intérieur* des excréments qui se régalaient de ce festin et creusaient des tunnels d'une extrémité à l'autre du tas de merde. À temps perdu, il m'apprenait des versions pleines d'obscénités des *bailas* populaires en me faisant jurer de ne pas les répéter, car elles se rapportaient à des aristocrates bien connus.

Au cours de cette phase, de cette vie encore à l'état d'ébauche, Narayan et Gunepala furent mes guides affectionnés et essentiels et, d'une certaine façon, ils m'incitèrent à m'interroger sur le monde auquel j'étais censé appartenir. Ils m'ouvrirent des portes sur un autre monde. Quand j'ai quitté le pays à onze ans, j'étais surtout triste de les perdre. Un millier d'années plus tard, dans une librairie londonienne, je suis tombé sur les romans de l'écrivain indien R. K. Narayan. Je les ai tous achetés, imaginant qu'ils étaient l'œuvre de mon ami Narayan que je n'avais jamais oublié. Je voyais son visage derrière les phrases, je me le représentais assis, son grand corps penché au-dessus d'un humble bureau à côté de la petite fenêtre de sa chambre, qui expédiait un chapitre sur Malgudi avant que ma tante l'appelle pour lui demander d'accomplir telle ou telle tâche. *Il faisait encore noir dans les rues au moment où je partais pour le fleuve faire mes ablutions, hormis les lampes municipales qui tremblotaient (quand elles n'étaient pas en panne de pétrole) çà et là dans notre rue… Tout le long du chemin m'attendaient mes rencontres habituelles. Le laitier qui entamait sa tournée, poussant devant lui une chétive vache blanche, me saluait avec respect et me demandait: «Quelle heure est-il, maître?» — une question que je laissais mourir sans y répondre, car je ne portais pas de montre... Le veilleur de nuit du bureau du Taluk m'appelait de dessous sa couverture : « Est-ce vous ? » – la seule question qui méritât une réponse.* « Oui, c'est moi », *répondais-je toujours, et je poursuivais mon chemin.*

Je savais que mon ami notait pareils détails lors de nos promenades matinales le long de High Level Road. Je connaissais le conducteur de la charrette à bœufs. Je connaissais l'asthmatique qui tenait l'échoppe à cigarettes.

Et puis, un jour, je sentis à bord du bateau l'odeur du chanvre qui brûlait. L'espace d'un instant, je demeurai immobile, avant de me diriger vers l'escalier d'où elle semblait provenir, et j'hésitai entre monter et descendre. Je finis par grimper les marches. L'odeur s'élevait d'un couloir du niveau D. Je m'arrêtai là où elle paraissait la plus forte et m'agenouillai pour renifler par la fente sous la porte métallique. Je frappai doucement.

« Oui ? »

J'entrai.

Installé à un bureau se trouvait un homme à l'air doux. La cabine possédait un hublot. Il était ouvert et on avait l'impression que la fumée de l'extrémité allumée d'une corde de chanvre suivait un chemin qui partait de l'épaule de l'inconnu pour disparaître par là.

« Oui ? demanda-t-il de nouveau.

– J'aime bien l'odeur. Elle me manque. »

Il me sourit et m'indiqua d'un geste un coin de son lit où je pouvais m'asseoir. Il ouvrit un tiroir et en sortit un rouleau d'environ un mètre de corde. C'était le même genre de corde de chanvre que celle qui se consumait, accrochée devant les échoppes à cigarettes de Bambalapitiya ou du marché de Pettah, partout dans la ville en fait, et où l'on allumait la cigarette qu'on venait d'acheter à l'unité ; ou alors, quand on courait et qu'on voulait créer de l'agitation, on s'en servait pour allumer la mèche d'un pétard.

«Je sais qu'elle me manquera aussi, dit-il. Et d'autres choses également. Le *kothamalli*. La balsamine. J'ai tout ça dans ma valise. Car je pars pour toujours.»

Il détourna le regard, comme s'il se le disait à voix haute pour la première fois.

«Comment t'appelles-tu?

– Michael, répondis-je.

– Si tu te sens seul, Michael, tu peux passer me voir quand tu veux.»

Je hochai la tête, puis je me faufilai dehors et refermai la porte derrière moi.

Il s'appelait Mr Fonseka et il se rendait en Angleterre pour y être professeur. Je suis allé le voir tous les deux ou trois jours. Il connaissait par cœur des passages de toutes sortes de livres et restait la journée entière à son bureau à s'interroger dessus et à réfléchir sur ce qu'il pourrait en dire. Je ne connaissais quasiment rien au monde de la littérature, mais Mr Fonseka m'accueillait avec des histoires insolites et intéressantes, dont il interrompait d'un seul coup le récit pour déclarer qu'un jour je découvrirais la suite. «Ça te plaira, je crois. Peut-être qu'il trouvera l'aigle.» Ou bien : «Ils sortiront du labyrinthe grâce à l'aide de quelqu'un qu'ils vont rencontrer.» Souvent, pendant que, la nuit, Ramadhin, Cassius et moi espionnions l'univers des adultes, je tentais de compléter l'esquisse d'une aventure que Mr Fonseka avait laissée inachevée.

Il était bienveillant dans son silence. Quand il parlait, il était hésitant et languissant. Même là, je comprenais au rythme de ses gestes combien il était exceptionnel. Il se levait uniquement quand c'était indispensable, à l'instar d'un chat malade. Il n'avait pas l'habitude des efforts en public, alors qu'il allait faire partie d'un monde public en tant que professeur de littérature et d'histoire en Angleterre.

J'essayai à plusieurs reprises de le convaincre de monter sur le pont, mais son hublot et ce qu'il voyait au travers semblaient lui suffire comme panorama. Avec ses livres, sa corde qui brûlait, quelques bouteilles d'eau de la Kelani River, ainsi que quelques photos de famille, il n'éprouvait pas le besoin de quitter sa capsule temporelle. Je venais dans sa cabine enfumée, les jours de grisaille, et à un moment ou un autre il me faisait la lecture. C'était l'anonymat des histoires et des poèmes qui me marquait profondément. Et l'ondulation des vers était chose nouvelle pour moi. Je n'avais pas pensé à réfléchir au fait qu'il citait des textes qui avaient été écrits avec soin, dans quelque pays lointain et des siècles auparavant. Il avait toujours vécu à Colombo, et ses manières et son accent étaient des produits de l'île, mais il possédait aussi cette connaissance étendue des livres. Il pouvait chanter une chanson des Açores ou dire des passages d'une pièce irlandaise.

J'emmenai Cassius et Ramadhin le voir. Ils l'intéressaient, et il me demanda de lui raconter nos aventures à bord du bateau. Il les fascina autant que moi, en particulier Ramadhin. Mr Fonseka paraissait tirer des livres qu'il lisait une certaine assurance ou un certain calme. Il portait son regard à une distance inimaginable (on voyait presque les dates s'envoler du calendrier) et citait des phrases gravées sur de la pierre ou du papyrus. Je suppose qu'il s'en souvenait afin d'éclairer sa propre opinion, comme un homme qui boutonne son gilet pour se tenir chaud. Mr Fonseka ne serait pas riche. En tant que professeur dans quelque centre urbain, il mènerait sans nul doute une vie frugale. Mais il manifestait une sérénité en accord avec l'existence qu'il avait choisie. Cette sérénité et cette assurance, je ne les ai trouvées que chez ceux qui sont protégés par le bouclier des livres.

J'ai conscience du pathétique et de l'ironie qui se dégagent d'un tel portrait. Toutes ces éditions Penguin piquetées d'Orwell et de Gissing ainsi que les traductions de Lucrèce au liseré violet qu'il emportait avec lui… Il avait dû croire qu'un Asiatique mènerait une vie humble mais honnête en Angleterre où sa grammaire latine, par exemple, pourrait faire office d'épée qui le distinguerait.

Je me demande ce qu'il est devenu. Tous les deux ou trois ans, quand j'y pense, je regarde dans une bibliothèque s'il existe quelque chose sous le nom de Fonseka. Je sais que Ramadhin est demeuré en contact avec lui au cours de ses premières années en Angleterre, mais pas moi. Je me suis cependant rendu compte que des gens comme Mr Fonseka nous avaient précédés tels des chevaliers innocents dans une époque plus dangereuse et, sur cette même voie que nous empruntions dorénavant, nous aussi, à chaque pas, il y avait eu les mêmes leçons à apprendre brutalement par cœur, et certainement pas des poèmes, tout comme il y avait eu la découverte du bon restaurant indien à petits prix de Lewisham et les aérogrammes bleus qu'on ferme ou qu'on ouvre, à destination ou en provenance de Ceylan et plus tard du Sri Lanka, ainsi que les mêmes moqueries, la même confusion sur la prononciation de la lettre *v* et notre débit précipité, et surtout la difficulté d'être admis, avant, peut-être, d'être modestement accepté et de se sentir à l'aise dans un appartement semblable à une cabine.

Je songe à Mr Fonseka dans les écoles anglaises, avec son gilet boutonné pour se protéger du temps anglais, et je me demande s'il est resté vraiment «pour toujours». Peut-être qu'il a fini par ne plus pouvoir y vivre, bien que ce fût pour lui «le centre de la culture», et qu'il a pris un vol Air Lanka qui ne mettait que les deux tiers d'une journée pour rentrer chez lui et recommencer, devenant professeur dans une banlieue comme Nugegoda. *De retour de Londres.* Ces paragraphes et ces strophes du canon de l'Europe qu'il avait mémorisés et rapportés constituaient-ils l'équivalent d'un rouleau de corde de chanvre ou d'une bouteille d'eau du fleuve? Les avait-il adaptés ou traduits, tenant à les enseigner dans une école de village, sur un tableau noir dans le soleil, tandis que retentissait non loin l'appel âpre des oiseaux de la forêt? Une notion d'ordre à Nugegoda?

Nous connaissions maintenant à peu près tous les coins et recoins du navire – depuis le chemin emprunté par les conduits d'aération durant leur voyage au départ des ventilateurs à turbine, jusqu'à la pièce où l'on préparait les poissons (où je me glissais par l'ouverture ménagée pour les chariots, parce que j'aimais bien regarder travailler les poissonniers). Un soir, en compagnie de Cassius, je me tins en équilibre sur les entretoises étroites du faux plafond de la salle de bal pour voir d'en haut danser les humains. Il était minuit. Dans six heures, selon les horaires que nous avions notés, on sortirait les volailles mortes de la «chambre froide» pour les apporter dans les cuisines.

On avait découvert que la serrure de la porte de l'armurerie était cassée et, quand il n'y avait personne, on s'y promenait en jouant avec les revolvers et les menottes. Nous savions que chaque canot de sauvetage contenait une boussole, une voile, un radeau pneumatique ainsi que des barres chocolatées de secours que nous avions déjà mangées. Mr Daniels avait fini par nous dire où se trouvaient les plantes venimeuses dans la partie grillagée de son jardin. Il nous montra le *Piper mephisticum* qui «aiguise l'esprit». Dans les îles du Pacifique, nous apprit-il, les anciens en prenaient toujours avant de débattre d'un traité de paix crucial. Et puis le curare qui poussait presque tout seul, en secret, sous une lumière jaune intense, et qui, injecté dans le système sanguin, plongeait dans une longue transe dont on ne se souvenait pas.

Nous étions également conscients d'horaires plus informels comme celui où, avant l'aube, l'Australienne faisait du patin à roulettes, ou bien celui où, la nuit, nous guettions de notre chaloupe l'apparition du prisonnier. Nous l'examinions avec attention. Un bracelet en métal encerclait chacun de ses poignets. Ils étaient reliés par une chaîne d'environ cinquante centimètres de long, de sorte que ses mains bénéficiaient d'une certaine liberté de mouvement, et il y avait un cadenas. On l'observait en silence. Il n'y avait aucune communication entre nous trois et lui. Sauf un soir quand il s'arrêta soudain au cours de sa promenade et scruta les ténèbres dans notre direction. Il ne pouvait pas nous voir. Nous avions néanmoins l'impression qu'il devinait notre présence, qu'il avait senti notre odeur. Les gardes, par contre, ne remarquèrent rien. Il poussa un grondement puis se détourna. Nous devions être à une cinquantaine de pas et il était menotté, mais il nous terrifia.

Un sort

Si les journaux de l'époque ont parlé de notre traversée vers l'Angleterre, c'est en raison de la présence à bord de l'*Oronsay* du philanthrope Sir Hector de Silva. Il avait embarqué en compagnie d'une escorte qui comprenait deux médecins classiques, un praticien ayurvédique et un conseiller juridique, ainsi que sa femme et sa fille. La plupart de ces personnes se cantonnaient dans les échelons supérieurs du paquebot et nous les voyions rarement. Aucun membre de son groupe n'accepta l'invitation à la table du commandant. On les supposait même au-dessus de cela. Alors que c'était parce que Sir Hector, un homme d'affaires de Moratuwa qui avait bâti petit à petit sa fortune sur les pierres précieuses, le caoutchouc et les terres, souffrait d'une maladie peut-être mortelle et se rendait en Europe en quête d'un médecin qui le sauverait.

Malgré les honoraires énormes qu'on leur avait proposés, aucun spécialiste anglais n'avait accepté de venir à Colombo se pencher sur le cas médical de Sir Hector. Harley Street ne quitterait pas Harley Street en dépit de la recommandation du gouverneur anglais qui avait dîné avec Sir Hector dans son hôtel particulier de Colombo, et en dépit du fait que Sir Hector avait été anobli en Angleterre pour ses dons à diverses œuvres de bienfaisance. Atteint d'hydrophobie, il demeurait enfermé dans le cocon de la suite royale de l'*Oronsay*. Au début, nous n'avions guère attaché d'importance à la maladie de Sir Hector. À la table des autres, on évoquait rarement sa présence à bord. Il était célèbre pour son immense richesse, et cela ne nous intéressait pas. Par contre, notre curiosité avait été éveillée dès que nous avions connu le motif de ce voyage fatal.

Voici ce qui était arrivé : un matin, Hector de Silva prenait le petit déjeuner sur son balcon en compagnie d'amis. Ils plaisantaient comme se divertissent entre eux ceux qui mènent une vie confortable, sans souci. À cet instant, un vénérable *battaramulle* – un saint homme – passa devant la maison. Apercevant le moine, Sir Hector fit une blague sur son titre et lança : « Tiens, voilà un *muttaraballa*. » *Muttara* signifie « qui urine » et *balla*, « chien ». Donc : « Voilà un chien qui urine. »

C'était drôle, mais déplacé. Le moine, qui avait entendu l'insulte, s'arrêta et, pointant le doigt sur Sir Hector, dit : « Je vais t'en envoyer un de *muttaraballa*... » Sur quoi, cet homme vénérable, réputé pour pratiquer la sorcellerie, se rendit directement au temple où il psalmodia plusieurs mantras, scellant ainsi le destin de Sir Hector de Silva et lui fermant la porte sur sa vie de richesse.

Je ne me rappelle pas qui nous a raconté la première partie de l'histoire, mais la curiosité, chez Cassius, Ramadhin et moi, plaça aussitôt au premier plan de nos pensées la présence du milliardaire dans la classe empereur. On chercha alors à en apprendre le plus possible. Je fis même parvenir un mot à Flavia Prins, mon ange gardien supposé, et je la retrouvai brièvement à l'entrée de la première classe où elle me dit ne rien savoir. Elle était agacée parce que mon mot suggérait qu'il s'agissait d'une affaire urgente et que j'avais interrompu une importante partie de bridge. Le problème, c'était qu'à la table des autres, personne n'en parlait assez. Assez pour nous, en tout cas. Nous finîmes donc par nous adresser au commissaire adjoint du bord (lequel, remarqua Ramadhin, avait un œil de verre) qui nous en révéla davantage.

Quelque temps après l'épisode du saint homme, Sir Hector descendit l'escalier de sa vaste demeure. (Le commissaire adjoint employa l'expression « son vaste hôtel particulier ».) Son terrier l'attendait en bas des marches. Comme d'habitude. C'était un chien que toute la famille adorait. Tandis que Sir Hector se baissait, l'affectueuse créature sauta pour atteindre son cou. Sir Hector écarta le chien qui lui mordit alors la main.

Deux domestiques s'emparèrent du terrier et l'enfermèrent dans un chenil. Pendant que l'animal était en cage, un parent soigna la blessure. Apparemment, le chien avait eu ce matin-là un comportement bizarre, courant à travers toute la cuisine dans les jambes des domestiques, qui l'avaient chassé à coups de balai, puis il était revenu au dernier moment, calme et silencieux, pour accueillir son maître au pied de l'escalier. Il n'avait mordu personne avant cet incident.

Dans la journée, Sir Hector passa devant le chenil et menaça le terrier de son doigt bandé. Vingt-quatre heures plus tard, le chien mourait, affichant les symptômes de la rage. Le « chien qui urine » avait déjà transmis son message.

Ils se succédèrent l'un après l'autre. Tous les médecins respectés exerçant dans Colombo 7 furent appelés en consultation. Sir Hector était (excepté quelques trafiquants d'armes et de pierres précieuses dont on ne connaîtrait jamais la fortune) l'homme le plus riche de la ville. Les médecins s'entretenaient à voix basse dans les longs couloirs de la maison, discutaient des remèdes et des défenses contre la rage qui commençait déjà à affecter la santé du milliardaire, là-haut à l'étage. Le virus se propageait vers les autres cellules à la vitesse de cinq à dix millimètres à l'heure, et les premiers symptômes apparaissaient, tels qu'une sensation de brûlure, de démangeaison et d'engourdissement à l'endroit de la morsure, mais les terribles signes d'hydrophobie ne se manifestaient pas encore. Comme le malade bénéficiait de soins attentifs, il pourrait s'écouler jusqu'à vingt-cinq jours avant que ne survienne l'issue fatale. On exhuma le terrier pour s'assurer qu'il s'agissait bien de la rage. On expédia des télégrammes à Bruxelles, Paris et Londres. Puis, par précaution, on réserva trois cabines de luxe sur l'*Oronsay*, le premier bateau en partance pour l'Europe. Le paquebot devait faire escale à Aden, Port-Saïd et Gibraltar, et on espérait qu'un spécialiste pourrait monter à bord dans au moins l'une de ces trois villes. ·

Mais on estimait aussi que Sir Hector devrait rester chez lui, car une traversée agitée risquerait d'aggraver son état, d'autant qu'à bord l'équipement médical serait sans doute réduit au minimum, sans compter que le médecin n'était en général qu'un interne de vingt-huit ans dont les parents avaient des relations à la direction de l'Orient Line. De plus, les ayurvédistes qui se présentaient maintenant, venant de la région de Moratuwa où se trouvait depuis plus d'un siècle la *walauwa* de la famille de Silva, prétendaient avoir traité avec succès des victimes de la rage. Ils garantissaient que Sir Hector, en demeurant sur l'île, aurait accès aux traitements par les plantes les plus efficaces. Ils s'exprimaient avec véhémence dans les anciens dialectes que Sir Hector avait entendus au cours de son enfance, et ils affirmaient que le voyage l'éloignerait de ces sources puissantes. Puisque la cause du mal était locale, c'est localement qu'on découvrirait comme toujours l'antidote.

Sir Hector finit par décider de prendre le bateau pour l'Angleterre. En acquérant la richesse, il avait aussi acquis une foi absolue en les progrès de l'Europe. Ce serait peut-être sa fatale erreur. Le voyage durait vingt et un jours. Il présumait qu'il serait immédiatement conduit des quais de Tilbury au cabinet du meilleur médecin de Harley Street devant lequel, croyait-il, l'attendrait une foule respectueuse comportant peut-être quelques Ceylanais parfaitement instruits de l'état de sa fortune. Hector de Silva avait lu un roman russe et il s'imaginait la scène, alors qu'être soigné à Colombo semblait relever de la magie de village, de l'astrologie et de tableaux de classification botanique dans une écriture en pattes de mouche. Il avait connu dans sa jeunesse certains des remèdes locaux, comme uriner sur le pied pour soulager la douleur provoquée par un oursin. Maintenant, on lui racontait que pour soigner une morsure faite par un chien enragé, il fallait tremper des graines d'*ummattaka* noire, ou pomme épineuse, dans de la pisse de vache, piler le tout, puis l'avaler. Et vingt-quatre heures plus tard, prendre un bain froid et boire du babeurre. Il existait toutes sortes de potions de ce genre dans les provinces. Quatre sur dix fonctionnaient. Ce n'était pas suffisant.

Quoi qu'il en soit, Sir Hector de Silva obligea un ayurvédiste à l'accompagner durant la traversée, muni de son sac rempli de plantes locales ainsi que de graines et de racines d'*ummattaka* en provenance du Népal. Donc, en même temps que deux médecins classiques, cet homme embarqua à bord du navire. Les trois représentants du corps médical partageaient une suite d'un côté de la chambre de Sir Hector, tandis que sa femme et sa fille de vingt-trois ans occupaient celle de l'autre côté.

Et voilà pourquoi, au milieu de l'océan, l'ayurvédiste de Moratuwa ouvrit sa malle-cabine qui contenait onguents et fluides, prit les graines de pomme épineuse qu'il avait auparavant mises à tremper dans de la pisse de vache, les mélangea à un peu de pâte de *jaggery* pour en masquer le goût, puis se précipita dans le couloir pour faire avaler au milliardaire une tasse de cette mixture ressemblant à un mucus, suivie d'un bon cognac français réclamé avec insistance par le philanthrope. Le traitement était renouvelé deux fois par jour et c'était la seule tâche dévolue à ce médecin. Ainsi, pendant que les deux docteurs traditionnels s'occupaient du malade le reste de la journée, l'homme de Moratuwa avait le bateau à lui, encore qu'il fût entendu que le périmètre de ses promenades se limiterait à la classe touriste. Il devait avoir néanmoins exploré le navire, conscient de l'absence d'odeurs sur ce bâtiment nettoyé avec obsession, jusqu'à ce qu'il sente les effluves familiers de la fumée de chanvre et qu'il en localise la source au niveau D, puis s'arrête devant la porte métallique, frappe, reçoive une réponse et entre pour être accueilli par Mr Fonseka et un petit garçon.

Nous étions en mer depuis plusieurs jours lorsque cette visite eut lieu. Et c'est l'ayurvédiste qui compléta l'histoire d'Hector de Silva, avec réticence au début, avant de finir par livrer presque tous les détails intéressants. Plus tard, grâce à nous, il rencontra Mr Daniels qui, se prenant d'amitié pour lui, l'invita à voir son jardin dans la cale où ils passèrent des heures à discuter des vertus thérapeutiques des plantes. Cassius aussi se fit un ami du médecin du Sud à qui il demanda tout de suite quelques-unes des feuilles de bétel qu'il avait emportées dans un sachet.

Les révélations surréalistes à propos de l'homme frappé d'une malédiction nous passionnaient. Nous rassemblions toutes les bribes de l'histoire de Sir Hector et nous mourions d'envie d'en savoir davantage. Nous nous sommes reportés au soir de l'embarquement au port de Colombo pour essayer de nous rappeler, ou à défaut d'imaginer, un brancard et le corps du milliardaire montant la passerelle, légèrement inclinés. Que nous en ayons été témoins ou non, la scène demeurerait désormais gravée dans nos esprits. Pour la première fois de notre vie, nous nous intéressions au sort des classes supérieures ; et il nous devint petit à petit évident que Mr Mazappa et ses légendes musicales, Mr Fonseka et ses chansons des Açores, Mr Daniels et ses plantes, eux qui avaient été jusque-là comme des dieux pour nous, n'étaient que des personnages mineurs, présents uniquement pour assister à la manière dont ceux qui détenaient le véritable pouvoir réussissaient ou échouaient dans le monde.

Après-midi

Lorsque Mr Daniels nous avait offert à tous les trois des feuilles de bétel à mâcher, nous avions aussitôt compris que Cassius en avait l'habitude. Quand il avait appris qu'il irait à l'école en Angleterre, il pouvait déjà cracher un jet de jus rouge entre ses dents et viser n'importe quelle cible – un visage sur un panneau d'affichage, le pantalon sur les fesses d'un professeur, la tête d'un chien à travers la vitre ouverte d'une voiture qui passait. Préparant son départ, ses parents, dans l'espoir de le guérir de cette pratique de la rue, ne l'autorisèrent pas à emporter des feuilles de bétel, mais il fourra dans sa taie d'oreiller préférée toute une cargaison de feuilles et de noix. Dans l'émotion des adieux au port de Colombo, tandis que ses parents lui faisaient au revoir de la main depuis le quai, Cassius prit une feuille verte et l'agita en réponse. Il ne savait pas s'ils l'avaient vue et s'étaient rendu compte qu'il les avait bernés, mais il l'espérait.

Nous avons été interdits de piscine du Lido pour trois jours. Après l'assaut que nous y avions mené l'après-midi, armés de chaises longues et sous l'effet de la «beedie blanche» de Mr Daniels, nous ne pouvions plus que rôder autour en feignant de nous préparer à sauter dans l'eau. À notre quartier général de la chambre des turbines, on décida de découvrir le maximum de choses sur les passagers de la table des autres et de partager entre nous les informations que chacun recueillerait. Cassius nous apprit que Miss Lasqueti, la femme à l'air maladif assise à côté de lui pendant les repas, avait accidentellement ou intentionnellement «bousculé son pénis» avec son coude. Je racontai que Mr Mazappa qui, sous le nom de Prairie ensoleillée, portait des lunettes cerclées de noir paraissait ainsi plus sérieux et plus pensif. Il les avait tirées de sa poche de poitrine pour me montrer que les verres étaient neutres. Nous estimions tous que son passé devait être trouble. «Comme on dit dans ma bible, je suis sorti en mon temps de bien des égouts» était l'une des phrases par lesquelles il aimait conclure une anecdote.

Au cours de l'une de nos incessantes séances de palabres dans la chambre des turbines, Cassius demanda: «Vous vous souvenez des chiottes au collège St. Thomas?» Adossé à un gilet de sauvetage, il aspirait le lait condensé d'une boîte. «Vous savez ce que je vais faire avant de descendre de ce bateau? Je vous promets de couler un bronze dans les toilettes en porcelaine du commandant.»

Je passais de nouveau beaucoup de temps avec Mr Nevil. À l'aide des plans du bateau qui ne le quittaient pas, il me montrait où les mécaniciens mangeaient et dormaient, où se trouvaient les quartiers du commandant. Il m'expliquait le fonctionnement du réseau électrique qui se déployait partout pour alimenter chaque pièce, de même que celui des machines invisibles qui occupaient tous les niveaux inférieurs de l'*Oronsay*. J'avais déjà conscience de leur existence. Dans ma cabine, la tige d'un arbre de transmission tournait sans arrêt derrière une paroi lambrissée, et je plaquais souvent ma paume sur le bois toujours chaud.

Et surtout, il me parlait de l'époque où il démantelait les bateaux, me racontait comment, dans un «chantier de démolition», on réduisait un paquebot en milliers de morceaux impossibles à identifier. C'était sans doute ce que j'avais vu à l'autre bout du port de Colombo, compris-je alors. On faisait brûler le bateau pour qu'il ne reste plus que du métal utilisable, de sorte que la coque pouvait être convertie en barge ou la cheminée étendue au marteau pour étanchéifier un réservoir. Les démolitions avaient toujours lieu au fin fond des ports, me dit Mr Nevil. On séparait les alliages, on brûlait le bois et on fondait le caoutchouc et le plastique en grandes plaques qu'on enfouissait dans le sol. Par contre, la porcelaine, les robinets en métal et les câbles électriques étaient conservés pour être recyclés, et j'imaginais que parmi ceux qui avaient travaillé avec lui il devait y avoir à la fois des hommes musclés qui cassaient les parois à coups de lourd maillet de bois, et d'autres, pareils à des corbeaux, dont la tâche précise consistait à arracher et rassembler des rouleaux de fils métalliques, des éléments d'installations électriques et des serrures de portes. En un mois, ils faisaient disparaître un bateau dont ils ne laissaient que le squelette dans la vase d'un estuaire, des os pour un chien. Mr Nevil avait parcouru le monde entier pour son métier, de Bangkok à Barking. Et là, assis en ma compagnie, roulant un bâton de craie bleue entre ses doigts, soudain méditatif, il se remémorait les ports où il avait habité à un moment ou un autre.

C'était, murmurait-il, une profession dangereuse, bien entendu. Et c'était triste de réaliser que rien n'était permanent, pas même un paquebot. «Pas même la trière!» ajoutait-il, me poussant du coude. Il avait participé au démantèlement du *Normandie* – «le plus beau bateau jamais construit» – tandis qu'il gisait, calciné et à moitié coulé, dans l'Hudson en Amérique. «Mais d'une certaine façon, même ça, c'était beau, parce que dans un chantier de démolition, on découvre que tout peut connaître une nouvelle vie, renaître en tant que pièce d'une voiture, d'un wagon de chemin de fer, ou comme lame d'une pelle. On greffe une existence nouvelle à une inconnue.»

Miss Lasqueti

La plupart de ceux de la table des autres considéraient Miss Lasqueti comme une probable vieille fille, et nous trois pensions qu'elle avait peut-être une libido (le coup de coude sur les bourses de Cassius). Elle était déliée et blanche comme un pigeon. Elle n'aimait pas le soleil. On la voyait sur une chaise longue, lisant des romans policiers dans les rectangles d'ombre, et ses cheveux d'un blond lumineux jetaient comme une étincelle dans la pénombre qu'elle s'était choisie. Elle fumait. Mr Mazappa et elle se levaient ensemble et s'excusaient après le premier plat pour se diriger vers la plus proche sortie donnant sur le pont. Ce dont ils parlaient alors, nous n'en avions aucune idée. Ils composaient un couple improbable. Bien qu'elle eût un rire laissant deviner qu'il avait roulé à deux ou trois reprises dans la boue. Il surprenait, car il émanait de ce corps mince, modèle de modestie; nous l'entendions d'habitude en réponse à l'une des histoires grivoises de Mr Mazappa. Elle pouvait être fantasque. « Pourquoi l'expression "trompe-l'œil" me fait-elle penser à des huîtres ? » l'ai-je entendu demander.

Nous n'avions cependant pas la queue d'une indication quant au passé ou à la carrière de Miss Lasqueti. Nous nous estimions doués pour glaner des indices pendant nos parcours quotidiens à travers le bateau, mais nos certitudes à propos de ce que nous découvrions mûrissaient lentement. Nous surprenions une réflexion au déjeuner, un regard ou un signe de tête. « L'espagnol est une langue adorable, n'est-ce pas, Mr Mazappa ? » avait commenté Miss Lasqueti et, assis en face d'elle, il lui avait adressé un clin d'œil. Nous apprenions sur les adultes simplement en étant parmi eux. Nous sentions des schémas apparaître, et pour un temps tout se fonda sur ce clin d'œil de Mr Mazappa. Miss Lasqueti avait ceci de particulier qu'elle était une dormeuse. Quelqu'un qui à certaines heures de la journée parvenait à peine à rester éveillé. Elle luttait, et ce combat la rendait attachante, comme si elle cherchait sans cesse à éviter une punition injustifiée. Dans sa chaise longue, elle avait la tête qui tombait doucement vers le livre qu'elle essayait de lire. Sous de nombreux aspects, elle était le fantôme de notre table, car il se révéla qu'elle était aussi somnambule, un dangereux état à bord d'un bateau. Un éclat de blanc, je la vois toujours ainsi, sur fond de mer houleuse et noire.

Quel était son avenir ? Quel avait été son passé ? Elle était la seule à la table des autres capable de nous projeter hors de nous-mêmes pour imaginer la vie de quelqu'un d'autre. J'avoue que c'était surtout Ramadhin qui nous amenait, Cassius et moi, à cette empathie. Il se montrait toujours le plus généreux de nous trois. Pour la première fois de notre existence, nous commencions à soupçonner la présence d'une injustice dans l'existence d'un autre. Miss Lasqueti avait, je m'en souviens, du thé « gunpowder » qu'à notre table elle mettait dans une tasse d'eau chaude avant de la verser dans une thermos et de nous abandonner pour l'après-midi. On distinguait vraiment le rouge qui lui montait au visage tandis que la boisson lui donnait un coup de fouet.

La décrire « blanche comme un pigeon » venait sans doute d'une découverte faite par la suite : on apprit que Miss Lasqueti avait vingt ou trente pigeons en cage dans un coin du bateau. Elle les « accompagnait » en Angleterre, mais elle se défaussait quand il s'agissait de dire pourquoi elle voyageait avec eux. Puis Flavia Prins me raconta qu'un passager inconnu de la première classe l'avait informée qu'on avait souvent aperçu Miss Lasqueti dans les couloirs de Whitehall.

En tout cas, il nous semblait que presque tous ceux de notre table, depuis le tailleur silencieux, Mr Gunesekera, propriétaire d'une boutique à Kandy, jusqu'à l'amusant Mr Mazappa en passant par Miss Lasqueti, devaient avoir une raison intéressante d'accomplir ce voyage, même si on n'en parlait pas ou qu'on ne l'eût pas encore trouvée. Malgré cela, le statut de notre table sur l'*Oronsay* demeurait inférieur, alors que ceux de la table du commandant n'arrêtaient pas de porter des toasts à l'importance des uns et des autres. C'est la petite leçon que j'ai apprise au cours de la traversée. Ce qui est intéressant et important se déroule surtout en secret, dans des endroits où ne réside pas de pouvoir. Rien qui ait beaucoup de valeur durable n'arrive jamais à la grande table, unie par une rhétorique familière. Ceux qui possèdent déjà le pouvoir continuent à suivre tranquillement l'ornière familière qu'ils se sont creusée.

La fille

S'il y avait à bord une personne qui semblait ne détenir aucun pouvoir, c'était la fille nommée Asuntha, et nous ne prîmes que petit à petit conscience de son existence. Elle paraissait ne posséder qu'une robe verte délavée. Elle la portait tout le temps, même durant les tempêtes. Elle était sourde, ce qui la rendait plus fragile et solitaire encore. Quelqu'un à notre table se demanda comment elle s'était débrouillée pour payer le voyage. On la regarda une fois faire du trampoline, et en l'air, au milieu de cet espace silencieux, elle nous donna l'impression d'être une autre personne. Mais dès qu'elle s'arrêtait et s'en allait, on ne discernait plus aucune agilité ni force en elle. Elle était pâle, même pour une Cinghalaise. Et menue.

Elle avait peur de l'eau. Quand elle passait devant la piscine, nous nous moquions d'elle en menaçant de la pousser dedans, jusqu'à ce que Cassius change d'avis et nous empêche de continuer. Nous avions alors surpris une lueur de pitié en lui et remarqué qu'à dater de ce moment-là, il se mit à veiller timidement sur elle. Sunil, l'Esprit d'Hyderâbâd, membre de la troupe Jankla, la protégeait. Il s'asseyait à côté d'elle pendant les repas, à la table où se trouvait aussi Emily, et il jetait des coups d'œil en direction de la table des autres, horrifié par le bruit que faisait notre groupe.

Asuntha avait une manière particulière d'écouter. Elle n'entendait que de l'oreille droite et uniquement quand on parlait distinctement et directement dedans. Ainsi, elle saisissait le tremblement de l'air qu'elle convertissait en sons, puis en mots. On ne pouvait communiquer qu'en étant intimement proches. Pendant les exercices d'évacuation, un steward la prenait à part pour lui expliquer les règles et les procédures, tandis que le reste d'entre nous recevait les mêmes informations par haut-parleurs. Elle paraissait entourée de barrières.

Seul le hasard avait placé Emily à la même table que la fille. Et si Emily était l'étincelante beauté publique, cette fille était la solitaire. Au fil des jours, elles semblèrent devenir amies, et une certaine intensité commença à se manifester dans leurs conversations – les murmures, les mains étreintes. C'était une Emily très différente quand elle était en compagnie de la fille sourde.

Une fine pellicule de pluie matinale sur les ponts était l'idéal pour cela. Entre les portes B et C, il y avait vingt mètres dégagés de toute chaise longue. Nous courions pieds nus et filions sur le bois rendu glissant, jusqu'à ce que nous nous cognions au bastingage ou contre une porte soudain ouverte par un passager venant voir le temps qu'il faisait. Cassius percuta le très vieux professeur Raasagoola Chaudharibhoy lors d'un lancer record de son corps. La distance pouvait être améliorée quand on lavait le pont. Tant qu'il y avait encore du savon, nous parvenions à glisser deux fois plus loin, renversant les seaux et heurtant les marins. Même Ramadhin participait. Il découvrit qu'il aimait par-dessus tout le vent marin sur son visage. Il demeurait des heures à la proue, le regard rivé sur le large, hypnotisé par quelque chose qui se trouvait là, ou perdu dans ses pensées.

Afin de se représenter les activités journalières à bord de notre bateau, la méthode la plus sûre serait sans doute de créer une série de lignes de différentes couleurs s'entrecroisant en accéléré pour figurer les flâneries quotidiennes. Il y avait le chemin emprunté par Mr Mazappa après son réveil à midi, la promenade de l'ayurvédiste de Moratuwa une fois libéré de sa tâche auprès de Sir Hector. Il y avait aussi Hastie et Invernio qui promenaient les chiens ; le lent parcours entre leurs cabines et le Delilah Bar de Flavia Prins et de ses amis et partenaires de bridge ; l'Australienne sur ses patins à roulettes à l'aube ;

les activités officielles et non officielles des membres de la troupe Jankla ; de même que notre déploiement à nous trois qui nous répandions partout comme des billes de mercure : arrêts à la piscine, à la table de ping-pong et dans la salle de bal pour assister à une leçon de piano donnée par Mr Mazappa, puis une petite sieste, un brin de conversation avec le commissaire adjoint du bord – en prenant soin de regarder dans son œil de verre au passage –, et visites à Mr Fonseka dans sa cabine durant une heure ou plus. Tous ces schémas de mouvements aléatoires devinrent aussi prévisibles que les pas d'un quadrille.

Pour nous, c'était une époque qui ne bénéficiait pas de la photographie, si bien que la traversée échappa au souvenir permanent. Je n'ai même pas un vague instantané de mon séjour à bord de l'*Oronsay* qui puisse me dire à quoi Ramadhin ressemblait vraiment au cours de ce voyage. Un plongeon flou dans la piscine, un corps dans un drap blanc qui tombe et s'enfonce dans la mer, un garçon qui se cherche dans un miroir, Miss Lasqueti endormie dans une chaise longue – ce sont des images issues de la seule mémoire. Sur le pont supérieur, dans la classe empereur, certains passagers avaient des appareils photo format boîte, et ils étaient souvent pris en « pingouin ». À la table des autres, Miss Lasqueti griffonnait parfois des croquis dans un carnet jaune. Elle dessina peut-être certains d'entre nous, mais nous n'avions jamais eu assez de curiosité pour le lui demander, car nous supposions que personne autour de nous ne s'intéressait à l'art. Elle aurait pu tout aussi bien tricoter un portrait de chacun de nous au moyen de laines de toutes les couleurs. Nous avions montré davantage de curiosité quand elle avait apporté sa veste à pigeons pour nous montrer comment elle pouvait se promener sur le pont avec plusieurs oiseaux vivants dans ses poches rembourrées.

Quoi que nous fassions, cela n'avait aucun caractère de permanence. Nous découvrions simplement combien de secondes nous étions capables de tenir sans respirer en nageant sous l'eau. Car notre plus grand plaisir à Cassius et à moi, c'était, après qu'un steward avait lancé une centaine de cuillères dans la piscine, de plonger en même temps que d'autres concurrents pour en récolter le maximum dans nos petites mains, comptant sur nos poumons pour rester de plus en plus longtemps au fond. On nous regardait, on nous acclamait et on se moquait de nous comme si nos maillots de bain avaient glissé pendant que nous nous hissions sur le bord, tels des poissons amphibies, serrant les couverts contre nous. «J'aime tous les hommes qui plongent», a écrit Melville, ce grand voyageur des mers. Et si on m'avait demandé alors ou à tout autre moment de ces vingt et un jours de choisir une profession, j'aurais répondu que je désirais être plongeur dans une compétition de ce genre pour le restant de ma vie. Je ne me rendais pas compte à l'époque qu'il n'existait aucun domaine ou métier de cette sorte. Et toujours, nos corps minces qui faisaient presque partie de l'élément laissaient tomber notre trésor puis ressautaient pour un tour afin de chercher sous l'eau jusqu'à la dernière cuillère. Seul Ramadhin, protégeant son cœur hésitant, ne participait pas. Néanmoins, avec un léger ennui, il nous encourageait.

Vol

Un matin, un homme que nous connaissions sous le nom de Baron C. me persuada de l'aider en vue d'un projet. Il avait besoin d'un garçon petit et athlétique, et il m'avait observé pendant que je plongeais dans la piscine pour repêcher les cuillères.

Il commença par m'inviter à manger une glace au salon de la première classe. Puis, dans sa cabine, afin de s'assurer de mes talents, il me demanda d'ôter mes sandales, de grimper sur les meubles et de faire le plus vite possible le tour de la pièce sans toucher le sol. Je trouvais cela bizarre, mais je sautai du fauteuil sur le bureau, puis sur le lit avant de bondir pour m'accrocher à la porte de la salle de bains. Comparée à la mienne, la cabine était très vaste, et quelques minutes plus tard je me tenais pieds nus sur l'épaisse moquette, haletant comme un chien. L'homme prit alors une théière.

«C'est du thé de Colombo, pas du thé du bateau», me dit-il, ajoutant du lait condensé dans la tasse. Il savait ce qu'était un bon thé. Jusqu'à présent, ce qu'on nous donnait à bord avait un goût d'eau de vaisselle, et j'avais cessé d'en boire. En fait, je ne reboirais pas de thé avant des années. Le Baron m'avait servi mon dernier bon thé. Dans des tasses minuscules, si bien que j'en bus plusieurs ce jour-là.

Le Baron déclara que j'étais *athlétique*. Il me conduisit devant la porte et m'indiqua la fenêtre au-dessus. Elle était rectangulaire, munie d'un petit verrou. Pour le moment, le carreau était ouvert à plat, ce qui permettait à l'air de circuler.

«Tu crois que tu peux te faufiler par là?» Sans attendre ma réponse, il plaça ses mains en coupe pour me faire la courte échelle. Une fois sur ses épaules, j'étais à près de deux mètres du sol. Je m'engageai dans l'ouverture avec prudence à cause de la vitre et de son cadre de bois, car je craignais de passer au travers. À titre de protection supplémentaire, il y avait deux barreaux horizontaux. Il me demanda d'essayer de me glisser entre, mais je n'y arrivai pas.

«C'est inutile. Descends.»

Je posai de nouveau les genoux sur ses épaules, plaquai la main sur ses cheveux brillantinés et sautai à terre, envahi du sentiment de l'avoir d'une certaine manière trahi, surtout après la glace et le bon thé.

«Il va falloir que je trouve quelqu'un d'autre», murmura-t-il, se parlant à lui-même comme si je n'étais plus là. Puis, conscient de ma déception, il reprit: «Je suis désolé.»

Le lendemain, je vis le Baron à la piscine qui s'entretenait avec un autre garçon, et un instant plus tard, ils montaient ensemble sur le pont supérieur. Le garçon était plus petit que moi, mais peut-être pas aussi *athlétique*, car il revint au bout d'une heure et ne mentionna que le thé et les biscuits auxquels il avait eu droit. Finalement, peut-être un ou deux jours après, le Baron m'invita à tenter de nouveau de passer par l'imposte. Il avait, dit-il, une autre idée. Au steward qui gardait l'entrée de la première classe, il lança: «Mon neveu – il vient prendre le thé avec moi.» Et ainsi, je foulai en toute légitimité la moquette du salon en jetant des regards autour de moi au cas où j'apercevrais Flavia Prins, car c'était également son territoire.

Il m'avait demandé de mettre mon maillot de bain et, après que j'eus ôté le reste de mes vêtements, il me tendit un petit bidon d'huile de moteur qu'il avait réussi à récupérer dans la salle des machines et me fit m'enduire de la tête aux pieds de l'épais liquide noir. Ensuite, il me hissa jusqu'à la fenêtre ouverte, défendue par les deux barreaux horizontaux. Et cette fois, grâce à l'huile, je me glissai entre les deux comme une anguille et sautai dans le couloir de l'autre côté de la porte. Je frappai et il me fit entrer. Il arborait un large sourire.

Aussitôt, il me donna un peignoir à enfiler, puis nous sortîmes dans le couloir désert. Il cogna à une porte et, comme on ne répondait pas, il me fit la courte échelle, si bien que je me faufilai par l'imposte ouverte non plus hors d'une cabine, mais *dans* une cabine. Je déverrouillai la porte de l'intérieur et, en entrant, le Baron me tapota le crâne. Il s'assit un instant dans un fauteuil, m'adressa un clin d'œil, puis il se leva et commença à fouiller la cabine. Il ouvrit les tiroirs d'un placard et, quelques minutes plus tard, nous ressortions.

Avec le recul, je pense qu'il m'avait peut-être convaincu qu'entrer ainsi par effraction était un jeu confidentiel pratiqué par quelques-uns de ses amis et lui. Car son comportement semblait tout à fait naturel et décontracté. Il se baladait dans une suite, les mains dans les poches, tandis qu'il examinait les objets posés sur une étagère ou un bureau, ou qu'il jetait un coup d'œil dans les autres pièces. Je me souviens qu'une fois il a trouvé une épaisse liasse de papiers qu'il a fourrée dans un sac de sport. Je l'ai également vu empocher un couteau à lame d'argent.

Pendant ce temps-là, en général, je regardais la mer par l'un des hublots. Quand il était ouvert, j'entendais les cris des joueurs de palet sur un pont en dessous. C'était cela qui m'enivrait, de même que d'être dans une si vaste cabine. Celle que je partageais avec Mr Hastie avait à peu près la taille du grand lit d'une cabine de luxe. Entrant dans une salle de bains aux murs couverts de miroirs, je vis soudain une image fugitive de moi, à moitié nu et couvert d'huile noire, juste un visage et des cheveux en épis. Il y avait là un garçon sauvage, sorti tout droit des histoires du *Livre de la jungle*, dont les yeux m'observaient, blancs comme des lampes. C'est, je crois, le premier reflet ou portrait de moi que je me rappelle, et c'est l'image de ma jeunesse que je conserverais des années durant – un garçon surpris, à demi formé, qui n'était pas encore devenu quelqu'un ou quelque chose. Je distinguais le Baron dans un coin du cadre, qui m'observait. Il avait une expression pensive, comme s'il comprenait ce que je voyais dans la glace, comme s'il avait lui aussi fait cela jadis.

Il me lança une serviette et me dit de me nettoyer avant de passer mes vêtements qu'il avait emportés dans son sac de sport.

Il me tardait d'être à la prochaine réunion dans la chambre des turbines pour raconter aux autres ce qui m'était arrivé. Je sentais croître mon autorité. Rétrospectivement, je me rends compte que le Baron m'a donné un autre moi, quelque chose d'aussi petit qu'un taille-crayon. C'était une brève évasion, un temps dans la peau d'un autre, une porte que je n'ouvrirais pas avant des années, pas avant mon adolescence. Ces après-midi un peu flous, je les garde en moi. Je me souviens d'un jour où, après avoir frappé à une porte sans obtenir de réponse, puis m'être glissé entre les barreaux de la petite fenêtre et avoir introduit le Baron, j'éprouvai tout comme lui un choc en découvrant un homme endormi dans le grand lit, des flacons de médicaments éparpillés sur la table de chevet. Le Baron leva la main pour me recommander le silence, s'approcha et contempla le corps comateux qui, réaliserais-je par la suite, était celui de Sir Hector de Silva. Le Baron m'effleura l'épaule et me désigna un buste en métal du milliardaire trônant sur la commode. Pendant qu'il continuait à chercher dans la pièce les objets de valeur – des bijoux, présumai-je, car c'était en somme ce que les voleurs semblaient prendre –, mon regard allait de la tête en métal à la vraie. Sur le buste, l'homme paraissait léonin et noble, contrastant avec la réalité de la tête sur l'oreiller. Je tentai de soulever le buste, mais il était trop lourd.

Le Baron feuilleta des documents sans en subtiliser aucun. En revanche, il s'empara sur la cheminée d'une statuette verte représentant une grenouille. «Jade», chuchota-t-il en se penchant vers moi. Puis, d'un geste presque trop intime, il prit la photo d'une jeune femme dans un cadre d'argent posée à côté du lit. Quelques minutes plus tard, dans le couloir, il me dit qu'il la trouvait très séduisante. «Peut-être que je la rencontrerai à un moment ou un autre au cours de la traversée», ajouta-t-il.

Il débarquerait plus tôt que prévu, à Port-Saïd, car alors le bruit courait qu'il y avait un cambrioleur à bord, quoique les soupçons, bien entendu, ne se fussent portés sur aucun des passagers de la première classe. Je sais qu'à Aden il avait expédié un certain nombre de colis. En tout cas, il cessa soudain de me fixer rendez-vous. Il m'offrit un dernier thé au salon Bedford et, à dater de ce jour-là, je ne le vis presque plus. Je n'ai jamais su s'il volait simplement pour payer son voyage en première classe ou pour donner de l'argent à un frère en mauvaise santé ou à quelque vieux complice. Il me faisait l'effet d'un homme généreux. Je me souviens encore de l'allure qu'il avait, de la façon dont il s'habillait, bien que je ne sache pas s'il était anglais ou l'un de ces métis qui ont adopté le panache de l'aristocratie. Je sais par contre que chaque fois que je me trouve dans un pays où l'on affiche les visages de criminels dans les bureaux de poste, je cherche le sien.

Notre bateau continuait à suivre une route nord-ouest, voguant vers de plus hautes latitudes, et les passagers sentaient les soirées fraîchir. Un jour, on nous annonça par haut-parleurs qu'un film serait projeté après le service du dîner, sur le pont devant la Celtic Room. À la tombée de la nuit, les stewards installèrent un drap empesé puis apportèrent un projecteur mystérieusement couvert. Une demi-heure avant le début du film, une centaine de personnes étaient réunies, constituant un public agité, les adultes assis sur des chaises et les enfants par terre. Ramadhin, Cassius et moi étions le plus près possible de l'écran. C'était notre premier film. Les haut-parleurs crachèrent, et soudain les images apparurent sur l'écran au milieu d'un ciel encore rougeoyant.

Nous devions toucher Aden quelques jours plus tard, et le choix des *Quatre plumes blanches*, je m'en rends compte maintenant, manquait quelque peu de tact, car le film s'efforce d'opposer la brutalité de l'Arabie à une Angleterre civilisée encore que stupide. On regarda un Anglais se faire marquer le visage (on entendit grésiller la chair) afin de pouvoir passer pour un Arabe auprès d'un peuple du désert fictif. Dans l'histoire, un vieux général parle des Arabes comme de *la tribu Gazarra – irresponsable et violente*. Plus tard, un Anglais devient aveugle en fixant le soleil du désert, et il erre lentement jusqu'à la fin du film. Quant aux questions plus subtiles sur le chauvinisme et la lâcheté en temps de guerre, elles furent emportées par les rafales de vent et noyées dans l'océan. La sonorisation n'était pas bonne, et en outre nous n'étions pas habitués aux accents anglais atonaux. Nous nous contentions de suivre l'action. Il y avait aussi la possibilité que vienne s'y ajouter une sous-intrigue : notre bateau approchait en effet d'une zone orageuse et, quand nous détachions notre regard du drame qui se jouait sur l'écran, nous apercevions au loin les éclairs zébrant le ciel.

Le film, cependant que nous naviguions sous les étoiles qui s'éteignaient une à une, était projeté en deux endroits. Il avait commencé au Pipe and Drums Bar de la première classe, à destination d'un groupe plus tranquille d'une quarantaine de passagers bien habillés ; la première bobine finie, on la rembobina, puis on la descendit dans une boîte métallique sur le pont où se trouvait notre projecteur, et la séance débuta, tandis que les spectateurs de la première classe regardaient la deuxième bobine. Il en résultait que les sons des deux projections se télescopaient et se confondaient. Le volume de chaque haut-parleur était réglé au maximum en raison du rugissement du vent marin, et nous étions sans cesse assaillis par des sons contrapuntiques ; durant une scène émouvante, on entendait par exemple des chansons entraînantes en provenance d'un mess des officiers. Notre séance en plein air avait néanmoins des allures de pique-nique nocturne. Nous avions tous droit à une coupe de glace et, en attendant l'arrivée de la bobine de la première classe à installer sur notre projecteur, la troupe Jankla se produisait. Alors qu'ils jonglaient avec de grands couteaux de boucher, nous parvinrent, jaillis des haut-parleurs de la première classe, les hurlements sanguinaires des Arabes lancés à l'attaque. La troupe Jankla parodia ces cris par de comiques mouvements du corps, puis l'Esprit d'Hyderâbâd s'avança pour annoncer qu'une broche perdue la veille par un passager se trouvait suspendue au-dessus de l'objectif du projecteur. Ainsi, au moment où la première classe assistait au terrible massacre des troupes anglaises, des vivats s'élevaient de notre public.

Notre film se déroulait sur la toile, animée d'un semblant de vie, d'un écran qui claquait. L'intrigue était un mélange de grandeur et de

89

confusion, d'actes de cruauté, que nous comprenions, et d'honneur responsable, que nous ne comprenions pas. Cassius se balada ensuite pendant des jours, prétendant appartenir à « la tribu Oronsay – irresponsable et violente ».

Malheureusement, l'orage prévu éclata au-dessus du paquebot et la pluie frappa le projecteur dont le métal brûlant se mit à siffler. Un steward tâcha de le protéger au moyen d'un parapluie. Une bourrasque arracha l'écran qui s'envola, frôlant les vagues comme un fantôme, tandis que les images continuaient à être projetées dans le vide au-dessus de la mer. Nous ne sûmes jamais la fin de l'histoire, pas au cours de cette traversée, du moins. Je l'ai apprise plus tard en lisant le roman de A. E. W. Mason à la bibliothèque du Dulwich College. Il s'avéra que Mason était un ancien élève de l'école. En tout cas, ce soir-là vit le début d'une série de violents orages qui s'abattirent sur l'*Oronsay*. Ce n'est qu'après qu'on échappa à l'océan tumultueux pour accoster dans l'Arabie de la réalité.

Parfois, l'orage envahit le paysage du Bouclier canadien où j'habite l'été, et je me réveille en croyant que je flotte à la hauteur des grands pins au-dessus du fleuve, regardant les éclairs qui approchent et écoutant derrière eux le tonnerre qui arrive. Ce n'est que de cette altitude qu'on voit la magnifique chorégraphie et le danger des orages. Dans la maison, des personnes dorment et, près d'elles, la chienne, les oreilles au supplice, qui tremble comme si son cœur allait lâcher ou lui être arraché. J'ai vu sa tête dans la demi-lumière de pareils orages, comme soumise à la vitesse de quelque expérience de voyage dans l'espace, une tête normalement si belle, alors toute retroussée. Et tandis que les autres dorment, secoués par cette nature sauvage, seul le fleuve en dessous paraît stable. Durant les déchirures de lumière, on voit les hectares d'arbres chavirer, tout s'incliner dans une paume biblique. Chaque été, cela se produit à plusieurs reprises. J'attends et me prépare donc à l'arrivée du tonnerre en compagnie de cette chienne, cette douce chasseresse.

Bien entendu, il y a un *pourquoi* à tout cela. Parce que je me suis trouvé dans cet endroit peu sûr, qui flottait sans ancrage à on ne sait combien de milliers de mètres de hauteur. Et toutes ces années plus tard, cela revient – le soir avec Cassius après qu'on s'était attachés sur le pont du navire en perspective de ce qui serait, pensions-nous, une aventure excitante.

Il se peut que ce soit l'échec de la projection du film qui nous y ait poussés. Je suis toujours incapable d'expliquer pourquoi nous avons fait cela. Tout simplement, peut-être, parce que c'était la première fois que nous affrontions une tempête en mer. Après qu'on eut emporté le projecteur et empilé les chaises, il y eut une soudaine accalmie sur l'océan et dans le ciel au-dessus de nous. Si bien que pour un instant, même si, nous avait-on dit, les clignotements du radar signalaient l'existence d'une nouvelle perturbation approchante, le vent était tombé, ce qui nous laissait le temps de nous organiser.

C'est Cassius, naturellement, qui me persuada de me mettre aux premières loges pour assister au cataclysme. Nous en avions parlé à côté des canots de sauvetage. Ramadhin ne désirait pas en être, mais il nous offrit son aide. La veille, nous étions tombés sur des cordes et autre matériel dans un magasin demeuré ouvert au cours de l'exercice d'évacuation. Donc, pendant l'accalmie, alors que presque tous les passagers avaient regagné leurs cabines, on se dirigea vers le pont promenade, près de la proue, où l'on trouva divers objets permanents auxquels s'accrocher au moyen des cordes. Le commandant annonça un coup de vent force 10 et dit de se préparer au pire.

Cassius et moi étions allongés sur le dos, côte à côte, et Ramadhin entreprit de nous attacher à des rivets en forme de V et à un bollard. Il se dépêchait, car il voyait la tempête arriver. Il vérifia les nœuds dans l'obscurité puis nous abandonna, bras et jambes écartés, solidement ligotés. Le pont était désert, et l'espace d'un moment rien ne se produisit, sinon une petite pluie. Peut-être avions-nous changé de cap pour éviter la tempête. Mais d'un seul coup, les bourrasques nous frappèrent, chassant l'air de nos bouches. Il nous fallut tourner la tête pour échapper aux rafales et pouvoir respirer, tandis que le vent s'enroulait autour de nous comme du métal. Nous nous étions imaginés couchés là, à discuter avec émerveillement des feux de l'orage loin au-dessus de nous, mais nous étions près de nous noyer sous les trombes d'eau et les paquets de mer qui passaient par-dessus le bastingage, tourbillonnant sur le pont. Les éclairs illuminaient la pluie dans l'air, puis l'obscurité revenait. Une corde défaite tapait sur ma gorge. Il n'y avait que du bruit. Nous ne savions pas si nous criions ou tentions seulement de crier.

À chaque vague, on avait le sentiment que le bateau allait se briser, et à chaque vague, le flot nous recouvrait et nous ballottait avant que nous ne retrouvions notre équilibre. Nous avions conscience d'un rythme régulier. Le navire labourait l'océan, des masses d'eau s'abattaient sur nous et nous ne pouvions plus respirer, cependant que la poupe se soulevait et que les hélices, hors de leur élément, hurlaient jusqu'à ce qu'elles retombent dans la mer, tandis que nous, à la proue, étions de nouveau secoués violemment.

Alors que j'étais étendu sur le pont promenade de l'*Oronsay*, au cours de ces quelques heures où nous avons cru n'avoir plus aucune chance de survivre, tout se mélangeait. J'étais une chose confuse dans une jarre, incapable d'échapper à ce qui se produisait, incapable d'échapper aux événements. Je ne m'accrochais qu'au fait de ne pas être seul. Cassius était avec moi. De temps en temps, illuminées par un éclair, nos têtes se tournaient l'une vers l'autre et nous distinguions nos visages submergés, flous et pâles. Je me sentais prisonnier de cet endroit. Le paquebot tanguait et plongeait dans des vagues gigantesques, et si l'une d'elles l'engloutissait, Cassius et moi resterions à jamais attachés à une pompe, un générateur ou quelque autre objet. Il n'y avait personne hormis nous. Nous étions les seuls à la surface du bateau, comme préparés pour le sacrifice.

Les vagues déferlaient, roulaient sur nous, disparaissaient par-dessus bord, rapides comme un cauchemar. Puis nous montions. Puis nous redescendions dans la vallée suivante. Tout ce qui nous maintenait, c'était la science rudimentaire des nœuds de Ramadhin. Que savait-il des nœuds ? Dans les affres de la mort, nous supposions qu'il n'en savait rien. Nous n'étions pas du tout en sécurité. Le temps n'existait plus. Combien d'heures s'étaient-elles écoulées avant que ne nous éblouissent des projecteurs braqués sur nous du haut de la passerelle? Même dans notre état, nous percevions l'indignation derrière la lumière. Elle s'éteignit.

Plus tard, nous apprîmes les noms qu'on donnait aux tempêtes. *Chubasco. Ouragan. Cyclone. Typhon.* Et par la suite, on nous raconta ce qui s'était passé en bas, comment les vitraux de la Caledonia Room avaient volé en éclats, les circuits électriques sauté presque tout de suite, de sorte que la lueur des lampes de poche vacillait dans les couloirs comme dans les bars et les salons tandis qu'on cherchait les passagers manquants. Des canots de sauvetage, à moitié arrachés des bossoirs, pendaient en l'air. Les boussoles du paquebot tournoyaient. Dans le chenil privé de lumière, Mr Hastie et Mr Invernio tentaient de calmer les chiens affolés par le tonnerre dans leurs oreilles. Une vague frappa le commissaire adjoint du bord avec tant de force qu'elle emporta son œil de verre. Tout cela alors que nous tendions le cou pour voir jusqu'où la proue plongerait à la prochaine vague. Et que personne n'entendait nos cris, même pas nous-mêmes – néanmoins le lendemain nous avions la gorge à vif tant nous avions hurlé dans ce couloir de la mer.

Une éternité sembla s'être écoulée avant que je ne sente des mains se poser sur moi. La tempête soufflait encore, mais elle s'était suffisamment calmée pour qu'on envoie trois marins à notre rescousse. Ils coupèrent les cordes dont les nœuds s'étaient emmêlés, puis ils nous descendirent dans une cabine qui servait de petite salle à manger et aussi de centre médical. Il y avait eu quelques contusions à la tête et doigts cassés au cours de ces deux dernières heures. On nous déshabilla et on nous fournit à chacun une couverture. Nous pouvions dormir là, nous dit-on. Je me souviens du moment où le marin m'a soulevé dans ses bras, de la chaleur que dégageait son corps. Je me rappelle que quand on m'a ôté ma chemise, il a fait remarquer que tous les boutons avaient été arrachés.

Le visage de Cassius paraissait avoir été lavé de toute complexité. Juste avant que nous ne sombrions dans le sommeil, il se pencha vers moi et murmura: «*N'oublie pas. C'est quelqu'un qui nous a fait ça.*»

Une ou deux heures plus tard, trois officiers prenaient place en face de nous. On nous avait réveillés et je craignais le pire. On allait nous renvoyer à Colombo peut-être, ou bien nous corriger. Mais à peine les officiers étaient-ils assis que Cassius déclarait : «C'est quelqu'un qui nous a fait ça, je ne sais pas qui… Ils étaient masqués», ajouta-t-il.

Cette étonnante révélation signifiait que l'interrogatoire risquait de durer beaucoup plus longtemps, jusqu'à ce que nous réussissions à les convaincre que nous ne mentions pas, même si les marques de brûlures occasionnées par les cordes prouvaient en partie que nous n'avions pas pu nous attacher tout seuls. Les officiers nous offrirent un peu de thé du bateau et nous pensions être tirés d'affaire, quand un steward entra pour dire que le commandant désirait nous voir. Cassius m'adressa un clin d'œil. Il avait souvent répété qu'il voulait visiter la cabine du commandant.

L'un des officiers, apprit-on par la suite, était déjà descendu dans la cabine de Ramadhin parce qu'on savait qu'il traînait souvent avec nous. Il avait feint de dormir et, une fois réveillé et informé que nous étions vivants et que nous n'avions pas été emportés par-dessus bord, il prétendit tout ignorer. Il devait être alors aux alentours de minuit. Il était maintenant deux heures du matin. On nous donna des peignoirs puis on nous conduisit chez le commandant. Cassius examinait la pièce, le mobilier, lorsque la main du commandant s'abattit sur son bureau.

Nous l'avions vu uniquement afficher un air d'ennui ou un sourire contraint quand il faisait une annonce publique. Là, il explosa, se livra à tout un numéro, comme s'il venait d'être libéré d'une cage. Les réprimandes commencèrent avec une rigueur mathématique. Il fit observer que huit marins avaient participé à notre sauvetage – pendant plus de trente minutes. Ce qui équivalait au moins, *au moins*, à quatre heures de temps perdu, et comme le salaire moyen d'un matelot était de x livres l'heure, cela avait donc coûté 4 fois x

à l'Orient Line, *plus* le temps du chef steward à *y* livres l'heure. *Plus* les heures toujours payées double dans les situations d'urgence. *Plus* le temps du commandant, considérablement plus cher. «Notre bateau va par conséquent facturer des frais de neuf cents livres à vos parents!» conclut-il en signant un document d'allure officielle qui, pour ce que j'en savais, pouvait être une note à l'intention des douanes britanniques et destinée à nous interdire l'accès au territoire anglais. Il tapa de nouveau sur son bureau, menaça de nous débarquer à la première escale, puis entreprit de maudire nos ancêtres. Cassius voulut l'interrompre par ce qu'il pensait être une remarque empreinte d'humilité et de courtoisie :

«Merci beaucoup de nous avoir secourus, mon oncle.

– Ferme-la, espèce de... de petit *serpent*!

– Servant, monsieur?»

Le commandant considéra Cassius en silence pour voir s'il se moquait de lui. Il parut croire qu'il se situait à une hauteur morale le mettant à l'abri de ce danger.

«Non. Tu es un putois. Un putois asiatique, un sale petit putois asiatique. Tu sais ce que je fais quand je trouve un putois chez moi? Je flanque le feu à ses testicules.

– J'aime bien les putois, monsieur.

– Attends un peu, répugnant petit morveux...»

Dans le silence qui suivit, cependant qu'il cherchait d'autres qualificatifs, la porte de la salle de bains s'ouvrit soudain et nous aperçûmes le trône en émail. Le commandant ne nous intéressa plus. Cassius gémit et demanda : «Mon oncle, je me sens mal... Est-ce que je pourrais utiliser vos...

– Fous-moi le camp d'ici, petit salopard!»

Deux marins nous escortèrent jusqu'à nos cabines.

Flavia Prins semblait étudier son bracelet pendant qu'elle me parlait dans la Caledonia Room légèrement endommagée. Par une note sèche, elle avait exigé que je vienne la trouver le plus tôt possible. Nous avions été interrogés par diverses personnes qui nous avaient chaque fois avertis que nous ne devions jamais mentionner ce qui était arrivé. Sinon, nous aurions les plus sérieux ennuis. Nous l'avions néanmoins raconté à deux de nos compagnons de table, le lendemain au petit déjeuner. Le restaurant était presque désert, et seuls Miss Lasqueti et Mr Daniels déjeunaient avec nous. Après avoir écouté notre récit, ils n'eurent pas l'air d'estimer que c'était si grave. «Pas pour vous, mais sacrément grave pour eux», dit Miss Lasqueti. Elle était, devions-nous le découvrir, très règlement, règlement. De surcroît, elle se montra fort impressionnée par les nœuds de Ramadhin qui, dit-elle, nous avaient «sauvé la peau». Mais là, tandis que je m'avançais vers Flavia Prins, je me rendais compte que je risquais d'avoir des problèmes avec ma tutrice non officielle. Elle ouvrit et referma son bracelet sans prêter attention à moi, puis elle frappa comme un oiseau qui attaque soudain le front d'un chien à coups de bec.

«Qu'est-ce qui s'est passé hier soir?

– Il y a eu une tempête, répondis-je.

– Ah bon, tu crois qu'il y a eu une tempête?»

Je me demandai si elle savait ce que nous avions subi.

«Il y a eu une terrible tempête, ma tante. Nous avons tous eu peur. On tremblait dans nos lits.»

Comme elle ne réagissait pas, je poursuivis:

«J'ai dû aller chercher un steward. Je tombais tout le temps de mon lit. J'ai longé le couloir jusqu'à ce que je trouve Mr Peters pour lui demander de m'attacher à ma couchette et si possible d'attacher Cassius aussi. Cassius s'est presque cassé le bras quand il y a eu un brusque coup de roulis et qu'il a reçu quelque chose sur lui. Il porte un bandage.»

Elle me dévisagea, pas précisément avec admiration.

«J'ai vu le commandant hier soir, repris-je. À l'infirmerie, quand j'ai amené Cassius. Le commandant lui a donné une tape dans le dos en lui disant qu'il était un "brave petit gars". Et puis Mr Peters est redescendu avec nous pour nous attacher à nos couchettes. Il nous a raconté qu'un homme et une femme jouaient dans un des canots de sauvetage au moment où la tempête avait éclaté et qu'ils avaient été blessés quand la chaloupe s'était écrasée sur le pont. Ils vont bien, mais son "machin" à lui a été touché. Et lui aussi, il a fallu qu'il aille à l'infirmerie.

– Je connais très bien ton oncle…»

Elle marqua une pause pour ménager ses effets. Sa phrase m'inquiéta et je commençai à soupçonner qu'elle en savait davantage que je ne le pensais sur les événements de la nuit.

«Et je connais un peu ta mère. Ton oncle est juge! Comment oses-tu me débiter de pareilles sornettes, à moi qui me soucie tant de ta sécurité.»

Je lâchai étourdiment: «On m'a ordonné de me taire, de ne pas parler de Mr Peters. Ils disent que Mr Peters est un "sale matelot". Ils disent qu'ils vont le débarquer à la prochaine escale. Quand on lui a demandé de nous attacher à nos couchettes, il nous a fait monter sur le pont et il nous a ligotés là, avec toutes ces cordes, pour nous punir de… d'avoir interrompu sa partie de cartes avec des hommes soûls. Il nous a dit: "Voilà ce qu'on fait aux garçons désobéissants qui n'arrêtent pas de nous embêter!"»

Elle me considéra longuement. L'espace d'un instant, je crus lui avoir donné le change.

«Je n'ai jamais, *jamais* vu…» Elle s'en alla.

Le lendemain, il ne se passa pas grand-chose. Le soir, au crépuscule, on croisa un paquebot faisant route vers l'est, toutes lumières allumées, et nous trois, on s'imagina ramer jusqu'à lui, grimper à bord et retourner à Colombo. Le chef mécanicien ordonna qu'on ralentisse les machines pendant qu'on vérifiait les circuits électriques de secours, et un moment, nous eûmes le sentiment d'être encalminés sur ce qui était maintenant la mer d'Arabie. Dans le silence, nous avions l'impression d'être des somnambules. Cassius et moi montâmes sur le pont où le calme régnait à présent. Et c'est seulement là, dans cette paix, que j'ai pris conscience de la véritable nature de la tempête. De la sensation d'être sans toit et sans plancher. Nous n'avions été témoins que de ce qui se produisait au-dessus de la mer. Quelque chose alors se libéra en moi, qui me vint à l'esprit. Ce n'était pas uniquement le visible qui était dangereux. Il y avait ce qui était en dessous.

Dissimulé parmi les affaires de l'ayurvédiste, il y avait un sachet de feuilles et de graines de datura en provenance du Pakistan. Il avait acheté la plante pour Sir Hector afin de remédier aux récents dysfonctionnements de son organisme, et aussi pour retarder son hydrophobie. Le datura se révéla le médicament le plus efficace de ceux que prit le milliardaire au cours de son voyage en mer. La drogue avait la réputation d'être une panacée, mais peu fiable. Par exemple, si vous étiez en train de rire pendant qu'on cueillait la fleur blanche, vous alliez rire davantage, ou danser davantage si c'était l'activité à laquelle vous vous livriez à ce moment-là. (En tant que fleur, c'est le soir que le datura est le plus odorant.) Il se montrait efficace contre la fièvre et les tumeurs. En tout cas, conséquence de sa nature capricieuse, pendant qu'elle se trouvait sous son influence, une personne répondait aux questions sans hésitation et avec une totale franchise. Or, Hector de Silva avait la réputation d'être un menteur prudent.

Sa femme, Delia, le jugeait secret à rendre fou. Et là, quelques jours après avoir quitté Colombo à bord de l'*Oronsay*, après qu'il eut ingurgité la potion administrée par l'ayurvédiste, elle se voyait offrir l'occasion de découvrir l'homme qu'elle avait épousé. La moindre miette de son enfance apparut. Il dévoila sa terreur des corrections infligées par son père qui avait compartimenté sa vie et fait de lui un financier impitoyable. Il parla de ses visites cachées à son frère, Chapman, qui s'était enfui de chez eux avec une fille du quartier dont il était amoureux et qui était connue pour avoir un sixième doigt. Elle se l'était fait couper à Chilaw, et ils menaient une existence saine et paisible à Kalutara.

Delia apprit aussi comment la fortune de son mari se divisait en d'innombrables affluents souterrains. La plupart de ces informations furent livrées au cours du cyclone, alors qu'Hector de Silva roulait de droite à gauche sur son grand lit pendant que le navire plongeait et se cabrait. Il semblait réellement s'amuser, tandis que les membres de sa suite quittaient son chevet avec précipitation pour aller vomir dans leurs cabines adjacentes. Le datura avait étouffé en lui toute idée d'inquiétude, de même que tous les effets secondaires de sa maladie et toute notion de prudence. Supposé être un aphrodisiaque, il fit de l'époux réservé et distant un compagnon bienveillant. Au début, ce changement de caractère passa inaperçu. Le bateau était en pleine tempête. Un petit incendie venait d'éclater dans la salle des machines quand Sir Hector commença à dire la vérité pour la première fois de sa vie d'adulte. Et le gros temps avait fait sortir les pickpockets, qui florissaient toujours dans les situations instables nécessitant une aide physique. En outre, dans la cale, tout un compartiment de grains avait pris l'humidité et les parois avaient cédé, modifiant l'équilibre du bateau, si bien qu'une équipe d'urgence était descendue, munie de pelles, pour remettre les céréales à leur place pendant que des charpentiers réparaient les coffrages. Ils travaillaient dans les ténèbres des profondeurs de la cale, éclairés seulement par la lueur diffuse d'une lampe à huile, effectuant «un travail de fossoyeur» comme disait Joseph Conrad, debout dans les grains qui leur arrivaient jusqu'à la taille. Entre-temps, Sir Hector racontait à ses gens un gentil petit souvenir, celui d'une voiture sur un manège que, enfant, il avait pilotée lors d'une fête foraine à Colombo. Il ne cessait de le raconter, en faisant chaque fois comme si c'était une nouvelle histoire, à sa femme et à sa fille, ainsi qu'aux trois médecins que cela n'intéressait en rien.

Indifférent au sort de notre paquebot qui voguait comme un cercueil dans la tempête, Sir Hector se plut, le temps de deux ou trois jours, à dire la vérité au sujet de sa richesse, de ses plaisirs secrets, de son affection sincère pour sa femme, cependant que le navire plongeait dans les entrailles de la mer, puis émergeait tel un cœlacanthe couvert d'incrustations, l'océan dégoulinant de sa structure, si bien que les mécaniciens, projetés sur les machines chauffées au rouge, se brûlaient les bras et que la soi-disant fine fleur de l'Orient se cognait aux pickpockets dans les couloirs interminables, que des membres de l'orchestre tombaient de l'estrade au milieu de *Blame It on My Youth* et que Cassius et moi gisions sous la pluie, bras et jambes écartés, sur le pont promenade.

Petit à petit, les ponts et les salles à manger se repeuplèrent. Miss Lasqueti vint nous voir, sourire aux lèvres, pour nous dire que le chef steward devait inscrire « tout événement inusuel » dans un livre de bord, de sorte que nous figurerions peut-être dans les archives du paquebot. Il y avait aussi une série d'« objets égarés ». Des jeux de croquet manquaient, des portefeuilles avait été perdus durant la tempête. Notre commandant arriva et déclara qu'un gramophone appartenant à Miss Quinn-Cardiff avait disparu et que toute information à ce propos serait la bienvenue. Cassius qui, peu de temps auparavant, était descendu dans la cale pour regarder les mécaniciens réparer un tuyau d'évacuation de la sentine affirma qu'on faisait jouer là le gramophone tout le temps et très fort. Ajoutant à ce flot de disparitions, l'équipage annonça qu'on avait trouvé, bizarrement, une boucle d'oreille dans une chaloupe de sauvetage et que si sa propriétaire voulait bien se faire connaître, elle pourrait la réclamer au bureau du commissaire du bord. On ne parla pas de l'œil de verre du commissaire adjoint, alors que les haut-parleurs n'arrêtaient pas d'énumérer la liste des objets retrouvés : *Une broche. Un chapeau de femme en feutre marron. Une revue appartenant à Mr Berridge avec des photos inhabituelles.*

Le bateau se remit de la tempête, le temps s'améliora, et il en résulta au moins une bonne chose. Le prisonnier eut de nouveau droit à sa promenade du soir. On le guetta et on finit par le voir, debout sur le pont, menotté. Il prit une profonde inspiration – emmagasinant toute l'énergie contenue dans l'air nocturne autour de lui – puis il souffla, le visage éclairé d'un sourire sublime.

Notre navire faisait route vers Aden.

Escale

Aden devait être notre première escale et, la veille de notre arrivée, les passagers se mirent à écrire des lettres avec frénésie. La tradition voulait qu'on fasse timbrer son courrier à Aden d'où il retournerait vers l'Australie ou Ceylan, ou bien partirait pour l'Angleterre. Nous avions tous hâte d'apercevoir la terre, et au lever du jour on s'aligna à l'avant pour regarder approcher l'antique cité jaillie comme un mirage au milieu de l'arc de collines poussiéreuses. Dès le début du VIIᵉ siècle av. J.-C., Aden avait été un grand port, mentionné dans l'Ancien Testament. C'est là que Caïn et Abel sont enterrés, nous dit Mr Fonseka pour nous préparer à cette ville que lui-même n'avait encore jamais vue. Il y avait des citernes creusées dans la roche volcanique, un marché aux faucons, une oasis, un aquarium, un quartier où étaient regroupés les fabricants de voiles, et des magasins où l'on vendait des marchandises venues de tous les coins du monde. Ensuite, nous quitterions l'Orient et, après une demi-journée de navigation, nous déboucherions dans la mer Rouge.

L'*Oronsay* coupa ses machines. Nous n'accostâmes pas directement les quais, mais l'avant-port, à Steamer Point. Les passagers désirant débarquer devraient gagner la ville au moyen de barges qui attendaient déjà autour de notre bateau. Il était neuf heures du matin et, en l'absence de la brise marine à laquelle nous étions habitués, l'air était lourd, d'une chaleur étouffante.

Le commandant avait auparavant énoncé les règles pour ceux qui descendraient à terre. Il fallait qu'ils soient de retour dans six heures.

Les enfants ne pouvaient s'y rendre qu'accompagnés par «un homme adulte responsable». Et les femmes n'avaient pas le droit du tout de quitter le bateau. Les cris indignés attendus s'élevèrent, en particulier parmi le groupe d'Emily et de ses amies réunies autour de la piscine qui voulaient débarquer pour éblouir les habitants de leur beauté. Miss Lasqueti, quant à elle, était furieuse car elle souhaitait étudier les faucons de la région. Elle avait espéré en ramener quelques-uns, chaperonnés, à bord de l'*Oronsay*. Cassius, Ramadhin et moi, nous nous préoccupions surtout de trouver pour nous accompagner un adulte *non* responsable et suffisamment distrait. Mr Fonseka, malgré sa curiosité, comptait rester sur le paquebot. On apprit alors que Mr Daniels était impatient de visiter la vieille oasis pour étudier sa végétation, là où, dit-il, le moindre brin d'herbe est gonflé d'eau et épais comme le doigt. Il s'intéressait aussi à quelque chose appelé «qat» dont l'ayurvédiste et lui avaient parlé. On s'offrit à l'aider à rapporter des plantes à bord, il accepta et, empruntant les échelles de corde, on descendit le plus vite possible avec lui dans une barge.

Nous nous retrouvâmes aussitôt immergés dans une nouvelle langue. Mr Daniels négocia un prix avec un conducteur de charrette pour qu'il nous conduisît à l'endroit où poussaient les grands palmiers. La foule semblait lui faire perdre de son autorité, si bien qu'on le laissa marchander, et on s'éclipsa. Un vendeur de tapis nous appela d'un geste, nous offrit du thé, et on demeura un moment assis avec lui, à rire quand il riait, à hocher la tête quand il hochait la tête. Il y avait un petit chien qu'il souhaitait nous donner, nous fit-il comprendre, mais on repartit.

Il fallut décider quoi voir. Ramadhin désirait visiter l'aquarium construit deux ou trois décennies auparavant. C'était sans nul doute Mr Fonseka qui lui en avait parlé. Il se renfrogna parce qu'on choisit d'aller d'abord au marché. En tout cas, on entra dans les boutiques étroites qui vendaient des graines et des aiguilles, qui fabriquaient des cercueils et qui imprimaient des cartes et des brochures. Dans la rue, on pouvait se faire arracher des dents, lire la forme de sa tête. Un coiffeur coupa les cheveux de Cassius et lui enfonça en un éclair une vicieuse paire de ciseaux dans le nez pour empêcher tout autre poil d'envahir les narines d'un garçon de douze ans.

J'étais habitué au chaos luxuriant du marché de Pettah à Colombo, à l'odeur d'étoffe de sarong qu'on dépliait et taillait (une odeur qui prenait à la gorge), aux mangoustans, aux livres de poche détrempés par la pluie sur un étalage de bouquiniste. Ici, c'était un univers plus austère, moins opulent. On ne voyait pas de fruits blets dans les caniveaux. En fait, on ne voyait pas de caniveaux. C'était un paysage poussiéreux, comme si l'eau n'avait pas été inventée. Le seul liquide était celui de la tasse de thé noir que nous avait offerte le marchand de tapis, accompagnée d'une délicieuse pâtisserie aux amandes dont le goût imprégnerait notre mémoire à jamais. Bien que la ville fût un port, l'atmosphère contenait à peine quelques particules d'humidité. Il fallait regarder attentivement, en quête de quelque chose peut-être enfoui dans une poche – une minuscule fiole d'huile pour les cheveux d'une femme, emballée dans du papier, ou une paire de ciseaux enveloppée dans du papier huilé afin de protéger la lame de la poussière de l'air.

On entra dans un bâtiment en béton situé en bordure de mer. Ramadhin ouvrit le chemin dans un labyrinthe d'aquariums pour la plupart en sous-sol. Ils semblaient ne rien contenir, hormis un certain nombre d'anguilles de jardin en provenance de la mer Rouge et quelques poissons incolores nageant dans trente centimètres d'eau de mer. Cassius et moi, on monta à un autre étage où se trouvaient quelques spécimens de la vie marine naturalisés qui gisaient dans la poussière à côté d'un tas de matériel entreposé là – un tuyau, un petit générateur, une pompe manuelle, une pelle et un balai. On resta cinq minutes, puis on retourna dans les échoppes que nous avions visitées, cette fois pour dire au revoir. Le coiffeur, qui n'avait toujours pas un seul client, me massa le crâne, versant sur mes cheveux des huiles inconnues.

Nous arrivâmes sur le quai avant l'heure limite. Par politesse rétrospective nous décidâmes d'attendre Mr Daniels, Ramadhin drapé dans une djellaba, Cassius et moi recroquevillés sur nous-mêmes dans l'air froid venu de l'océan. Les barges se balançaient sur l'eau, et on tâcha de deviner lesquelles appartenaient à des pirates, car un steward nous avait raconté qu'ici les mers en étaient infestées. Une main en coupe présentait des perles. La pêche de l'après-midi était éparpillée à nos pieds, et les poissons, plus colorés que leurs ancêtres à l'intérieur, étincelaient quand on déversait sur eux des seaux d'eau. Les métiers représentés le long de ce promontoire étaient ceux de la mer, et les marchands dont les rires et les échanges s'élevaient autour de nous possédaient le monde. Nous nous rendions compte que nous n'avions vu qu'une infime parcelle de la ville, comme si nous avions jeté un coup d'œil à l'Arabie par un trou de serrure. Nous n'avions pas visité les citernes ni l'endroit, quel qu'il soit, où Caïn et Abel étaient enterrés, mais c'était une journée où nous avions écouté laborieusement, regardé attentivement, car toutes les conversations se déroulaient par gestes. Le ciel commençait à s'assombrir à Steamer Point, ou Tawahi comme l'appelaient ceux qui barraient les barges.

On aperçut enfin Mr Daniels qui s'avançait à grands pas sur la jetée. Il tenait dans ses bras une plante encombrante et était accompagné de deux hommes en costume blanc d'apparence chétive qui portaient chacun un palmier nain. Il nous salua gaiement – notre disparition ne semblait pas l'avoir beaucoup ni même du tout inquiété. Les personnages minces et moustachus qui lui prêtaient main-forte gardaient le silence, et alors que l'un d'eux me tendait son petit palmier, épongeait la sueur sur son visage, puis m'adressait un clin d'œil suivi d'un sourire, je me rendis compte qu'il s'agissait d'Emily habillée en homme. À côté d'elle, il y avait Miss Lasqueti, pareillement déguisée. Cassius lui prit le palmier, et on les porta sur la barge. Ramadhin grimpa avec nous et demeura assis, le dos voûté, emmitouflé dans sa djellaba durant les dix minutes de traversée jusqu'au navire.

De retour à bord, nous descendîmes tous les trois à la cabine de Ramadhin où il écarta les pans de sa djellaba dans laquelle il avait caché le chien du marchand de tapis.

Nous remontâmes sur le pont une heure plus tard. Il faisait déjà nuit et les lumières de l'*Oronsay* brillaient davantage que celles sur terre. Le bateau ne bougeait toujours pas. Dans la salle à manger, les conversations bruyantes évoquaient les aventures de la journée. Ramadhin, Cassius et moi ne disions rien. Nous étions tellement excités à l'idée d'avoir introduit le chien en fraude à bord du paquebot que si nous avions prononcé la moindre syllabe, nous nous serions laissé aller à raconter malgré nous toute l'histoire. Nous avions passé l'heure précédente dans le chaos, à essayer de laver l'animal dans l'étroite cabine de douche de Ramadhin en évitant ses coups de griffe. Il était clair que le chien n'avait jamais connu le savon carbolique. Nous l'avions séché à l'aide du drap de la couchette de Ramadhin puis enfermé dans la cabine avant d'aller dîner.

Installés à la table des autres, nous écoutions les récits que les gens interrompaient sans cesse. Les femmes se taisaient. Nous trois nous taisions. Emily s'arrêta à notre table et se pencha pour me demander si j'avais passé une bonne journée. Je l'interrogeai poliment pour savoir ce qu'elle avait fait pendant que nous étions à terre, et elle me répondit qu'elle avait consacré sa journée à « transporter des objets », sur quoi elle me fit un nouveau clin d'œil et poursuivit son chemin en riant. Le spectacle que nous avions raté pendant que nous nous promenions dans Aden était celui de « l'homme Gully Gully » qui était venu à la rame jusqu'à l'*Oronsay* faire ses tours de magie. Sa barque était en partie pontée pour qu'il puisse se tenir sur une espèce d'estrade pendant qu'il sortait de ses vêtements des poulets. À la fin de son numéro, plus d'une vingtaine voletaient autour de lui. Il y avait beaucoup d'hommes Gully Gully, nous dit-on, et avec un peu de chance, nous en verrions un autre à Port-Saïd.

Au dessert, une trépidation parcourut le navire tandis que les machines se mettaient en route. Tout le monde se leva pour se grouper le long du bastingage et assister au départ. Notre château s'éloigna lentement de l'étroit horizon de lumières pour entrer de nouveau dans les vastes ténèbres.

Cette nuit-là, nous avons veillé le chien. Nos mouvements brusques l'effrayaient, jusqu'à ce que Ramadhin réussisse à le prendre sur sa couchette puis s'endorme, les bras passés autour de lui. Le lendemain matin quand on se réveilla, nous étions déjà dans la mer Rouge, et c'est pendant cette partie de la traversée, au cours de la première journée où nous faisions route vers le nord, qu'il se produisit une chose étonnante.

Il avait toujours été difficile de franchir la barrière qui nous séparait de la première classe. Deux stewards polis et inflexibles vous en permettaient ou vous en interdisaient l'accès. Or, même eux ne pouvaient pas arrêter le petit chien de Ramadhin. Il avait sauté des bras de Cassius et filé hors de la cabine. Nous nous étions précipités à sa recherche dans les couloirs déserts. Il devait avoir émergé au soleil sur le pont B, couru le long du bastingage, puis être entré dans la salle de bal avant de grimper l'escalier doré et de se glisser dans la première classe où les stewards étaient parvenus à l'attraper, mais il leur avait bientôt échappé. Il n'avait rien mangé des aliments que nous lui avions offerts après les avoir sortis en douce du restaurant dans les poches de nos pantalons, et il était peut-être en quête de nourriture.

Personne n'arrivait à le coincer. Des passagers l'apercevaient, qui passait comme un éclair. Il ne semblait pas le moins du monde s'intéresser aux êtres humains. Des femmes bien habillées s'accroupissaient, l'appelaient d'une voix haut perchée avec des petits mots affectés, mais il fonçait sans s'arrêter, pénétrait dans l'antre de la bibliothèque en merisier et disparaissait quelque part derrière. Qui sait ce qu'il cherchait? Ou ce qu'il sentait dans son cœur qui battait sans nul doute très fort. Il n'était qu'un chien affamé ou apeuré sur ce bateau qui engendrait la claustrophobie et dont les couloirs devenaient soudain des culs-de-sac tandis qu'il galopait, s'éloignant de plus en plus de toute source de lumière du jour. L'animal finit par longer en trottinant un couloir moquetté, lambrissé d'acajou, puis il se faufila dans une grande suite par une porte laissée entrouverte par quelqu'un qui tenait un plateau. Le chien bondit sur le lit gigantesque où était couché Sir Hector de Silva, et il planta ses crocs dans sa gorge.

Toute la nuit, l'*Oronsay* avait navigué dans les eaux protégées de la mer Rouge. Au point du jour, nous étions passés devant les petites îles au large de Jizan et nous avions aperçu au loin dans la brume la ville oasis d'Abha où une surface de verre ou un mur blanc renvoyait un éclair de lumière. Puis la ville s'était évaporée sous le soleil et avait disparu à notre vue.

Au petit déjeuner, la nouvelle de la mort de Sir Hector avait déjà couru, bientôt suivie de rumeurs selon lesquelles il y aurait des funérailles en mer. Or, il semblait qu'elles ne pouvaient pas avoir lieu dans les eaux côtières, si bien qu'on devrait attendre d'être en pleine Méditerranée. Et le bruit plus étonnant des circonstances de sa mort se répandit à son tour, accompagné de l'histoire du sort que le moine bouddhiste lui avait jeté et que l'ayurvédiste nous avait déjà racontée en détail. Ramadhin en conclut donc qu'il avait été victime du destin et que nous trois qui avions introduit le chien à bord n'étions pas responsables. Et comme on ne revit jamais le petit animal, nous finîmes par croire qu'il s'agissait d'un chien fantôme.

Au déjeuner, la plupart des discussions portèrent sur la question de savoir comment un chien avait pu se trouver à bord. Et où était-il? Miss Lasqueti était sûre que de sérieux ennuis guettaient le commandant. Il risquait un procès pour négligence. Puis Emily vint à notre table et demanda si c'était nous qui avions amené le chien, et nous niâmes avec une feinte expression d'horreur qui la fit rire. Le seul qui ne manifestait aucun intérêt pour les opinions exprimées autour de lui était Mr Mazappa qui méditait devant sa soupe à la queue de bœuf. Ses doigts de musicien demeuraient pour une fois immobiles sur la nappe. Il paraissait soudain seul, incapable de parler, et il devint l'objet de mes préoccupations durant le repas, durant les conversations et les hypothèses à propos de Sir Hector. Je notai que Miss Lasqueti aussi, la tête inclinée, l'observait derrière la barrière de ses cils. À un moment, elle posa même la main sur ses doigts immobiles, mais il les retira. Non, le temps passé dans les limites plus étroites de la mer Rouge ne fut pas facile pour certains à notre table. Peut-être que sur le plan émotionnel nous nous sentions cernés par les terres après la liberté qu'offraient les océans plus agités que nous avions traversés. Et la Mort, après tout, existait, ou une idée plus complexe du Destin. Des portes se fermaient, semblait-il, sur nos voyages aventureux.

Je me réveillai le lendemain matin sans éprouver comme les autres jours le désir d'aller retrouver mes amis. J'entendis Ramadhin frapper comme d'habitude, mais je ne répondis pas. Je pris tout mon temps pour m'habiller, puis je montai seul sur le pont. La lumière du désert était là depuis un bon moment, et nous passâmes devant Djeddah vers huit heures et demie. De l'autre côté du paquebot, des passagers munis de jumelles s'efforçaient d'apercevoir le Nil quelque part au loin à l'intérieur des terres. Il n'y avait que des adultes sur le pont, personne que je connaissais, et je me sentais coupé de tout lien. J'essayai de me rappeler le numéro de la cabine d'Emily qui n'était pas une lève-tôt, et j'y descendis.

Emily, je l'aimais surtout quand elle n'était pas entourée d'autres gens. J'avais alors l'impression que j'apprenais des choses d'elle. Je frappai deux ou trois fois avant qu'elle n'ouvre, drapée dans une robe de chambre. Il était aux alentours de neuf heures et j'étais debout depuis longtemps, alors qu'elle sortait tout juste du lit.

«Ah, Michael.

— Je peux entrer?

— Oui.»

Elle recula pour se glisser de nouveau entre les draps et se débarrasser de sa robe de chambre, le tout accompli, semblait-il, dans le même mouvement.

«On est encore dans la mer Rouge.

— Je sais.

– On vient de passer Djeddah. Je l'ai vue.

– Si tu comptes rester, tu veux bien me faire un café?

– Tu veux une cigarette?

– Pas maintenant.

– Quand tu en prendras une, je pourrai te l'allumer?»

Je ne l'ai pas quittée de toute la matinée. J'ignore pourquoi j'étais embarrassé. J'avais onze ans. On ne sait pas grand-chose à cet âge. Je lui parlai du chien, de la façon dont on l'avait introduit à bord. J'étais couché sur le lit à côté d'elle, tenant une de ses cigarettes non allumée que je faisais mine de fumer, et elle tendit le bras pour tourner ma tête vers elle.

«Surtout, déclara-t-elle. Surtout, ne le raconte à personne... ce que tu viens de me dire.

– On pense que c'est peut-être un fantôme, répliquai-je. Le fantôme du sort.

– Peu importe. Tu ne dois jamais en reparler. Promets-le-moi.» Je le lui promis.

Ce fut le début d'une tradition entre nous. À savoir qu'à certains moments de ma vie, je confiais à Emily des choses que je ne confiais pas aux autres. Et plus tard dans notre vie, beaucoup plus tard, elle me parlerait des épreuves qu'elle avait traversées. Pendant toute mon existence Emily serait, parmi tous les gens que je connaîtrais, une personne à part.

Elle me tapota le crâne, un geste qui parvenait principalement à dire: «Bon, n'y pensons pas. Ne t'inquiète pas.» Je ne bougeai pas et continuai à l'observer.

«Qu'est-ce qu'il y a?»

Elle haussa les sourcils.

«Je ne sais pas, ça me fait drôle. D'être ici. Qu'est-ce qui va arriver quand je serai en Angleterre? Tu resteras avec moi?

– Tu sais très bien que non.

– Mais je ne connais personne là-bas.

– Et ta mère?

– Je ne la connais pas comme je te connais.

– Mais si.»

Je reposai la tête sur l'oreiller, sans plus regarder Emily.

«Mr Mazappa dit que je suis bizarre.»

Elle rit.

«Tu n'es pas bizarre, Michael. De plus, ce n'est pas si mal d'être bizarre.» Elle se pencha et m'embrassa. «Maintenant, fais-moi un café. Voilà une tasse. Tu peux prendre de l'eau chaude au robinet.»

Je me levai et jetai un coup d'œil autour de moi.

«Il n'y a pas de café.

– Alors, commandes-en.»

Je pressai le bouton de l'interphone et, pendant que j'attendais, j'examinai la photo de la reine d'Angleterre qui nous surveillait depuis la cloison.

«Oui, répondis-je. Du café pour la cabine 360. Miss Emily de Saram.»

Quand le steward s'annonça, je l'accueillis sur le seuil, et après son départ je portai le plateau à Emily. Elle se redressa pour s'asseoir puis, se souvenant de la robe de chambre, elle tendit le bras pour l'attraper. Mais ce que je vis me frappa à la base du cœur. Un tremblement me saisit, une réaction qui me serait par la suite naturelle mais qui à ce moment-là constituait un mélange de frisson et de vertige. Un large fossé se creusa soudain entre l'existence d'Emily et la mienne, que je ne réussirais jamais à combler.

S'il y avait en moi une sorte de désir, d'où provenait-il? Appartenait-il à un autre? Ou bien était-il en moi? C'était comme si une main surgie du désert environnant m'avait effleuré. Cette sensation se reproduirait pendant le restant de ma vie, mais dans la cabine d'Emily, ce fut mon premier contact avec les formes diverses qu'elle prendrait. Pourtant, quelle en était l'origine ? Était-ce un plaisir ou une tristesse, cette vie au-dedans de moi ? J'avais l'impression qu'avec elle il me manquait quelque chose d'essentiel, comme l'eau. Je posai le plateau et grimpai de nouveau dans le lit surélevé d'Emily. Je sentis à cet instant que j'avais été seul des années durant. J'avais existé avec trop de prudence auprès de ma famille, comme si nous avions toujours été entourés de tessons de verre.

À présent, j'allais en Angleterre où ma mère habitait depuis trois ou quatre ans. Je ne me souviens pas depuis combien de temps elle y était. Aujourd'hui encore, après tant d'années, je ne me remémore pas ce détail significatif, la période de séparation, comme si, à l'exemple d'un animal, il y avait une connaissance tronquée du temps écoulé. Trois jours ou trois semaines, c'est pareil pour un chien, dit-on. Mais quand je reviens après n'importe quelle période d'absence, mon chien m'accueille et me reconnaît aussitôt tandis que nous nous étreignons et luttons sur le tapis du vestibule. Néanmoins, lorsque j'ai fini par retrouver ma mère sur les quais à Tilbury, elle était devenue « une autre », une étrangère dans le sein de qui j'entrerais avec précaution. Il n'y a eu ni étreinte, ni lutte, ni odeur familière comme avec le chien. J'imagine que c'était peut-être à cause de ce qui s'était passé avec Emily – nos identités d'un cousinage lointain – ce matin-là dans cette cabine de couleur ocre protégée de l'éclat de la mer Rouge et du désert qui s'étendaient à perte de vue.

Agenouillé sur le lit, je tremblais. Emily se pencha et me prit dans ses bras, un geste si doux que je sentis à peine qu'elle me touchait, une couche d'air flottant entre nous. Mes larmes brûlantes, jaillies de mes ténèbres, frottaient son bras frais.

« Qu'est-ce que tu as ?

– Je ne sais pas. »

Quels qu'aient été les petits murs de défense nécessaire que j'avais érigés autour de moi, qui m'enfermaient et me protégeaient, et qui délimitaient mon contour, ils n'étaient plus là.

Nous avons peut-être parlé. Je ne me rappelle pas. J'avais conscience du silence paisible dans lequel je baignais, de mon souffle qui finit par adopter le rythme calme du sien.

J'ai dû dormir un moment et je me réveillai quand, sans s'écarter de moi, elle tendit le bras par-dessus son épaule pour prendre la tasse de café derrière elle. L'oreille contre son cou, j'entendis alors les bruits des petites gorgées qu'elle buvait. Son autre main serrait la mienne comme personne ne l'avait jamais serrée, me procurant le sentiment d'une sécurité qui n'existait sans doute pas.

Les adultes s'attendent toujours à un long ou brusque virage dans le cours d'une histoire. Comme le Baron, Mr Mazappa allait débarquer à notre arrivée à Port-Saïd et disparaître de nos vies – il avait été subjugué par quelque chose pendant les deux ou trois jours précédant l'escale d'Aden. Quant à Mr Daniels, il comprendrait qu'Emily ne s'intéressait pas à lui ni à son monde de plantes. Et la mort du milliardaire à la suite de cette seconde morsure était plus tragique que passionnante. Notre malheureux commandant lui-même poursuivrait son voyage et affronterait davantage de chaos au sein de sa cargaison humaine. Tous ont probablement été emprisonnés ou voués à quelque sort funeste. Pour moi, par contre, dans cette cabine, ce fut la première fois que je me considérais d'un œil distant, à l'instar du regard neutre et lointain de la jeune reine qui m'avait observé toute la matinée.

En quittant la cabine d'Emily (et une telle intimité ne se renouvellerait pas), je savais que je serais toujours lié à elle par quelque rivière souterraine, ou filon de charbon ou d'argent – disons d'argent, car elle a toujours beaucoup compté pour moi. En mer Rouge, je suis sans doute tombé amoureux d'elle. Même si, quand je me suis arraché à elle, le magnétisme, quel qu'il soit, avait perdu de sa force.

Combien de temps suis-je resté avec Emily dans ce qui m'avait paru un lit haut comme le ciel? Quand nous nous étions revus, nous n'en avons pas reparlé. Elle ne se souvient peut-être même pas quel poids de chagrin elle m'a ôté ou a tenu, ni pendant combien de temps. Je n'avais jamais connu pareille étreinte, pareille odeur d'un bras émergeant du sommeil. Je n'avais jamais pleuré à côté de quelqu'un qui, aussi, m'excitait d'une manière mystérieuse. Pendant qu'elle baissait les yeux sur moi, il devait y avoir chez elle une certaine compréhension, ainsi que dans ses petits gestes pleins d'attention.

Écrivant cela, je ne veux pas en finir avant d'avoir mieux compris, de façon à m'apaiser, même aujourd'hui, tant d'années après. Par exemple, jusqu'où notre intimité est-elle allée? Je ne sais pas. Ce n'était, je crois, rien de bien important pour Emily. Elle ne faisait preuve à mon égard, vraisemblablement, que d'une simple encore que sincère gentillesse – ce qui n'enlève rien à son geste.

« Il faut que tu partes, maintenant », dit-elle, et elle se leva, se dirigea vers la salle de bains puis ferma la porte derrière elle.

Cœur brisé, ô
merveille intemporelle.

Quel petit
espace où être.

« Mes rêves, dit Emily, se penchant au-dessus de la table qui nous séparait. Tu préférerais ne pas les connaître, ils sont… je suis cernée par leur noirceur, le danger incessant. Les nuages s'écrasent les uns contre les autres, avec fracas. Ça t'arrive, à toi ? » Nous étions à Londres, quelques années plus tard. « Non, répondis-je. Je rêve rarement. Je ne crois pas. À moins qu'ils n'émergent sous forme de rêveries.

– Toutes les nuits, ils me viennent, et je me réveille effrayée. »

Ce qu'il y avait d'étrange dans cette peur, proche de la culpabilité, c'est qu'Emily était à l'aise avec les autres pendant la journée. J'avais l'impression qu'il n'existait aucune noirceur en elle, mais au contraire le désir de réconforter. Qui ou quoi provoquait cette noirceur ? De temps en temps, on percevait un sentiment de rupture quand elle semblait renoncer au monde qui l'entourait. Elle avait alors un visage inaccessible. Pendant un moment, il y avait donc sa « distance ». Et après quand elle vous revenait, c'était un cadeau.

Auparavant, elle avait avoué trouver du plaisir dans le danger. Elle avait raison sur ce point. C'était là comme un joker, quelque chose qui ne correspondait pas exactement à sa nature. Il y aurait toujours des découvertes à faire sur elle, certaines aussi banales que ce clin d'œil sur le quai à Aden lorsqu'elle avait voulu que je devine quelque chose. Mais une grande part de son univers, comme je m'en apercevrais plus tard, bien après notre séjour à bord de l'*Oronsay*, elle la gardait pour elle, et j'ai fini par comprendre que la gentillesse dont j'ai parlé devait s'être naturellement développée à partir d'une vie cachée.

Chenil

Le lendemain matin en me réveillant, je trouvai Mr Hastie encore au lit, qui lisait un roman. « Bonjour, jeune homme, dit-il quand il m'entendit sauter de la couchette du haut. Tu vas voir tes copains ? » Il n'y avait pas eu de partie de cartes la veille, et j'étais curieux de savoir pourquoi. Bien que, depuis la mort du milliardaire, nombre d'horaires et d'habitudes aient paru avoir changé. Mr Hastie m'informa alors qu'il avait été démis de ses fonctions. Il ne s'occupait plus du chenil. Le commandant avait cherché quelqu'un sur qui rejeter la responsabilité et croyait désormais que c'était un chien du chenil de Mr Hastie qui s'était échappé de sa cage et faufilé dans la cabine de la classe empereur pour infliger à Hector de Silva une morsure fatale. Depuis la mort de ce dernier, il se produisait une chose curieuse. On semblait avoir abandonné son titre de noblesse et on ne l'utilisait plus. Les gens commençaient à l'appeler simplement « le mort ». Le titre de noblesse se révélait aussi mortel que le corps.

Planté devant Mr Hastie, je compatissais face à la fausse accusation dont il était victime, mais je me tus. On n'avait pas retrouvé le petit bâtard d'Aden. Ainsi dégradé, Mr Hastie était de corvée peinture-et-vernis au soleil de midi, pendant que son assistant et partenaire de bridge, Mr Invernio, prenait les chiens en charge. « Je me demande comment il s'entend avec le Weimaraner O'Neal », murmura Mr Hastie.

Quelques heures plus tard, après avoir cherché un peu partout le chien de Ramadhin, on se dirigea tranquillement vers le chenil.

Au pont B, dans leur enclos large d'une vingtaine de mètres, plusieurs chiens marchaient à pas lents, comme s'ils souffraient d'une insolation, les yeux vides. On escalada la barrière et on s'approcha des cages dans lesquelles les chiens aboyaient pour qu'on les leur ouvre. Invernio essayait de lire l'un des livres d'Hastie au milieu de ce charivari. Alors que nous approchions, il me reconnut, car il avait vu ma tête quand je le regardais du haut de ma couchette, et je le présentai à Cassius et à Ramadhin. Il reposa le *Bhagavad-Gita* et effectua avec nous le tour du chenil en jetant des morceaux de viande à ses préférés. Après quoi, il sortit le braque de Weimar, lui ôta son collier, caressa sa tête grise lisse comme un œuf et ordonna au chien d'aller à l'autre bout de la pièce où volaient les grains de poussière. Le chien ne tenait pas à quitter Invernio, mais il obéit à l'injonction de «Va! Va!» et s'éloigna en silence, balançant ses longues pattes de droite à gauche. À l'extrémité du chenil, il se tourna et attendit. «Allez!» cria Invernio. Le braque fonça droit sur lui dans un galop délié et, arrivé à deux mètres de lui, il sauta. Il atterrit simultanément sur les épaules et la poitrine d'Invernio, assez fort pour le renverser, et il le terrassa, aboyant furieusement et le grattant avec ses griffes.

Invernio se dégagea, se coucha sur le braque et lui gronda dans l'oreille, puis il se mit à l'embrasser, et le chien réagit comme une femme qui adore celui qui l'embrasse mais ne désire pas être embrassée. Ils roulèrent plusieurs fois ensemble. Une seconde suffisait pour voir qu'ils s'aimaient. Ils étaient à l'évidence fous l'un de l'autre. Tous deux montraient les dents. Ils riaient et aboyaient. Invernio souffla dans le museau du Weimaraner. Dans les cages, les chiens étaient maintenant silencieux, et ils regardaient avec envie ces deux-là qui se bagarraient dans la poussière.

On partit avant la fin du combat, et je me rendis seul au pont C où je passai presque tout l'après-midi. Mr Invernio et le chien m'avaient trop rappelé Gunepala, notre cuisinier, et il me manquait, de même que la façon dont un chœur extravagant de bâtards l'attendait à l'heure des repas, hurlant à l'unisson cependant qu'il agitait un bout de viande avant de le lancer au milieu de la meute. L'après-midi, je le trouvais endormi, les chiens dans ses bras. Du moins Gunepala dormait-il, alors que les chiens eux restaient poliment couchés à côté de lui, s'observant, tressaillant et haussant les sourcils.

Les promenades nocturnes du prisonnier reprirent. Nous ne l'avions pas revu depuis la veille de notre arrivée à Aden jusqu'au soir où nous étions repartis. Il devait y avoir une raison pour qu'on l'ait ainsi laissé dans sa cellule. Nous étions en mer Rouge et, alors que nous voguions toujours vers le nord, nous constatâmes qu'il portait une chaîne de plus reliant le collier de métal autour de son cou à un étançon boulonné au pont une dizaine de mètres plus loin. Il faisait les cent pas, la démarche traînante. Avant, il se déplaçait comme un homme agile, tandis que maintenant il paraissait hésitant et précautionneux. Peut-être percevait-il un monde différent, car on distinguait les rivages nocturnes du désert de chaque côté du navire – l'Arabie à droite, l'Égypte à gauche.

Emily m'avait confié dans un murmure que le prisonnier s'appelait Niemeyer, un nom de ce genre. Il sonnait trop européen, alors que l'homme était manifestement asiatique. Il semblait être un mélange de Cinghalais et d'autre chose. On l'entendit parler à un garde. Il avait une voix grave, posée, et un débit lent. Ramadhin pensait que c'était une voix capable de vous hypnotiser si vous vous trouviez seul dans une pièce avec lui. Mon ami se figurait toutes sortes de dangers. Emily aussi mentionna sa voix caractéristique. Quelqu'un lui avait dit qu'elle était «persuasive» mais «effrayante». Mais quand je lui demandai de qui elle le tenait, elle refusa de me le dire. J'étais étonné. Je me croyais suffisamment son confident pour qu'elle puisse se fier à moi. Elle ajouta : «C'est le secret de quelqu'un d'autre. Pas le mien. Je ne peux pas te le livrer, tu comprends?»

Quoi qu'il en soit, la reprise des promenades nocturnes de Niemeyer sur notre pont nous donna l'impression qu'un peu d'ordre avait été restauré. Et on établit notre camp dans une des chaloupes de sauvetage pour l'épier de là-haut. Nous écoutions le raclement infernal des chaînes sur le pont. Il s'arrêtait au bout de sa longe puis scrutait la nuit comme s'il perçait les ténèbres, comme s'il y avait une personne qui, à des kilomètres de là dans le noir du désert, observait chacun de ses mouvements. Après quoi, il se retournait et repartait en sens inverse. On finit par lui enlever son collier métallique. Nous l'entendîmes échanger quelques paroles avec les gardes qui le redescendirent ensuite vers un endroit que nous ne pouvions qu'imaginer.

« Équipe de brancardiers, équipe de brancardiers demandée d'urgence sur le court de badminton du pont A. » On se précipita sur les lieux. C'était l'une des annonces par haut-parleurs les plus intéressantes que nous ayons entendues jusqu'à présent. Le plus souvent, il s'agissait d'annoncer une conférence l'après-midi dans la Clyde Room sur « La pose de câbles sous-marins entre Aden et Bombay » ou qu'un certain Mr Blackler parlerait de « La reconstitution récente du piano de Mozart ». Avant la projection des *Quatre plumes blanches*, un aumônier avait fait un exposé intitulé : « Les croisades, pour ou contre. L'Angleterre est-elle allée trop loin ? » Ramadhin et Mr Fonseka y avaient assisté et nous avaient dit ensuite que le conférencier, apparemment, estimait que les Anglais n'étaient pas allés assez loin.

Une nouvelle rumeur filtra, selon laquelle le cadavre d'Hector de Silva vieux d'un jour serait bientôt confié à la mer. Le commandant souhaitait attendre qu'on entrât dans les eaux méditerranéennes, mais la veuve toute-puissante insistait pour que cela fût fait le plus vite possible, et dans l'intimité. Ainsi, en l'espace d'une heure, chacun à bord connaissait-il le lieu et l'heure des funérailles. Des stewards interdirent l'accès d'une partie de la poupe où la cérémonie devait se dérouler, mais les curieux ne tardèrent pas à se masser derrière les cordes et à encombrer les escaliers métalliques pour regarder depuis les ponts supérieurs. Quelques personnes moins intéressées observèrent les opérations de derrière les baies du fumoir. Résultat, il fallut porter le corps – c'était en fait la première fois que la plupart d'entre nous apercevions Hector de Silva – le long d'un étroit passage ménagé à contrecœur par la foule. Venaient ensuite sa veuve, sa fille, ses trois médecins (l'un d'eux vêtu du costume d'apparat de son village) et le commandant.

Je n'avais jamais assisté à des funérailles, et encore moins à des funérailles dont j'étais en partie responsable. Je repérai Emily à quelques mètres de moi et elle m'adressa un regard accompagné d'un léger signe de tête pour m'inviter à la discrétion. Je vis aussi le Baron qui se tenait assez près de la famille de Silva. Tous ceux de la table des autres étaient là. Même Mr Fonseka avait quitté sa cabine pour suivre la cérémonie. Il était à côté de nous, en veste et cravate noires sans doute achetées chez Kundanmals dans le Fort, en prévision de son séjour en Angleterre.

Nous regardions d'en haut les petites silhouettes du cortège groupées autour de la table à tréteaux sur laquelle reposaient le buste d'Hector de Silva ainsi que quelques fleurs. Nous entendîmes à peine la prière pour les morts. La voix du prêtre vacillait et le frissonnement du vent qui soufflait du désert emportait ses paroles. Lorsque la famille s'avança vers le corps enveloppé dans un linceul blanc, on se pencha tous pour voir quel secret allait être confié au mort. Puis Hector de Silva glissa du paquebot et disparut dans la mer. On ne tira pas de coups de fusil ou de canon comme Cassius l'avait pourtant promis. On ne fit ni ne dit plus rien pour clore la cérémonie. Seul Mr Fonseka récita doucement quelque chose à l'intention de ceux qui se trouvaient près de lui. *Qui a désiré la mer ? Son excellente solitude plutôt / Que les avant-cours des rois.* Il dit les vers de Kipling de telle manière qu'ils nous parurent grandioses et sages. Nous n'avions pas conscience de leur ironie dans le contexte de la vie d'Hector de Silva.

Plus tard, à l'heure du thé, il y eut une autre conférence, destinée à nous préparer au canal de Suez : une conférence sur Ferdinand de Lesseps et les milliers d'ouvriers morts du choléra durant la construction du canal, de même que sur son importance actuelle en tant que route commerciale. Ramadhin et moi, on arriva tôt pour repérer sur les buffets les meilleurs sandwiches qu'on était censé ne manger qu'à la fin de l'exposé. Au milieu de la causerie, je me heurtai à Flavia Prins et deux de ses partenaires de bridge alors que je m'éloignais des buffets, plusieurs sandwiches en équilibre sur le bras. Elle embrassa la situation avec une hésitation du regard, puis passa devant moi sans prononcer un mot.

On approcha du canal dans le noir, sur le coup de minuit. Les quelques passagers restés sur le pont pour vivre l'expérience dormaient à moitié, à peine conscients des tintements et des carillonnements qui guidaient notre bateau dans l'étroit chas d'aiguille qu'était El Suweis. Le navire s'immobilisa pour permettre à un pilote arabe venu en barge de monter à bord par une échelle de corde. Il s'avança vers la passerelle à pas comptés, sans prêter attention aux autorités autour de lui. Le paquebot était maintenant sa propriété. C'est lui qui nous guiderait dans des eaux moins profondes encore et ajusterait l'angle du navire pour que nous nous faufilions dans le canal de plus en plus étroit où nous allions parcourir les cent quatre-vingt-dix kilomètres qui nous séparaient de Port-Saïd. On le voyait à travers les grandes vitres rectangulaires brillamment éclairées de la passerelle en compagnie du commandant et de deux autres officiers.

C'est la nuit où nous n'avons pas dormi.

Une demi-heure plus tard, nous longions un quai en béton encombré de caisses empilées en d'immenses pyramides, tandis que des hommes couraient avec des câbles électriques et des chariots à bagages à côté de l'*Oronsay* qui glissait lentement. Partout régnait une intense activité sous les poches de lumière soufrée. On entendait des cris et des sifflets, et pendant un court instant de silence, des aboiements, que Ramadhin crut être ceux de son chien d'Aden qui voulait redescendre à terre. Penchés tous trois au-dessus du bastingage, nous prenions de grandes goulées d'air, englobant tout du regard. Cette nuit-là devait constituer le souvenir le plus vivace que nous garderions de notre voyage, des heures sur lesquelles je trébuche encore de temps en temps en rêve. Nous ne participions à rien, mais un monde en perpétuel changement défilait sous nos yeux, dans des ténèbres variées nous évoquant toutes sortes d'images. Des tracteurs invisibles peinaient le long des butées. Les grues abaissaient leurs bras, prêtes à nous cueillir au passage. Nous avions franchi des océans à la vitesse de vingt-deux nœuds et nous avions maintenant l'impression de clopiner, d'aller à l'allure d'une pesante bicyclette, comme si nous nous trouvions à l'intérieur d'un rouleau de parchemin qu'on déroule peu à peu.

Des ballots atterrissaient sur le pont avant. Une corde était attachée au bastingage afin qu'un matelot puisse y descendre et s'y balancer pour signer au passage les documents douaniers. Un tableau quitta le navire. Tournant la tête, j'y jetai un regard de côté et lui trouvai un aspect familier. Peut-être l'avais-je vu dans l'un des salons de la première classe, mais pourquoi se débarrasserait-on ainsi d'un tableau?

J'étais incapable de dire si tout ce qui se passait était soigneusement légal ou terriblement criminel, car à bord, seuls quelques officiers surveillaient les opérations, toutes les lumières du pont étaient éteintes et les activités comme suspendues. Il n'y avait que les vitres éclairées de la passerelle avec les trois fidèles silhouettes, comme si le bâtiment était dirigé par des marionnettes, elles-mêmes manipulées par le pilote. Celui-ci sortit à deux ou trois reprises sur le pont, sifflant dans la nuit pour communiquer ses instructions à un homme à terre. Un sifflement lui répondait aussitôt et on entendait le bruit d'éclaboussement d'une chaîne qu'on jetait, tandis qu'une secousse ébranlait la proue du bateau qui se réorientait d'un côté ou de l'autre. Ramadhin ne cessait de parcourir le paquebot dans tous les sens à la recherche de son chien. Cassius et moi étions perchés à l'avant en équilibre précaire sur le bastingage d'où nous pouvions observer les scènes fragmentaires en contrebas – un petit vendeur de fruits et légumes, des mécaniciens discutant autour d'un feu de joie, des ordures qu'on déchargeait, des gens et des spectacles que nous savions ne jamais revoir. Nous comprîmes alors une petite chose importante : nos existences peuvent être peuplées d'inconnus intéressants qui passent sans que se noue la moindre relation personnelle.

Je me souviens encore comment nous avancions dans le canal, avec une visibilité réduite, au milieu des sons qui étaient des messages émis depuis les rives, cependant que ceux qui dormaient sur le pont rataient le panorama composé par toute cette activité. Secoués sur le bastingage, nous aurions pu tomber, perdre notre bateau et connaître un autre destin – en tant que pauvres ou princes. «Mon oncle!» hurlait-on. Et les gens agitaient la main, nous décochaient de larges sourires. Tous ceux qui nous voyaient passer lentement étaient nos oncles. Quelqu'un nous lança une orange. Une orange du désert! Cassius n'arrêtait pas de réclamer des beedies à grands cris, mais personne ne le comprenait. Un docker brandit quelque chose, une plante ou un animal, mais les ténèbres le dissimulaient.

Nul autre bâtiment ne fendrait cette nuit-là les eaux noires du canal. Les contacts radio s'étaient prolongés plus d'une journée pour que nous y entrions, ainsi qu'il le fallait, à minuit pile. Sur la rive, sous une ampoule qui se balançait au bout d'un cordon, un homme assis à une table de fortune remplissait des documents qu'il remettait à un messager, lequel rattrapait le paquebot et lançait les papiers lestés d'un poids de métal pour qu'ils atterrissent aux pieds de l'un des matelots. On ne s'ancrait pas. On dépassa le messager ainsi que l'homme à sa table qui notait furieusement le nombre de marchandises, puis une baraque où un cuisinier faisait rôtir quelque chose dont l'odeur était un cadeau, un désir dans la nuit, une tentation poussant à abandonner le navire après toute la nourriture européenne que nous avions mangée des jours durant. Cassius dit : «Ça a le parfum de l'encens.» L'*Oronsay* poursuivit ainsi sa route, guidé par ces étrangers. Nous récoltions tout ce qui venait de la terre, faisions du troc pour acquérir des objets lancés à bord. Qui sait ce qui fut échangé ce soir-là, et quels croisements se produisirent le temps que les papiers officiels d'entrée et de sortie soient signés puis retournés sur la rive, tandis que nous abordions puis quittions le monde bref et temporaire d'El Suweis. Nous voguions doucement vers la lumière du matin. Des nuées de nuages mouchetaient le ciel. Nous n'en avions pas vu de tout le voyage, sauf la montagne qui s'était amoncelée au-dessus du paquebot et avait déferlé sur nous pendant l'ouragan. À l'approche de Port-Saïd une tempête de sable s'éleva et plana au-dessus de nous, dernier souffle venu d'Arabie, qui perturba le fonctionnement des radars du paquebot. C'était pourquoi on avait calculé d'arriver à El Suweis à minuit – afin que nous touchions Port-Saïd le jour, quand on pouvait naviguer à vue. Ainsi, nous avons débouché en Méditerranée les yeux grands ouverts.

À un moment, approchant de la trentaine, j'ai éprouvé brusquement le désir de revoir Cassius. Alors que j'étais resté en relation avec Ramadhin et que je lui rendais parfois visite ainsi qu'à sa famille, je n'avais pas revu Cassius depuis le jour où le paquebot avait accosté en Angleterre.

Pendant la période où j'ai eu envie de le revoir, je suis tombé sur une annonce dans un journal londonien. Il y avait une photo de lui. Sans son nom inscrit à côté, je n'aurais pas reconnu son visage. Plus âgé, plus mat, aussi différent que je l'étais probablement du garçon qui se trouvait à bord du paquebot dans les années 1950. C'était une publicité pour une exposition de ses tableaux. Je suis donc allé en ville, dans une galerie de Cork Street. J'y suis allé moins pour voir ses œuvres que pour reprendre contact, dans l'espoir de dîner longuement avec lui et parler, parler, parler. Je ne savais pas très bien ce qu'il était devenu après les trois semaines que nous avions passées ensemble, sinon qu'il était aujourd'hui un peintre estimé. Cela m'avait étonné. Était-il toujours aussi fou ? me suis-je demandé. Et était-il toujours aussi dangereux qu'il me l'avait paru quand j'étais petit garçon ? Certaines graines de Cassius, après tout, avaient été implantées dans mon organisme. J'ai regardé de nouveau l'annonce que j'avais découpée dans le journal, la photo qui le montrait adossé à un mur blanc dans une attitude teintée de belligérance.

Cassius n'était pas là. C'était un samedi après-midi. On m'a dit à la galerie que le vernissage avait eu lieu quelques jours auparavant et qu'il était venu pour l'occasion. Je ne connaissais guère les coutumes du monde de l'art. J'étais déçu, mais son absence importait peu. Car c'est Cassius que je voyais dans ses tableaux. C'étaient de grandes toiles réparties dans les trois salles de la Waddington Gallery. Il y en avait une quinzaine. Toutes avaient pour thème la nuit à El Suweis. Les mêmes lumières soufrées éclairant l'activité nocturne dont je me souvenais encore, ou en tout cas dont je commençais à me souvenir en ce samedi après-midi. Les feux en plein air. Le registre d'apparence centenaire que remplissait impérieusement le scribe installé à la table dans l'air vif de la nuit. Au début, j'ai cru qu'il s'agissait de tableaux abstraits. On avait le sentiment en les regardant que des choses se passaient en marge des couleurs sur la toile, ou juste derrière. Mais dès que j'ai su où nous étions, tout a changé. J'ai même reconnu le petit chien de Ramadhin qui levait les yeux sur le bateau. Tout cela me grandissait et j'ignorais pourquoi. Je suppose que je comprenais mieux combien Cassius et moi avions été proches, comme des frères. Car il avait vu les mêmes gens que moi ce soir-là, des gens avec qui nous nous étions sentis curieusement liés, des gens que nous ne reverrions jamais. Qui appartenaient à cet endroit. À cette ville nocturne d'un autre monde. Nous n'en avions pas parlé, mais nous l'avions l'un et l'autre, d'une certaine manière, perçu. Et maintenant, ils étaient là avec nous.

Je me suis penché sur le livre d'or où les visiteurs sont supposés livrer leurs commentaires. Certains étaient plutôt flatteurs, bien trop intellectuels, d'autres se contentaient d'un «Charmant!». Un griffonnage sur toute une page disait : «LA PETITE VIEILLE A ÉTÉ MUTILÉE HIER SOIR TARD.» Ce devait être l'œuvre d'un des amis ivres de Cassius. Personne d'autre n'avait utilisé cette page, et la phrase s'étalait là, l'air solitaire. J'ai continué à feuilleter le livre et je suis tombé sur le nom de Miss Lasqueti qui avait écrit un bel éloge sur la peinture de Cassius. J'ai mis la date et j'ai écrit à mon tour : « La tribu Oronsay – irresponsable et violente. » Puis j'ai ajouté : « Désolé de t'avoir raté. Mynah. » Je n'ai pas laissé d'adresse.

Je suis sorti, mais quelque chose m'a retenu et j'ai décidé de retourner à la galerie, content cette fois qu'il n'y ait presque personne. Et quand j'ai compris ce qui m'avait attiré, j'ai refait le tour pour vérifier. J'avais lu quelque part que quand on avait admiré la perspective particulière des premières photos de Lartigue, il avait fallu du temps avant que quelqu'un ne fasse remarquer que c'était l'angle normal selon lequel un petit garçon lèverait son appareil pour photographier des adultes. Et ce que je voyais dans la galerie, c'était l'angle de vision exact que Cassius et moi avions cette nuit-là lorsque, du bastingage, nous regardions les hommes travailler dans ces cosses de lumière. Un angle de quarante-cinq degrés, quelque chose comme ça. J'étais de nouveau au bastingage, à regarder, et c'était là que se trouvait Cassius avec ses émotions pendant qu'il peignait ces toiles. Au revoir, disions-nous à tous. Au revoir.

Le cœur de Ramadhin

Pendant la majeure partie de ma vie, j'ai su que je ne pourrais rien donner à Cassius qui lui fût de quelque utilité. Par contre, je sentais que j'aurais pu donner quelque chose à Ramadhin. Il m'a permis d'aimer. Cassius réclamait âprement le droit à la solitude. Je l'ai constaté même dans ses tableaux, malgré l'évocation de la nuit à El Suweis. Mais j'ai toujours pensé que j'aurais pu aider Ramadhin dans une situation difficile. Si j'avais su. S'il était venu me parler.

Au début des années 1970, alors que je travaillais pour une brève période en Amérique du Nord, j'ai reçu un télégramme d'un parent éloigné. Je me souviens que c'était l'anniversaire de mes trente ans. Abandonnant ce que je faisais, j'ai pris un vol de nuit pour Londres où je suis descendu dans un hôtel afin de dormir quelques heures.

Vers midi, un taxi m'a déposé à Mill Hill, devant une petite chapelle. J'ai entraperçu Massi, la sœur de Ramadhin, et une fois à l'intérieur, je l'ai regardée s'avancer dans l'allée centrale. Depuis notre amitié d'adolescence, nous ne nous étions pas souvent revus. En fait, je n'avais pas revu Ramadhin ni aucun membre de sa famille depuis huit ans. Je soupçonnais que nous étions tous devenus des personnes fort différentes. Dans l'une de ses dernières lettres, Ramadhin m'avait écrit que Massi «fréquentait une bande de noceurs», qu'elle travaillait à la BBC dans l'une des émissions musicales et qu'elle était ambitieuse et intelligente. Rien ne m'aurait surpris de la part de Massi, je suppose. Plus jeune que nous, elle était arrivée en Angleterre un an après nous et s'était vite adaptée.

Au fil des ans, j'avais fini par bien connaître ses parents, un couple très doux qui avait élevé un garçon très doux. Le père, un biologiste, me parlait toujours de mon oncle, «le Juge», chaque fois qu'il se trouvait en tête à tête avec moi et contraint de me faire la conversation. Je pense que mon oncle et le père de Ramadhin en étaient au même point de leur carrière. Mr Ramadhin, pourtant, était quelqu'un de légèrement incompétent pour ce qui touchait au monde réel (outils, petits déjeuners, horaires), tandis que sa femme, elle aussi biologiste, organisait tout et semblait se contenter d'être dans l'ombre qu'il projetait. Leur vie, leur carrière, leur maison étaient là pour servir d'échelle à leurs enfants. Et pendant mon adolescence, je désirais passer le plus de temps possible dans la discipline tranquille et le calme de leur maison de Mill Hill. J'y étais tout le temps. La maladie de Ramadhin, ses problèmes cardiaques, faisaient d'eux une famille plus vigilante et plus sereine que la mienne. Ils vivaient sous une cloche de verre. Je me sentais bien avec eux.

J'étais à présent de retour au sein de ce même paysage. Et, me dirigeant vers la maison des Ramadhin après l'enterrement, j'avais l'impression de tomber au travers des branches auxquelles j'avais grimpé des années auparavant. Arrivé devant, la maison me parut plus petite, et Mrs Ramadhin frêle. Les mèches de cheveux blancs rendaient son visage tendu plus beau, plus indulgent – car elle avait été une personne stricte ainsi que généreuse envers ses enfants et moi. Seule Massi pouvait s'opposer aux règles édictées par sa mère, ce qu'elle a fait une bonne partie de sa vie.

«Tu es resté trop longtemps parti, Michael. Tu es resté tout le temps parti.» Les mots de la mère étaient une flèche soigneusement pointée sur moi, jusqu'à ce qu'elle s'approche et me permette de la serrer dans mes bras. Dans le passé, nous n'avions pratiquement eu aucun contact physique. «Mrs R.», l'appelais-je durant mes années d'adolescence.

Je suis donc entré de nouveau dans leur maison de Terracotta Road. Des gens présentaient leurs condoléances à la famille dans l'étroit vestibule avant de se diriger vers le salon où le canapé, les tables gigognes et les tableaux étaient à la même place que lors de mes séjours d'autrefois. C'était une capsule temporelle de notre jeunesse – le petit poste de télévision, les portraits des grands-parents de Ramadhin devant leur maison de Mutwal. Le passé que sa famille avait apporté dans ce pays ne serait jamais abandonné. Il y avait maintenant une autre photo sur le dessus de la cheminée, celle de Ramadhin en toge pour la remise de son diplôme de l'université de Leeds. Le plumage ne lui allait pas ni ne le déguisait. Ses traits semblaient tirés, comme s'il était sous tension.

Je m'étais avancé pour le regarder. On m'a pris par le coude, des doigts qui m'agrippaient fort, exprès, et je me suis retourné. C'était Massi et brusquement, peut-être trop brusquement, j'ai eu le sentiment que nous étions terriblement proches l'un de l'autre. Je l'avais vue à la chapelle quand, encadrée par ses parents, elle était allée s'asseoir au premier rang et avait aussitôt baissé la tête. Elle ne se trouvait pas parmi ceux qui avaient reçu les condoléances dans le vestibule.

«Tu es venu, Michael. Je ne croyais pas que tu viendrais.

– Pourquoi ne serais-je pas venu?»

Sa main, petite et chaude, a effleuré mon visage, puis elle m'a laissé pour s'entretenir avec d'autres gens, acquiescer à ce qu'ils disaient ou serrer quelqu'un dans ses bras quand il le fallait. Je ne regardais qu'elle. Je cherchais un signe de Ramadhin en elle. Ils ne s'étaient jamais beaucoup fait écho. Il était plutôt grand et fort, le corps lourd, tandis qu'elle était tendue et vive. «Une bande de noceurs», avait-il écrit. Ils avaient la même couleur de cheveux, rien de plus. Je me disais cependant qu'elle devait avoir maintenant quelque chose de lui – quelque chose qu'elle avait reçu au moment de sa brutale disparition. Je suppose que j'avais besoin de la présence de Ramadhin, et je ne sentais que le vide.

L'après-midi serait long, au cours duquel nous ne nous verrions qu'à travers la pièce, alors que nous parlions à divers membres de la famille. Pendant le buffet du déjeuner, j'ai remarqué qu'elle allait d'une personne à l'autre au sein de cette communauté d'expatriés, jouant le rôle de l'abeille familiale dévouée – passant d'une vieille tante anéantie à un oncle trop enjoué par habitude, sans oublier un neveu qui ne comprenait pas pourquoi tout le monde était si calme, car il adorait Ramadhin qui lui avait donné des leçons de mathématiques et l'avait raisonné quand il connaissait des moments difficiles. Je l'ai vue assise dans un fauteuil en compagnie de ce garçon, dans le jardin, et j'aurais préféré être avec eux plutôt que soumis au regard curieux d'un ami de ses parents. Parce que le garçon avait dix ans, je présume. Et j'aurais voulu savoir ce qu'elle lui disait, comment elle justifiait ce qu'elle disait ou expliquait pourquoi nous nous comportions comme une espèce de secte compassée qui ne s'exprimait que par murmures. Et puis, je me suis aperçu que ce n'était pas le garçon qui pleurait mais Massi.

J'ai abandonné mon interlocuteur au milieu d'une phrase et j'ai été m'asseoir à côté d'elle, j'ai enlacé son corps qui ne cessait de trembler et aucun de nous trois n'a songé à prononcer la moindre parole. Peu après, quand j'ai levé les yeux vers les portes-fenêtres de la maison, je me suis rendu compte que tous les adultes se trouvaient à l'intérieur et que nous étions les enfants dans le jardin.

Le soir a commencé de tomber, et la modeste maison des Ramadhin, qui avait été autrefois un sanctuaire pour moi, a ressemblé alors à une arche fragile. Les derniers visiteurs sortaient lentement dans la rue de banlieue non éclairée. J'étais à côté de la famille dans le vestibule, prêt à partir moi aussi afin de ne pas manquer mon train pour regagner le centre de Londres.

« J'ai un avion à prendre demain après-midi, ai-je dit. Mais je reviendrai dans un mois, si tout va bien. »

Massi m'observait avec attention. C'était ce que l'un et l'autre avions fait tout l'après-midi, comme pour réexaminer quelqu'un qu'on a jadis bien connu. Elle avait un visage plus large et une attitude différente de celle du temps où nous étions jeunes. Je voyais les égards nouveaux, empreints de précaution, qu'elle manifestait envers ses parents. Elle qui, tout au long de son adolescence, avait mené contre eux un combat retentissant. J'avais conscience de ces changements, de même que je savais qu'elle pouvait me définir plus précisément que n'importe lequel de mes amis récents. Elle aurait pu extraire de notre passé une image de moi et la placer à côté de ce qu'elle voyait maintenant. Elle avait été notre copine, à son frère et à moi, pendant les vacances scolaires quand nous traînions dans une ville qui n'était pas tout à fait la nôtre, ce qu'on nous faisait sentir – c'était un étrange univers clos dans lequel nous évoluions, prenant le bus pour la piscine à Bromley ou la bibliothèque publique de Croydon, ou encore pour aller à Earls Court visiter le Salon nautique, le Salon du chien ou le Salon de l'automobile. Ces trajets d'autobus étaient sans nul doute encore gravés dans nos esprits. Elle avait été témoin de tous mes changements au cours de nos adolescences. Elle avait tout cela en elle.

Puis un trou de huit ans.

J'ai un avion à prendre demain après-midi, mais je reviendrai dans un mois, si tout va bien.

Debout dans le vestibule, elle me considérait, les traits marqués par le choc consécutif à la perte de son frère. Son petit ami était à côté d'elle, qui la tenait par le coude. Nous avions discuté ensemble plus tôt dans l'après-midi. Si ce n'était pas son petit ami, il aspirait manifestement à l'être.

« Eh bien, fais-moi signe quand tu seras de retour.

– Je n'y manquerai pas.

– Massi, pourquoi tu n'accompagnerais pas Michael à la gare ? Vous pourriez parler tous les deux, a dit Mrs R.

– Oui, accompagne-moi, ai-je acquiescé. Comme ça nous passerons une heure ensemble.

– Une éternité », a-t-elle dit.

Massi existait dans la moitié publique du monde où Ramadhin entrait rarement. Elle ne marquait jamais d'hésitation. Elle et moi allions partager une grande tranche de nos vies respectives. Et quoi que soient devenues nos relations, les hauts et les bas de leurs océans, nous nous sommes améliorés aussi bien qu'abîmés avec cette rapidité que je tenais en partie d'elle. Massi empoignait les décisions. Elle ressemblait sans doute davantage à Cassius qu'à son frère. Encore qu'aujourd'hui je sache que le monde ne se divise pas simplement en deux modèles. Quand nous étions jeunes, nous le pensions cependant.

«Une éternité», a-t-elle dit. Et au cours de cette heure, j'ai refait le premier pas dans la vie de Massi. Nous avons pris le chemin de la gare et, à mesure que nous parlions, notre allure s'est ralentie. Nous avons pénétré dans l'obscurité totale à l'endroit où la route longe un terrain de football, et nous avions l'impression de chuchoter dans un coin non éclairé d'une scène. Nous avons surtout parlé d'elle. Elle en savait déjà assez sur moi, ma brève et surprenante carrière qui m'avait conduit en Amérique du Nord et entraîné à quitter son univers à elle. («Je ne croyais pas que tu viendrais.» «Tu es resté tout le temps parti.») Nous avons exhumé les années manquantes. J'avais à peine gardé le contact, même avec Ramadhin. J'envoyais de temps en temps une carte postale qui indiquait où j'étais, guère plus. Il y avait beaucoup à apprendre sur ce que son frère et elle avaient fait.

«Tu connais une certaine Heather Cave? m'a-t-elle demandé.

– Non? Je devrais? Qui est-ce?»

J'imaginais une femme que j'aurais pu rencontrer aux États-Unis ou au Canada.

«Apparemment, Ramadhin la connaissait.»

Massi m'a raconté qu'il n'y avait pas d'explications claires sur les circonstances de la mort de Ramadhin. On l'avait trouvé victime d'un arrêt cardiaque, un couteau à côté de lui. C'était tout. Il était entré dans l'obscurité de l'un des jardins communaux de la ville, près de l'appartement de la fille. On le disait obsédé par elle, une élève à qui il donnait des cours particuliers, mais quand Massi avait cherché à savoir, elle n'avait découvert que cette fille-là, âgée de quatorze ans, Heather Cave, à qui il donnait des leçons. S'il s'agissait de celle dont il était amoureux, il avait dû être en proie à un écrasant sentiment de culpabilité qui l'aurait comme empli d'encre noire.

Elle a secoué la tête et changé de sujet.

Son frère n'avait pas été heureux en Angleterre, croyait-elle ; elle pensait qu'une carrière et une vie à Colombo l'auraient davantage satisfait.

Dans toute famille d'immigrants, semble-t-il, il y a quelqu'un qui se sent étranger dans le nouveau pays où ils se sont installés. C'est ressenti comme un exil permanent par le frère ou l'épouse qui n'acceptent qu'en silence leur sort à Boston, Londres ou Melbourne. J'en ai rencontré beaucoup qui demeuraient hantés par le fantôme persistant d'un endroit précédent. Il est vrai que Ramadhin aurait été plus heureux dans l'univers plus libre et moins public de Colombo. Il n'avait pas d'ambitions professionnelles comme Massi en avait et comme, soupçonnait-elle, j'en avais aussi. Ramadhin était celui qui procédait le plus par étapes, le plus réfléchi, celui qui apprenait les choses importantes à son propre rythme. J'ai dit à Massi que je continuais à me demander comment il avait réussi à nous supporter, Cassius et moi, pendant le voyage vers l'Angleterre. Souriante à présent, elle a de nouveau hoché la tête, puis demandé : « Tu l'as vu ? J'ai lu de temps en temps des articles sur lui.

– Tu te rappelles qu'on t'avait dit un jour que tu devrais aller le voir ? »

Nous nous sommes mis à rire. À un moment, Ramadhin et moi avions essayé de convaincre Massi que Cassius ferait pour elle un mari idéal.

« Peut-être que j'aurais dû… peut-être que je peux encore. » Elle donnait des coups de pied dans les feuilles mouillées devant elle et elle avait passé son bras autour du mien. Je songeais à mon autre ami perdu. La dernière fois que j'avais entendu parler de lui, c'était par une actrice sri-lankaise qui l'avait connu au cours de leur adolescence en Angleterre.

Elle m'avait raconté qu'il lui avait fixé rendez-vous très tôt le matin devant un golf. Il avait emporté deux vieux clubs et quelques balles. Ils avaient escaladé la grille pour se promener sur le terrain tandis que Cassius fumait un joint et lui tenait un discours sur la grandeur de Nietzsche avant de tenter de la séduire sur l'un des greens.

À la gare, nous avons vérifié l'heure du train, puis nous sommes allés dans le café ouvert la nuit, sous le pont de chemin de fer, où nous sommes demeurés assis à nous regarder, séparés par le Formica, pratiquement sans échanger une parole.

Je n'ai jamais catalogué Massi comme la sœur de Ramadhin. Ils semblaient être distinctement eux-mêmes. Elle avait un esprit avide. On mentionnait une idée et elle l'exécutait, comme les paroles suivantes d'une chanson. C'était ce que des gens d'une autre époque auraient appelé « une fille culottée ». C'est ainsi que Mr Mazappa ou Miss Lasqueti l'auraient décrite. Mais ce soir dans la cafétéria presque déserte près de la gare, elle était repliée sur elle-même, hésitante. Il y avait là un couple plus âgé qui était également à l'enterrement et à la réception, mais ils sont restés dans leur coin. J'avais besoin de Ramadhin ici, avec nous. J'y étais habitué. C'était peut-être le silence de Massi qui autorisait sa présence, et c'était peut-être cette nouvelle affection entre nous qui avait effacé si vite les années, mais il est entré droit dans mon cœur et je me suis mis à pleurer. Tout de lui se trouvait soudain au-dedans de moi : sa démarche lente et nonchalante, sa gêne devant une plaisanterie douteuse, son amour pour ce chien à Aden et le besoin qu'il en avait, l'attention constante qu'il portait à son cœur (« le cœur de Ramadhin »), les nœuds qu'il avait faits et dont il se sentait si fier parce qu'ils nous avaient sauvé la vie, son allure quand il s'éloignait de vous. Et la belle intelligence que Mr Fonseka voyait et que Cassius et moi n'avions jamais vue ni admise, mais qui était toujours là. Quoi d'autre ai-je absorbé de lui, juste avec mes souvenirs, après que nous avions perdu le contact ?

Je suis quelqu'un qui a le cœur sec. Devant un grand chagrin, j'érige des barrières afin d'empêcher la perte de pénétrer trop profondément ou d'aller trop loin. Un mur se dresse aussitôt, qui ne s'écroulera pas. Proust a écrit : « Et de même nous croyons ne plus aimer les morts, mais revoyons-nous tout d'un coup un vieux gant et nous fondons en larmes. » J'ignore ce que c'était. Il n'y avait pas de gant. Si j'étais sincère, j'avouerais que je n'avais pas vraiment pensé à Ramadhin comme à quelqu'un dont j'aurais été proche durant un certain temps. À vingt ans, nous nous consacrons à devenir autre.

M'estimais-je coupable de ne pas l'avoir aimé assez ? C'était en partie cela. Mais cette pensée n'était pas capable d'abattre le mur et de laisser Ramadhin entrer en moi. J'avais dû commencer à me rappeler, à me rejouer les petits fragments de lui qui montraient l'intérêt qu'il me portait. Un geste pour me signaler que je renversais quelque chose sur ma chemise, ce qui s'était en fait produit la dernière fois que je l'avais vu. La manière dont il essayait de m'inclure dans ce qu'il apprenait avec passion. Dont il s'était détourné de son chemin pour me retrouver, puis était resté mon ami en Angleterre, alors qu'il fréquentait une école et moi une autre. Je n'avais pas été difficile à repérer dans le réseau des expatriés, mais il m'avait néanmoins cherché.

Je ne sais pas combien de temps je suis demeuré assis là, près de la baie vitrée qui me séparait de la rue, en face de Massi qui gardait le silence, la main tendue vers moi, paume ouverte, une main que je n'ai pas remarquée et que je n'ai donc pas prise. Les larmes, dit-on, ne nous rabaissent pas mais nous grandissent. Il m'avait fallu longtemps. J'étais incapable de la regarder. Je scrutais la nuit au-delà de la cascade de lumière du restaurant.

« Viens. Viens avec moi », a-t-elle dit, et nous avons monté les marches de pierre de la gare pour attendre le train. Il restait quelques minutes et nous avons arpenté le long quai jusqu'aux extrémités non éclairées, sans échanger un seul mot. Lorsque le train arriverait, il y aurait une étreinte, un baiser de souvenir et de tristesse qui claquerait la porte entre nous pour les quelques années à venir. Nous avons entendu le grésillement d'une annonce, puis vu le pinceau d'un phare braqué sur nous.

Les ravages provoqués par certains événements et l'influence qu'ils ont exercée mettent parfois une éternité avant d'apparaître. Je sais maintenant que j'ai épousé Massi pour demeurer proche d'une communauté où je me sentais en sécurité depuis mon enfance et à laquelle, je m'en rends compte, j'aspirais encore.

Massi et moi avons continué à nous voir, timidement d'abord, puis en partie pour retrouver les quasi-amants que nous avions été au cours de notre adolescence. Il y avait le chagrin partagé à la suite de la mort de Ramadhin. Et puis le réconfort de la famille. Ses parents m'ont de nouveau accueilli chez eux – l'enfant, toujours un enfant à leurs yeux, qui avait été des années durant le meilleur ami de leur fils. J'allais donc souvent à Mill Hill dans la maison où je m'étais réfugié quand j'étais jeune, où je traînais avec Ramadhin et sa sœur pendant que leurs parents étaient au travail – dans leur séjour avec sa télévision ou dans la chambre à l'étage avec son feuillage à l'extérieur. Je pourrais y circuler les yeux bandés, aujourd'hui encore – les bras écartés pour mesurer la largeur du couloir, effectuant tel nombre de pas pour entrer dans la pièce qui débouchait sur le jardin, puis trois pas à droite, évitant la table basse, et je saurais alors que si j'enlevais mon bandeau, je me trouverais devant la photo de Ramadhin lors de sa remise de diplôme.

Je n'avais personne d'autre ni aucun autre endroit vers lesquels me tourner avec le vide qui était en moi.

Un mois après la mort de Ramadhin, sa famille reçut de Mr Fonseka un témoignage de sympathie, une lettre qu'ils me permirent de lire, car il parlait de notre séjour à bord de l'*Oronsay*. Il écrivait quelques mots gentils sur moi (et rien sur Cassius), et il disait avoir décelé chez Ramadhin une «lumineuse curiosité intellectuelle». Il racontait qu'ils avaient discuté ensemble de l'histoire des pays par lesquels nous étions passés et de tout ce qui était naturel par opposition aux ports artificiels; d'Aden qui avait été l'une des treize grandes cités pré-islamiques; d'un ancêtre des célèbres géographes musulmans qui avait vécu là avant l'époque des trois empires de l'islam. La lettre de Fonseka se poursuivait ainsi sur des pages et des pages dans un style qui, presque vingt ans plus tard, m'était encore familier.

À la passion de Fonseka pour le savoir s'ajoutait toujours son plaisir de le partager. Je suppose que Ramadhin était pareil avec le neveu de dix ans à qui il donnait des cours et que j'avais rencontré à l'enterrement. Mr Fonseka ignorait que j'étais resté en contact avec Ramadhin et sa famille, et je présume que j'aurais pu lui faire une surprise en venant lui rendre visite à Sheffield en compagnie de Massi. Mais je n'y suis jamais allé. Elle et moi n'avions pas beaucoup de week-ends de libres. Nous étions redevenus amants, fiancés avec tout le cérémonial auquel tiennent les familles vivant à l'étranger. Le poids de la tradition chez les exilés pesait sur nous. Nous aurions pu cependant oublier tout cela, louer une voiture et aller le voir. Mais à ce stade de mon existence, je me serais senti intimidé devant lui. J'étais un jeune écrivain et je craignais sa réaction, bien que je sois sûr qu'il aurait été très poli. Après tout, c'était Ramadhin qu'il estimait doué de l'intelligence et de la sensibilité innées des artistes. Je ne crois pas qu'il s'agisse nécessairement des qualités requises, mais en ce temps-là je le croyais à moitié.

Je m'étonne toujours que ce soient Cassius et moi qui ayons émergé de ce monde et survécu dans celui de l'art. Cassius qui, en tant que personnage public, tenait à n'employer que son prénom de batailleur. J'étais plus aimable, je m'étais assagi, mais Cassius avait continué sur la même voie, ricanant, méprisant les barons des arts et du pouvoir. Quelques années après qu'il était devenu célèbre, son école en Angleterre qu'il avait détestée et qui de son côté ne l'avait sans doute pas beaucoup aimé, lui avait demandé de faire don d'un tableau. Il avait renvoyé un télégramme : « ALLEZ VOUS FAIRE FOUTRE ! LETTRE BIEN SENTIE SUIT. » Il avait toujours été un dur. Chaque fois que j'entendais parler de quelque scandale provoqué par Cassius, je m'imaginais aussitôt Fonseka lisant cela dans les journaux et soupirant à l'idée du fossé qui existait entre la morale et l'art.

J'aurais vraiment dû aller le voir, notre vieux gourou aux cigarettes de chanvre. Il aurait montré un Ramadhin différent de celui de Massi. Mais sa famille à elle avait été brisée, et Massi et moi étions l'outil susceptible de la réparer, ou du moins de mettre une couche de plâtre sur les circonstances troublantes de la mort de son frère qui les avaient tous laissés dans l'incapacité de faire leur deuil. De même, nos désirs étaient nourris par une époque antérieure, depuis ce petit matin de notre jeunesse où elle m'avait semblé peinte par les branches vertes qui se balançaient. Nous avons tous dans le cœur un vieux nœud que nous souhaitons desserrer et défaire.

Étant enfant unique, je m'étais comporté avec Ramadhin et Massi comme s'ils étaient mes frère et sœur. C'est le genre de relations qu'on a seulement pendant l'adolescence, autre que le genre qu'on entretient avec ceux auxquels on se heurte plus tard – auprès de qui on a plus de chances de changer de vie.

C'est ce que je croyais.

Ensemble, nous avons tous trois traversé les jours abstraits et apparemment indéfinissables qu'étaient les vacances d'été et d'hiver. Nous avons rôdé dans l'univers de Mill Hill. Au vélodrome, nous avons rejoué les grandes courses – grimpant en vacillant en haut de la piste pour descendre ensuite à fond et être départagés sur la ligne d'arrivée par une sensationnelle photo-finish. L'après-midi, nous disparaissions dans quelque Bijou du centre de Londres pour voir un film. Notre monde incluait la centrale électrique de Battersea, l'escalier des Pélicans de Wapping qui menait aux berges de la Tamise, la bibliothèque de Croydon, les bains publics de Chelsea et le parc de Streatham qui descendait en pente douce de High Road vers les arbres au loin. (C'est là que Ramadhin était allé au cours de la dernière soirée de sa vie.) Et Colliers Water Lane où Massi et moi avons fini par habiter. Tous ces endroits, Ramadhin, elle et moi, nous y sommes entrés adolescents pour en ressortir adultes. Mais que savions-nous réellement, y compris les uns des autres? Nous ne pensions jamais à l'avenir. Notre petit système solaire – vers quoi se dirigeait-il? Et pendant combien de temps chacun de nous compterait-il pour les autres?

Parfois nous trouvons au temps de notre jeunesse notre véritable moi, notre moi propre. On prend conscience de quelque chose en nous qui est d'abord minuscule, et en quoi, d'une certaine manière, nous grandirons. Mon surnom à bord du paquebot était «Mynah» – le Mainate. Presque mon nom, mais avec un sautillement et la vision fugitive de quelque chose de plus, comme le léger balancement qu'ont tous les oiseaux quand ils se déplacent en marchant. Et puis, c'est un oiseau à part, sujet à caution, dont la voix n'est pas tout à fait digne de confiance malgré sa portée. À l'époque, je suppose, j'étais le mainate de la bande, celui qui répétait aux deux autres tout ce qu'il entendait. Ramadhin m'en avait affublé par hasard, et Cassius, y voyant une extension facile de mon nom, avait commencé à m'appeler ainsi.

Personne d'autre que les deux amis que je m'étais faits à bord de l'*Oronsay* ne m'a jamais appelé «Mynah». Dès que je suis entré à l'école en Angleterre, on n'a plus utilisé que mon nom de famille. Si je recevais un coup de téléphone et qu'on dise «Mynah», ce ne pouvait être que l'un d'entre eux.

Quant au prénom de Ramadhin, je l'employais rarement, même si je le connaissais. Est-ce que le connaître m'autorise à croire que je comprends presque tout à son sujet ? Ai-je le droit d'imaginer les processus de pensée qu'il a suivis en tant qu'adulte ? Non. Mais en tant que garçons durant ce voyage vers l'Angleterre, le regard fixé sur la mer qui semblait vide, nous imaginions pour nous-mêmes des intrigues et des histoires complexes.

Le cœur de Ramadhin. Le chien de Ramadhin. La sœur de Ramadhin. C'est maintenant seulement que je vois les divers jalons qui, dans ma vie, nous ont tous deux reliés. Le chien, par exemple. Je me souviens encore comment nous jouions avec lui sur l'étroite couchette pendant le bref intervalle de temps où nous l'avons eu. Et comment, une fois, il était venu tranquillement vers moi pour nicher son museau dans le creux de mon épaule, comme un violon. Sa chaleur craintive. Et puis Massi, notre attachement, d'abord prudent et nerveux au cours de notre adolescence, puis plus rapide et plus enfiévré alors que nous nous découvrions après la mort de Ramadhin et savions plus ou moins que sinon, ce ne serait peut-être pas arrivé.

Il y avait aussi l'histoire de la fille de Ramadhin.

Elle s'appelait Heather Cave. Et peu importe de quoi il s'agissait, mais il aimait ce qui chez elle n'était pas encore formé à l'âge de quatorze ans. C'était comme s'il pouvait en imaginer tous les possibles, même s'il devait avoir également aimé ce qu'elle était à ce moment-là, à la façon dont on peut adorer un chiot, un poulain, un joli garçon pas encore pubère. Il allait en ville chez les Cave pour lui donner des leçons de géométrie et d'algèbre. Ils s'installaient à la table de la cuisine. Quand il faisait beau, ils travaillaient parfois dans le parc qui jouxtait l'immeuble. Et pendant la dernière demi-heure, à titre de petit cadeau, il l'amenait à parler d'autre chose. Il ne manquait pas d'être étonné par le jugement sévère qu'elle portait sur ses parents, sur les professeurs qui l'ennuyaient et sur certains «amis» qui avaient tenté de la séduire. Ramadhin en demeurait abasourdi. Elle était jeune mais pas naïve. Sous de nombreux aspects, elle était probablement plus réaliste que lui. Et lui, qu'était-il ? Un homme de trente ans trop innocent, dans le cocon de cette petite communauté d'immigrants à Londres. Il ne connaissait ni n'influençait le monde autour de lui. En plus des cours, il était professeur suppléant. Il lisait beaucoup d'ouvrages de géographie et d'histoire. Il était resté en contact avec Mr Fonseka qui habitait dans le Nord – selon sa sœur, il était censé exister une correspondance éclairée entre eux. Il écoutait donc la fille Cave assise en face de lui, imaginait les différents rayons partant de sa nature. Puis il rentrait chez lui.

Pourquoi n'avait-il pas rompu le charme de cette brillante correspondance en parlant de la fille ? Il n'aurait jamais pu s'y résoudre. Fonseka aurait certainement su le détourner d'elle. Bien qu'on pût s'interroger sur le degré de connaissance que celui-ci avait du caractère des adolescents capables de se montrer brutaux sous leur vernis. Non, il eût mieux valu qu'il se confiât à Cassius. Ou à moi.

Le mercredi et le vendredi, il se rendait chez les Cave. Le vendredi, la fille était à l'évidence impatiente, car après le cours, elle filait rejoindre ses amis. Et puis, un vendredi, il la trouva en larmes. Elle commença à parler, lui demanda de rester, de l'aider dans sa détresse. Elle avait quatorze ans et tout ce qu'elle désirait, c'était un garçon nommé Rajiva que Ramadhin avait rencontré un soir en sa compagnie. Un garçon douteux, avait-il pensé. Et là, il se voyait contraint d'écouter l'énumération de toutes les qualités du garçon et le récit de ce qui paraissait être une passion dévorante et trop désinvolte. Elle parlait et Ramadhin écoutait. Devant ses copains, le garçon l'avait repoussée en ricanant, et maintenant elle se sentait rejetée. Elle voulait que Ramadhin aille trouver Rajiva pour lui dire quelque chose, la représenter en quelque sorte. Elle savait qu'il parlait bien, et ainsi, il parviendrait peut-être à lui ramener le garçon.

C'était la première fois qu'elle lui demandait quelque chose.

Elle savait où Rajiva serait, dit-elle. Au Coax Bar. Elle ne voulait pas, ne pouvait pas y aller elle-même. Rajiva serait avec ses copains, et désormais elle n'existait plus pour eux.

Ramadhin partit donc en quête du garçon pour essayer de le persuader de revenir à Heather. Il partit pour ce coin de la ville – un endroit qu'il n'aurait jamais fréquenté –, vêtu de son long manteau noir, sans écharpe, pour affronter le froid anglais.

Il entre au Coax Bar investi de sa mission de chevalier servant. Il y règne un grand tumulte – musique, conversations bruyantes et fumée. Il s'avance, Asiatique grassouillet, asthmatique, à la recherche d'un autre Asiatique, car Rajiva aussi est originaire d'Orient, ou du moins ses parents le sont-ils. Mais la génération suivante a beaucoup plus confiance en soi. Ramadhin aperçoit Rajiva au milieu de ses amis. Il s'approche et tâche d'expliquer pourquoi il est là, pourquoi il s'adresse à lui. De nombreuses conversations se déroulent pendant qu'il tente de persuader Rajiva de l'accompagner à l'appartement où Heather attend. Le garçon rit et se détourne, Ramadhin lui prend l'épaule gauche pour le forcer à le regarder, et un couteau jaillit, la lame à nu. Elle ne le touche pas. Elle touche juste son manteau noir au-dessus du cœur. Le cœur que Ramadhin a protégé toute sa vie. Il n'y a que la légère pression exercée par le couteau, rien de plus qu'un bouton qu'on boutonne ou déboutonne. Mais Ramadhin se met à trembler dans le tapage qui l'entoure. Il essaie de ne pas respirer la fumée. Le garçon, Rajiva – quel âge a-t-il, seize ans? dix-sept ans? –, se penche, pose sur lui ses yeux marron foncé, puis glisse le couteau dans la poche du manteau noir de Ramadhin. C'est aussi intime que s'il le lui avait plongé dans le corps.

«Vous n'avez qu'à lui donner ça», dit Rajiva. C'est un geste dangereux encore que cérémonieux. Que signifie-t-il? Que veut dire Rajiva?

Un frisson incontrôlable dans le cœur de Ramadhin. Des rires éclatent et «l'amant» tourne le dos, puis, avec l'essaim de ses copains, s'éloigne. Ramadhin sort dans l'air de la nuit et prend la direction de chez Heather pour lui annoncer son échec. «De plus, ajoutera-t-il, il n'est pas assez bien pour toi.» Il se sent soudain épuisé. Il hèle un taxi dans lequel il monte. Il dira... il lui dira... il ne parlera pas du poids qui lui écrase le cœur... Il n'entend pas la question du chauffeur répétée plusieurs fois, en provenance de l'avant de la voiture. Sa tête s'incline.

Il règle le chauffeur de taxi. Il appuie sur la sonnette de l'appartement de Heather, attend, puis pivote sur ses talons et s'en va. Il passe devant le parc où il lui a donné ses cours à deux ou trois reprises quand il faisait soleil. Son cœur continue à bondir, comme s'il ne pouvait pas ralentir ni même s'arrêter. Il ouvre la grille et entre dans les ténèbres de verdure.

J'ai rencontré Heather Cave. C'était quelques années après la mort de Ramadhin et, d'une certaine manière, la dernière chose que j'aie faite pour Massi et ses parents. La fille habitait et travaillait à Bromley, non loin de l'endroit où j'étais allé à l'école. J'ai été la chercher au Tidy Hair, le salon de coiffure où elle travaillait, et je l'ai emmenée déjeuner. Il avait fallu que j'invente une histoire pour qu'elle m'accorde un rendez-vous.

Elle a commencé par dire qu'elle se souvenait à peine de lui. Mais à mesure que nous parlions, certains détails lui revenaient, qui étaient surprenants. Bien qu'elle n'ait pas réellement tenu à aller au-delà des explications officielles mais toujours incomplètes de sa mort. Nous avons passé une heure ensemble, puis nous sommes retournés chacun à notre existence. Elle n'était ni diable ni sotte. Je pense qu'elle n'avait pas «évolué» comme Ramadhin l'aurait souhaité, mais Heather Cave s'était installée dans une vie qu'elle avait elle-même choisie. Dans laquelle elle jouissait d'une jeune autorité. Et elle s'est montrée attentive et prudente avec mes sentiments. Quand j'ai mentionné pour la première fois le nom de mon ami, elle m'a amené facilement par ses questions à me faire parler moi-même de lui. Je lui ai raconté notre traversée en bateau, si bien que quand je l'ai de nouveau interrogée, elle savait que nous avions été des amis intimes, en sorte qu'elle m'en a peint un portrait plus flatteur dans son rôle de professeur qu'elle ne l'eût fait à quelqu'un qui ne l'aurait pas connu.

«Quelle allure avait-il à l'époque?»

Elle m'a décrit sa corpulence familière, sa démarche languissante et jusqu'à ce petit sourire qu'il adressait, rien qu'une fois, à l'instant de partir. C'était bizarre, ai-je pensé, pour un homme aussi affectueux de ne sourire qu'une fois. Mais Ramadhin vous quittait toujours sur ce sourire sincère, si bien que c'était la dernière image qu'on emportait de lui.

«Il a toujours été timide? a-t-elle demandé au bout d'un moment.

– Il était, prudent. Il avait le cœur fragile et il devait le protéger. C'est pourquoi sa mère l'aimait tant. Elle ne s'attendait pas à ce qu'il vive vieux.

– Je comprends.» Elle a baissé les yeux. «Ce qui s'est passé dans le bar, à ce qu'on m'a dit… c'était seulement le bruit, il n'y a eu aucune violence. Rajiva n'est pas comme ça. Je ne le vois plus, mais il n'était pas comme ça.»

Il y avait si peu de choses à quoi se raccrocher dans notre conversation. Je me cramponnais à des volutes d'air. Le Ramadhin que j'avais besoin de comprendre pleinement afin de pouvoir l'enterrer n'était pas saisissable. De plus, comment une fille de quatorze ans aurait-elle pu comprendre le désir et le tourment qu'il avait éprouvés?

Puis elle a dit: «Je sais ce qu'il voulait. Il continuait avec ses histoires de triangles et de problèmes de maths sur un train qui roule à cinquante à l'heure… ou sur une baignoire contenant tant de litres d'eau dans laquelle monte un homme de soixante-cinq kilos. C'était le genre de trucs qu'il m'apprenait. Mais il voulait autre chose. Il voulait me sauver. Me prendre dans sa vie à lui, comme si je n'en avais pas une à moi.»

Nous ne cessons de vouloir sauver ceux qui sont tristes et délaissés dans ce monde. C'est une habitude masculine, une façon d'accomplir un désir. Pourtant Heather, même dans sa jeunesse, avait su ce que Ramadhin désirait probablement pour elle. Et cependant, quoiqu'elle lui ait demandé ce soir-là de faire quelque chose pour elle, elle ne s'était jamais accusée de sa mort. Le rôle qu'il y avait joué était déterminé par ses propres désirs.

«Il avait une sœur, je crois?

– Oui. Je suis marié avec elle.

– C'est pour ça que vous êtes venu me voir?

– Non. C'est parce que c'était mon ami le plus proche, mon *machang*. L'un de mes deux amis indispensables, à une époque.

– Je comprends. Je suis désolée.» Puis elle a ajouté: «Je me rappelle si bien son sourire, chaque fois qu'il quittait l'appartement, au moment où je fermais la porte. C'est comme quand quelqu'un dit au revoir au téléphone et que sa voix devient triste. Vous connaissez ce changement qui se produit dans une voix?»

Quand on s'est levés pour partir, elle a contourné la table et m'a serré dans ses bras, comme si elle savait que je n'avais pas fait tout cela pour Ramadhin, mais pour moi.

Un soir d'été, dans notre appartement en rez-de-jardin de Colliers Water Lane, alors que je m'avançais dans le séjour pendant une petite fête, j'ai vu Massi de l'autre côté de la pièce qui se détachait du mur pour danser avec quelqu'un que nous connaissions tous deux très bien. Ils ont dansé assez loin l'un de l'autre pour contempler leurs visages respectifs, et de sa main droite, Massi a soulevé la bretelle de sa robe d'été pour la déplacer légèrement – elle avait le regard baissé dessus, et lui aussi. Et elle le savait.

Tous nos amis étaient là. Ray Charles chantait *But on the Other Hand Baby*. J'étais au milieu de la pièce. Et sans avoir besoin d'en voir ou d'en entendre davantage, j'ai su qu'il y avait entre eux une grâce qu'elle et moi n'avions plus.

Un si petit geste, Massi. Mais quand nous cherchons une preuve de ce que nous n'avons plus, nous la trouvons partout. Quelques années s'étaient écoulées depuis que nous avions franchi l'obstacle de la perte de ton frère, ce que ni toi ni moi n'aurions réussi à faire seuls.

Lorsque Massi et moi nous nous sommes séparés, c'est à ses parents en réalité que cela a porté un coup terrible, car nous deux, nous espérions que, débarrassées du statut conjugal, nos relations deviendraient plus sereines. En fait, nous ne devions plus nous revoir.

Les années se sont-elles évanouies quand je l'ai surprise à déplacer d'à peine un demi-centimètre la bretelle de sa robe d'été, ce que j'ai interprété comme une invite à l'adresse de notre ami commun ? Comme s'il lui était subitement devenu indispensable d'apercevoir cette étroite bande de l'épaule de Massi restée blanche. J'en parle longtemps après l'amertume, les accusations, les dénégations et les querelles. Qu'est-ce qui m'a fait reconnaître quelque chose dans ce geste ? Je suis sorti dans notre petit jardin et j'ai écouté le bruit de la circulation nocturne au-delà de Colliers Water Lane qui m'a rappelé le bruit incessant de la mer et, soudain, Emily dans les ténèbres de l'*Oronsay*, appuyée au bastingage en compagnie de son galant, quand elle avait jeté un regard sur son épaule nue, puis levé les yeux sur les étoiles, et je me suis souvenu aussi du nœud sexuel qui avait commencé de se former en moi. Tout cela à onze ans.

Je vais vous raconter la dernière fois où j'ai pensé à Ramadhin. Je me trouvais en Italie et, intéressé par l'héraldique, j'ai réclamé à un guide dans un château une explication au sujet des croissants de lune à la pointe tournée vers le haut. Une série de croissants de lune et une épée, m'a-t-il répondu, signifient qu'il s'agit d'une famille dont des membres ont participé aux croisades. Si une seule génération y a pris part, les armoiries ne comportent qu'un seul croissant de lune. Et le guide a ajouté, sans que je le lui aie demandé, qu'un soleil sur les armoiries indique qu'il y a eu un saint dans la famille. Et j'ai songé : *Ramadhin*. Oui. Il a tout entier jailli dans ma mémoire, comme une sorte de saint. Un saint pas trop officiel. Un saint humain. Il était le saint de notre famille clandestine.

Port-Saïd

Le 1er septembre 1954, l'*Oronsay* avait franchi le canal de Suez et nous regardions Port-Saïd approcher puis glisser à côté de nous sous un ciel noir de sable. On ne se coucha pas de la nuit et on écouta le bruit de la rue, le chœur des klaxons et des postes de radio. Nous ne quittâmes le pont qu'à l'aurore pour nous enfoncer, plusieurs niveaux en dessous, dans la chaleur et la lumière carcérale de la salle des machines. C'était devenu une habitude que nous observions tous les matins. Là, les hommes transpiraient tellement qu'on les voyait boire l'eau tiède des seaux préparés en cas d'incendie, alors qu'autour d'eux les turbines tournaient de toute la vitesse de leurs aubes. Seize mécaniciens à bord de l'*Oronsay*. Huit pour l'équipe de nuit, huit pour celle de jour, veillant sur les machines à vapeur de quarante mille chevaux qui faisaient fonctionner les deux hélices pour que nous puissions naviguer tant sur une mer calme que démontée. Quand nous arrivions assez tôt, à l'heure du changement d'équipe, nous suivions les hommes qui, leur travail fini, débouchaient dans le soleil naissant et entraient un à un dans la cabine de douche en plein air avant de se sécher au vent marin, et leurs voix résonnaient dans le silence neuf. C'était là que notre patineuse australienne s'était tenue juste une heure auparavant.

À présent, alors que nous avions accosté à Port-Saïd, les turbines et les machines étaient arrêtées, et les membres de l'équipage, fixés sur de nouveaux objectifs, adoptaient une attitude différente. Leur tâche anonyme devenait publique. Durant la traversée de la mer Rouge et du canal de Suez, les sables du désert avaient criblé les flancs du navire, arrachant des millions de minuscules écailles de peinture jaune canari, si bien que pendant qu'on s'attardait une journée dans ce port méditerranéen, des matelots suspendus à des harnais de corde grattaient et repeignaient la coque jaune, les Mécaniciens et Électriciens s'affairaient au milieu des passagers sous une chaleur de près de 40 degrés pour préparer le bateau en vue de la dernière étape du voyage. Les Nettoyeurs débarrassaient les tuyaux des dépôts d'huile puis déversaient dans des fûts cette substance évoquant des mucosités noires. Dès que le bateau sortirait du port, ils transporteraient les fûts à la poupe d'où ils les jetteraient par-dessus bord.

Entre-temps, on vidait plusieurs compartiments de la cale. L'après-midi, une averse s'abattit jusque dans les profondeurs du paquebot où les manutentionnaires, trempés, roulaient des tonneaux de trois cents kilos vers la gueule de la grue qui attendait, puis ils accrochaient la chaîne ainsi que chaque tonneau à une poutre en I. Ils transportaient caisses de thé et balles de caoutchouc naturel vers l'écoutille. Des sacs d'amiante crevaient en l'air. Il régnait une activité tendue, furieuse. Si un conteneur était mal arrimé, il risquait de tomber dans les ténèbres d'une hauteur de quinze mètres. S'il y avait un accident mortel, le corps était ramené au port à la rame et il disparaissait.

Deux Violette

Mrs Flavia Prins jouissait maintenant à bord de l'*Oronsay* d'un prestige considérable. Elle avait été invitée à la table du commandant et à deux reprises sur la passerelle pour le thé des officiers. Mais c'était l'association de tante Flavia avec ses deux amies, talentueuses joueuses de bridge de compétition, qui lui conférait son pouvoir dans les salons du pont A.

Violette Coomaraswamy et Violette Grenier, «les deux Violette» comme tout le monde les appelait, avaient représenté Ceylan dans nombre de tournois asiatiques depuis Singapour jusqu'à Bangkok. Elles étaient donc bien meilleures que les bridgeurs dilettantes qu'on rencontrait en général sur le bateau, et ces femmes, se gardant de révéler leur qualité de professionnelles, faisaient des ravages au jeu. Chaque après-midi, elles cherchaient un célibataire délicat qu'elles invitaient à se joindre à elles pour quelques robres.

En fait, les parties se résumaient à un lent interrogatoire sur la disponibilité de l'homme, avec en arrière-pensée une possible cour de sa part, car Miss Coomaraswamy, la plus jeune des Violette, était à la pêche au mari. Aussi, quoiqu'elle fût en réalité la bridgeuse la plus machiavélique des trois, Violette Coomaraswamy feignait la timidité à la table de jeu du salon Delilah, sous-enchérissant et hésitant, alors qu'elle aurait pu frapper. S'il lui arrivait de jouer un trois sans-atout comme une déesse, elle rougissait et attribuait cela à sa chance au jeu et non, malheureusement, en amour.

J'imagine encore ces trois femmes cernant, pour les prendre dans leurs filets, des hommes solitaires qui ne se rendaient pas compte qu'ils nageaient dans des eaux dangereuses. Les bracelets et les broches tintaient et étincelaient tandis que les deux Violette et Flavia étalaient les cartes du mort ou serraient timidement les leurs contre leur poitrine. Durant toute la traversée de la mer Rouge régna l'espoir qu'un certain planteur de thé d'une cinquantaine d'années succomberait au charme de la plus jeune des chasseresses. Or, il s'avéra être un gibier peureux, et le temps de notre escale à Port-Saïd, Violette Coomaraswamy s'enferma dans sa cabine pour pleurer.

Ce que j'aurais désiré le plus voir, c'est une partie de cartes entre ma tante Flavia et Mr Hastie avec qui je partageais ma cabine. Il était toujours déprimé par sa dégradation. Ses chiens lui manquaient, de même que ses heures de loisir qui lui permettaient de lire. Je rêvais d'un tournoi qui opposerait ces deux mondes distincts et je me demandais s'il réussirait à tailler en pièces les Violette dans le cadre d'une partie régulière – au salon Delilah, dans notre cabine à minuit, ou mieux encore, en terrain neutre, à fond de cale sur une table pliante et sous une ampoule nue.

Deux cœurs

Maintenant que Mr Hastie avait perdu son poste de responsable du chenil, les parties de cartes nocturnes ne se tenaient plus aussi souvent. D'abord, conséquence de la promotion de Mr Invernio, les chamailleries entre les deux amis étaient devenues plus fréquentes. Et ensuite, Mr Hastie, dont la tâche consistait dorénavant à gratter la peinture en plein soleil, ne possédait plus autant d'énergie que quand il se contentait de surveiller les chiens et de lire des ouvrages mystiques. Avant, les deux hommes partageaient un petit déjeuner dans le chenil – en général un bourbon suivi d'une sorte de porridge qu'ils mangeaient dans une écuelle préalablement lavée. À présent, ils ne se voyaient presque plus. De temps en temps, cependant, une partie de bridge tardive avait lieu et je regardais les quatre joueurs, jusqu'à ce que je m'endorme pour être bientôt réveillé par Mr Babstock qui hurlait chaque fois qu'il perdait une manche. Tolroy et lui, pendant le quart de nuit où ils n'étaient pas de service comme radiotélégraphistes, arrivaient épuisés. Seul Invernio, qui avait désormais le travail le plus facile, se montrait plein d'entrain et applaudissait à chaque petite victoire. Avec l'odeur de dalmatiens et de terriers qu'il dégageait, il continuait à irriter Mr Hastie.

À la poupe du navire brillait un fanal jaune. Les nuits les plus chaudes, mon compagnon de cabine y traînait sa couchette qu'il attachait au bastingage pour dormir à la belle étoile. Et c'était sans doute là qu'il avait passé les premières nuits après notre départ de Colombo. Cassius, Ramadhin et moi, on tomba sur lui au cours de l'une de nos expéditions nocturnes et il nous expliqua qu'il faisait cela depuis qu'il avait franchi le détroit de Magellan au temps de sa jeunesse, quand le bateau à bord duquel il se trouvait avait été entouré par des icebergs de toutes les couleurs. Hastie, un « condamné à perpète » de la marine marchande, avait voyagé dans les Amériques, les Philippines, l'Extrême-Orient, et il avait été façonné, affirmait-il, par les hommes et les femmes qu'il avait rencontrés. « Je me rappelle les filles, les soieries… mais je ne me rappelle plus du tout le travail. Je choisissais l'aventure. Les livres, à l'époque, n'étaient que des mots. » Au milieu de la nuit, Mr Hastie n'arrêtait pas de parler. Et ce qu'il nous racontait, les soirs où nous venions le voir à côté de son fanal jaune, faisait battre nos cœurs de peur et d'excitation. Il avait navigué pour la Dollar Line qui empruntait le canal de Panamá – les écluses de Pedro Miguel, celles de Miraflores, la coupe Gaillard. Ça, disait-il, c'était le royaume de l'amour ! Il décrivait les excavations creusées de main d'homme et les deux villes portuaires à chaque entrée du canal, puis Balboa où il avait été séduit par une beauté locale, s'était soûlé, avait raté son bateau, épousé la femme avant de s'enfuir cinq jours plus tard, s'engageant sur le premier navire italien en partance.

Mr Hastie parlait de sa voix lente et sèche, la cigarette aux lèvres, les mots timidement murmurés à travers la fumée. On croyait tout ce qu'il racontait. On demanda à voir une photo de sa « femme » qui, disait-il, continuait à le traquer de port en port, sans jamais renoncer, et il nous promit de « dévoiler son image », mais il ne le fit jamais. Nous nous représentions une grande beauté aux yeux flamboyants, en selle sur un cheval. Car Mr Hastie ayant déjà embarqué sur le bateau italien en partance pour Balboa, Anabella Figueroa reçut la lettre où il s'accusait de la quitter alors que le bâtiment avait déjà levé l'ancre. Elle prit deux chevaux et, en proie à une violente fureur, galopa sans trêve jusqu'aux écluses de Pedro Miguel où elle monta à bord du vapeur comme passagère de première classe – afin que ce soit lui, dans sa veste ajustée de steward, qui la serve à table, et elle resta de marbre devant sa surprise et sa présence servile, sans lui adresser un seul mot ni un seul regard, jusqu'au soir où elle entra dans la petite cabine qu'il partageait avec deux autres membres de l'équipage et sauta dans ses bras. Cette nuit-là, nos rêves furent agités.

D'autres récits allaient suivre à la lumière jaune de la poupe. Car un peu plus tard, sur un autre bateau, après qu'il avait avoué de nouveau ses hésitations à propos de leur relation, mon compagnon de cabine contemplait la lune à son premier croissant quand Anabella était arrivée sans bruit derrière lui pour le poignarder dans les côtes à deux reprises, ratant son cœur de «l'épaisseur d'une hostie». C'est uniquement la fraîcheur de l'air qui l'avait empêché de s'évanouir. Si Anabella avait été une forte femme et non pas une Sud-Américaine toute menue, elle l'aurait soulevé, hissé sur le bastingage et passé par-dessus bord. Étendu sur le pont, il avait hurlé – peut-être que ses cris portaient davantage dans le silence de la nuit –, et par bonheur un matelot de veille l'avait entendu. Anabella Figueroa avait été arrêtée et emprisonnée pour une petite semaine. «Désespoir de femme, expliqua Mr Hastie. Dans le code criminel sud-américain, on désigne ça par un seul mot. C'est l'équivalent de "agir sous l'influence de l'hypnotisme". C'est ça l'amour, ou du moins, c'était ça, en ce temps-là.»

«Il y a de la folie chez les femmes, voulut-il nous avertir tous trois. Il faut les aborder avec prudence. Si vous voulez coucher avec elles, aller boire avec elles, elles peuvent se montrer bizarres, effarouchées comme des animaux sauvages, mais si vous les quittez, c'est comme tomber dans un puits de mine que vous ignoriez être dans leur nature, Un coup de poignard n'est rien. Rien du tout! J'y aurais survécu. Mais voilà qu'à Valparaiso elle réapparaît, sortie de prison. Elle m'a déniché à l'hôtel Homann. Heureusement, j'avais attrapé la typhoïde, peut-être à l'hôpital même où on m'avait conduit pour soigner les blessures qu'elle m'avait infligées, et heureusement, elle avait une peur irraisonnée de cette maladie, car une diseuse de bonne aventure l'avait prévenue qu'elle risquait d'en mourir, alors elle m'a quitté pour de bon. Ainsi le couteau qui a frôlé mon cœur gauche m'a sauvé d'une vie entière avec elle. Je ne l'ai jamais revue. J'ai dit "cœur gauche", parce que les hommes en ont deux. Deux cœurs. Deux reins. Deux modes de vie. Nous sommes des êtres symétriques. Nous sommes équilibrés dans nos émotions.»

Pendant des années, j'ai cru tout cela.

«En tout cas, à l'hôpital, tandis que je luttais contre la typhoïde, deux médecins m'ont appris à jouer au bridge. Et j'ai commencé également à lire. Quand j'étais jeune, les livres n'auraient jamais accaparé mon esprit. Vous voyez ce que je veux dire? Si j'avais lu ce livre, les *Upanishad*, à vingt ans, je ne l'aurais pas *assimilé*. J'avais alors la tête trop encombrée. Mais c'est une méditation. Ça m'aide maintenant. Et je suppose aussi que j'apprécierais Anabella plus facilement.»

Un après-midi, tandis que je bavardais avec Flavia Prins, je jetai un coup d'œil le long du flanc du navire et j'aperçus Mr Hastie qui, à califourchon sur une ancre levée, peignait la coque. Il était entouré d'autres matelots installés sur des échelles de corde, mais je reconnus son crâne chauve que je voyais quand je regardais les parties de cartes du haut de ma couchette. Il était torse nu et avait des coups de soleil sur les épaules. Je le désignai à ma tante.

«Il paraît que c'est le meilleur joueur de bridge de tout le bateau, dis-je. Il a gagné des tournois dans des pays aussi lointains que le Panamá…»

Elle leva les yeux, fixa l'horizon.

«Alors, je me demande bien ce qu'il fait ici.

– Il garde les oreilles ouvertes. Mais il joue en professionnel tous les soirs avec Mr Babstock, Mr Tolroy et Mr Invernio qui a maintenant la charge des chiens à bord. Ce sont tous les quatre des champions internationaux.

– Je me demande…» répéta-t-elle, et elle contempla ses ongles.

Je la quittai et je descendis sur un pont inférieur où se trouvaient Ramadhin et Cassius. Nous regardâmes travailler Mr Hastie jusqu'à ce qu'il redresse la tête et nous lui fîmes signe de la main. Il remonta ses lunettes sur son front, nous reconnut puis nous salua en retour. J'espérais que ma protectrice était restée où je l'avais laissée et qu'elle était témoin de la scène. On reprit notre promenade, nous rengorgeant un peu. Mr Hastie ne saurait jamais combien ce geste à notre endroit comptait pour nous.

C'était peut-être en raison de ses succès en société ou de mon faux témoignage après la tempête, mais Flavia Prins semblait moins s'intéresser à son rôle de protectrice. Elle désirait maintenant que nos rencontres soient brèves et se déroulent sur un pont en plein air où elle lançait deux ou trois questions comme un contrôleur judiciaire.

« Ta cabine est bien ? »

Je gardai le silence une minute.

« Oui, ma tante. »

Elle me fit signe d'approcher, intriguée par une pensée :

« Mais qu'est-ce que tu fais toute la journée ? »

Je ne parlai pas de mes visites à la salle des machines, ni du plaisir que j'éprouvais à regarder l'Australienne dans ses vêtements mouillés quand elle se douchait.

« Heureusement, reprit-elle, répondant à mon silence, j'ai pu dormir pendant presque tout le passage du canal. Il faisait une telle chaleur… »

Elle recommença à tripoter ses bijoux, et je songeai soudain que je devrais donner au Baron le numéro de sa cabine.

Seulement, le Baron n'était plus à bord. Il avait débarqué à Port-Saïd avec la fille d'Hector de Silva. J'avais entendu quelqu'un dire qu'il l'avait consolée, aussi supposais-je qu'il avait su l'amener délicatement à l'aider dans ses forfaits de gentleman et que, dans l'intimité de sa chambre, il l'avait nourrie de gâteaux accompagnés d'excellent thé. Il emportait une serviette qui contenait peut-être des papiers importants et peut-être également le portrait de Miss de Silva que je savais être en sa possession. En haut de la passerelle, il m'adressa un signe de tête en guise d'au revoir, et Cassius me poussa du coude – je lui avais parlé de ma participation aux cambriolages, exagérant le rôle que j'avais joué. L'héritière de Silva marchait à côté de lui dans une enveloppe de silence. C'était sans doute le chagrin, à moins qu'elle ne fût déjà hypnotisée par les charmes du Baron.

Nous trois, nous ne descendîmes pas à terre. On resta pour l'homme Gully Gully et, du bastingage de l'*Oronsay*, on le vit approcher en canoë et commencer à sortir des poulets de ses manches, de son pantalon et de dessous son chapeau. Il éternua, tira un canari de son nez et le lâcha dans le ciel du port. Le canoë se balançait sur les vagues en dessous de nous, tandis que le magicien sautillait de douleur pendant que la crête d'un coq apparaissait sur le devant de son pantalon. Nous eûmes ensuite droit à des serpents qui tombaient de ses manches. Ils s'enroulaient à ses pieds en cercles parfaits, sans bouger, alors que les pièces de monnaie pleuvaient dans l'embarcation.

On quitta Port-Saïd le lendemain. Un pilote arriva dans une chaloupe, grimpa à bord et nous assista pour sortir du port. Avec son air insouciant, il ressemblait à l'homme qui nous avait guidés dans le canal de Suez à coups de sifflet et de cris. Je les imaginais jumeaux, ou frères en tout cas. Sa tâche achevée, il s'éloigna de la passerelle, ses sandales à deux roupies claquant sur ses talons, puis redescendit dans la chaloupe qui nous avait suivis. Après, les pilotes seraient plus cérémonieux. À Marseille, celui qui monta à bord était en chemise à manches longues, pantalon blanc et chaussures passées au blanc. Il desserrait à peine les lèvres tandis qu'il murmurait ses instructions pour nous amener au port. Les pilotes dont j'avais l'habitude étaient en short et ôtaient rarement les mains de leurs poches. En général, la première chose qu'ils demandaient, c'était un cordial et un sandwich frais. Leurs manières nonchalantes allaient me manquer, de même que leur nécessaire apparence de bouffons qui pensent pouvoir se balader tranquillement et se comporter comme bon leur chante, le temps d'une heure ou deux, dans la cour d'un roi étranger. Mais là, nous venions de pénétrer dans les eaux européennes.

C'est à Port-Saïd que Mr Mazappa aussi nous a quittés. J'avais guetté son retour même après que la passerelle avait été repliée en accordéon sur ses roues et retirée. Miss Lasqueti était à côté de nous, mais elle s'était esquivée quand la cloche du départ s'était mise à sonner sans arrêt, comme un enfant qui insiste. Puis la passerelle s'était éloignée du quai.

Il n'y a pas longtemps que j'ai compris que Mr Mazappa et Miss Lasqueti étaient jeunes. Ils devaient avoir la trentaine cette année-là, quand il a disparu du paquebot. Max Mazappa avait été le membre le plus exubérant de la table des autres à peu près jusqu'au moment de notre départ d'Aden. Il nous avait tous rassemblés avec une brusquerie enjouée, tenant à ce que nous formions une bruyante tablée. On l'entendait toujours, y compris quand il murmurait des choses discutables. Il nous a montré que la joie existait également chez les adultes, même si je savais que l'avenir ne serait jamais aussi extraordinaire, gai et délusoire que celui qu'il nous dépeignait et chantait, à Cassius, Ramadhin et moi. Il avait un côté homérique avec ses listes des charmes ainsi que des vices féminins, celles des meilleurs ragtimes et chansons d'amour, ses récits d'actes illicites, trahisons, coups de feu tirés par des musiciens défendant l'honneur de leur jeu parfait, et de danseurs sur une piste qui pouvaient s'écrier en chœur : «Oignons!» pendant une courte pause dans un morceau de jazz interprété par Sidney Bechet. Et il y aura toujours des hommes Ébahis tel le Galant Yankee qui Pince les Tétons Enchanteurs. Quelle vie il y avait dans le diorama qu'il a exécuté pour nous!

Aussi, nous ne comprenions pas, et ne pouvions pas comprendre, ce qui s'était si intimement emparé de lui. Quelque chose de sombre semblait s'être glissé dans ce protégé du Grand Bechet. Qu'est-ce que je n'avais pas saisi au sujet de Mr Mazappa? N'avais-je pas senti nettement croître un sentiment d'amitié entre Miss Lasqueti et lui? Pendant nos réunions dans la chambre des turbines, nous avions concocté une belle histoire d'amour – cette façon dont ils s'excusaient poliment entre les plats au cours du dîner pour disparaître ensemble fumer une cigarette sur le pont. Il faisait encore jour dehors et on les voyait accoudés à la rambarde en bois, échangeant les sages connaissances qu'ils avaient sur le monde. Un soir, il avait drapé sa veste sur les épaules de Miss Lasqueti. «Au début, je la prenais pour une bas-bleu», avait-il dit.

Pendant les deux ou trois jours qui suivirent son départ de l'*Oronsay*, on révisa les jugements portés sur lui. Pourquoi, par exemple, avait-il besoin de *deux* noms? Et on souleva de nouveau la question de ses enfants. (Quelqu'un à notre table rappela «la conversation sur l'allaitement».) De sorte que je commençais à me demander si ces enfants n'avaient pas déjà entendu les mêmes plaisanteries et les mêmes conseils dont il nous abreuvait. On suggéra en outre qu'il était sans doute le genre d'homme seulement joyeux quand il se sentait libre, entre une terre et une autre. «Peut-être qu'il a été marié plusieurs fois, intervint tranquillement Miss Lasqueti. Et quand il mourra, il laissera plusieurs veuves simultanées.» Nous restâmes suspendus au silence que sa remarque avait provoqué, soupçonnant qu'il l'avait peut-être demandée elle aussi en mariage.

Je pensais que le départ de Mr Mazappa l'aurait dévastée et qu'elle montrerait à table un visage affligé, mais Miss Lasqueti, à mesure que le voyage se poursuivait, devait se révéler la personne la plus énigmatique et la plus surprenante de nos compagnons. Nous percevions un humour narquois dans ses remarques, et elle nous réconforta pour la perte de Mr Mazappa, disant qu'il lui manquait aussi. C'est le mot «aussi» qui nous parut précieux. Elle se rendait compte que nous avions besoin de perpétuer la mythologie de notre ami absent et, un après-midi, elle nous raconta, imitant sa voix, que le premier mariage de Mr Mazappa s'était en effet terminé par une trahison. Rentrant chez lui alors qu'on ne l'attendait pas, il avait trouvé sa femme avec un musicien, et il avait avoué à Miss Lasqueti : « Si j'avais eu une arme, je lui aurais logé une balle dans le palpitant, mais il n'y avait que son ukulélé dans la pièce. » Elle rit au souvenir de l'anecdote, mais pas nous.

« J'aimais tant ses manières de Sicilien, reprit-elle. Jusqu'à la façon dont il allumait ma cigarette, le bras tendu, comme s'il allumait une mèche. Certains le prenaient pour un prédateur, mais c'était un homme délicat. Son panache résidait dans le choix de ses mots, et dans leur rythme. Je connais les masques et les personnages qu'on se crée. Je suis une spécialiste en la matière. Il était plus doux qu'il n'en avait l'air. » Devant de pareils discours, nous supposions de nouveau qu'ils avaient éprouvé de la passion l'un pour l'autre. En l'entendant parler ainsi, nous étions sûrs qu'ils avaient été des âmes sœurs, en dépit ou même à cause de ces « veuves simultanées ». Peut-être qu'ils allaient continuer à communiquer par le biais du service télégraphique du bateau, et je pris note d'interroger Mr Tolroy à ce sujet. De surcroît, Port-Saïd n'était pas si loin que ça de Londres !

Puis plus personne ne parla de Mr Mazappa. Même pas Miss Lasqueti. Elle se tenait à l'écart. La plupart des après-midi, je l'entrapercevais dans l'ombre du pont B, sur une chaise longue. Elle avait toujours avec elle un exemplaire de *La Montagne magique*, mais on ne la vit jamais le lire. Miss Lasqueti dévorait surtout des romans policiers qui semblaient toujours la décevoir. Je suspectais que pour elle le monde comportait davantage d'imprévu que n'importe quelle intrigue romanesque. Par deux fois, je la vis tellement irritée par un roman policier en collection de poche qu'elle se dressa dans son transat pour le jeter par-dessus bord.

Désormais, on rencontrait souvent Sunil, l'Esprit d'Hyderâbâd, membre de la troupe Jankla, en compagnie d'Emily. Je pense que c'était son côté plus adulte qui fascina puis tenta ma cousine. Je reconnaissais toujours Sunil de loin – sa minceur, sa démarche acrobatique. Je les observais et je remarquais sa main qui remontait le long du bras d'Emily pour disparaître dans sa manche. Il la tenait de manière autoritaire tout en lui parlant des complexités d'un monde qu'elle devait sans doute désirer.

Quand notre bâtiment glissa lentement le long de Port-Saïd, ils ne semblèrent plus aussi à l'aise en présence l'un de l'autre. Il lui parlait en marchant et gesticulait de son bras délié et fort pour la convaincre de quelque chose puis, constatant son absence d'intérêt, il essayait hypocritement de la faire rire. Un garçon de onze ans, à l'exemple d'un chien exercé, sait lire les gestes des gens qui l'entourent, sait voir dans une relation le pouvoir passer de l'un à l'autre. Et le seul pouvoir que détenait Emily était sa beauté, sa jeunesse, je suppose, et peut-être quelque chose qu'elle n'avait même pas conscience de posséder. Et lui, il cherchait à s'en emparer en argumentant ou, quand il échouait, en jonglant un instant avec des objets ou en se tenant en équilibre sur une main.

Même si Emily n'avait pas été avec lui, il aurait éveillé ma curiosité.

Je m'étais placé à distance égale de trois tables du restaurant. Il y avait à l'une le couple de très grande taille avec un petit enfant, à la deuxième, des femmes qui chuchotaient, et à la troisième, deux hommes sérieux. J'avais la tête baissée. Je feignais de lire. J'écoutais. J'imaginais mes oreilles pointées vers le couple à l'enfant. La femme parlait à l'homme des douleurs qu'elle avait dans la poitrine. Puis elle lui demanda comment il avait dormi. Et il répondit : «Je n'en ai aucune idée.» À la deuxième table, l'une des femmes qui chuchotaient disait : «Alors je lui ai dit : "Comment ça peut être à la fois un aphrodisiaque *et* un laxatif?" Il a répondu : "Eh bien, tout est dans le timing."» À la troisième table, il ne se passait rien. J'écoutai de nouveau le couple avec le bébé, un médecin et son épouse. Il énumérait un certain nombre de poudres qu'elle pourrait prendre.

Je faisais cela partout où je me trouvais depuis que Miss Lasqueti avait dit : «Il faut que tu gardes les oreilles et les yeux ouverts. Tu vas t'instruire ici.» Et je continuais à remplir mon carnet de notes du collège St. Thomas avec des phrases que j'entendais.

CARNET DE NOTES : CONVERSATIONS ENTENDUES
Jours 12 à 18

« Crois-moi, tu peux avaler de la strychnine, du moment que tu ne la croques pas. »

« Jasper Maskelyne, l'illusionniste, il a créé tous ses trucs bidon dans le désert pendant la guerre. En fait, il est devenu magicien une fois la guerre finie. »

« Il est formellement interdit de jeter quoi que ce soit par-dessus bord, madame. »

« C'est l'un des prédateurs sexuels de ce bateau. On le surnomme "le Tourniquet". »

« On ne pourra pas prendre la clé à Giggs. » « Alors, il faudra la prendre à Perera. » « Mais qui est Perera ? »

Le départ de Mr Mazappa continuait à déprimer les membres de la table des autres, c'est pourquoi Mr Daniels organisa pour eux et quelques convives supplémentaires un petit dîner privé. J'invitai Emily qui demanda si elle pouvait amener son amie Asuntha. Emily semblait de plus en plus prendre la fille sourde sous son aile. Le médecin ayurvédique, un peu perdu depuis la mort d'Hector de Silva, avait été également invité. On les voyait souvent, Mr Daniels et lui, arpenter les ponts, plongés dans des discussions animées.

On se réunit tous dans la chambre des turbines, et bientôt, chacun emprunta tour à tour l'échelle métallique pour descendre dans les ténèbres. Seuls Ramadhin, Cassius et moi ainsi que l'ayurvédiste connaissions le «jardin», et les autres, qui n'avaient pas la moindre idée de l'endroit où nous allions, murmuraient entre eux. Arrivé en bas, Mr Daniels s'enfonça tout de suite dans la caverne mystérieuse de la cale. La fresque figurant les femmes nues déclencha des rires étouffés. Cassius la connaissait maintenant très bien. Un jour, il s'était débrouillé pour se glisser dans la cale, pousser une caisse devant la fresque et grimper dessus pour être au niveau de ces vastes corps. Il était resté là l'après-midi entier, dans la pénombre.

Mr Daniels nous montra le chemin et, tournant à un coin, on se trouva devant une table chargée de victuailles. Les murmures cessèrent. On entendait même quelque part de la musique. Cette fois, c'était aux débardeurs travaillant dans un autre secteur de la cale qu'on avait emprunté le gramophone de Miss Quinn-Cardiff, et

Emily entreprit de choisir plusieurs 78 tours parmi la pile de disques. Mr Mazappa, nous dit-on, en avait laissé un certain nombre à notre intention. Quelques invités s'engagèrent dans les allées ordonnées, bordées de frondes vertes, et l'ayurvédiste expliqua – sur le ton du secret comme il s'exprimait toujours – que dans les temples, on utilisait l'acide oxalique de la carambole, le fruit étoile, pour polir les objets en cuivre. Emily, mourant d'envie de danser, prit dans ses bras Asuntha silencieuse puis, se balançant au rythme de la musique, vêtue de sa robe jaune, elle s'avança dans un sentier, elle-même pareille à une étoile.

Quand je pense à nos repas à bord de l'*Oronsay*, la première image qui me vient à l'esprit n'est jamais celle de la salle cérémonieuse du restaurant où nous avions été placés si loin du commandant, au plus mauvais endroit, mais celle de ce rectangle éclairé dans les entrailles du navire. On nous tendit une boisson au tamarin qui, je le soupçonne, contenait un doigt d'alcool. Notre hôte fumait une de ses cigarettes spéciales, et je vis Miss Lasqueti qui, penchée pour étudier une plante qui lui arrivait à la cheville, redressait la tête pour humer l'air.

«Vous êtes un homme complexe, dit-elle à voix basse en s'approchant de Mr Daniels. Vous pourriez empoisonner un dictateur avec quelques-unes de ces feuilles à l'apparence innocente.» Ensuite, après que Mr Daniels eut décrit un poivron et une papaye antibactériens capables de dissoudre des caillots consécutifs à une opération, elle posa la main sur sa manche et ajouta: «D'un autre côté, au Guy's Hospital, vous pourriez être utile.» Mr Gunesekera, le tailleur, qui errait parmi nous comme un fantôme, approuva d'un signe de tête, mais il le faisait pour toutes les remarques qu'il entendait, ce qui lui évitait de parler. Il observait notre hôte qui, maintenant en compagnie de l'ayurvédiste, désignait les pervenches de Madagascar (utilisées contre le diabète et la leucémie, précisa-t-il), puis cueillait quelques citrons verts d'Indonésie, un «fruit miracle», dit-il, qu'il nous servirait bientôt.

Nous nous installâmes donc pour manger à une nouvelle table des autres. Les lampes au-dessus de nous oscillaient – il soufflait peut-être une légère brise ce soir-là dans la cale, à moins que ce ne fût la houle ? Derrière nous, il y avait les feuilles sombres des plantes crayons et un calebassier noir. Des bols d'eau garnis de fleurs coupées étaient posés devant nous, et en face de moi se trouvait ma cousine, les bras sur la table, l'expression ardente dans la lumière vacillante. À côté d'elle, il y avait Mr Nevil. Ses mains gigantesques qui avaient autrefois démantelé des navires saisirent un bol pour le secouer doucement, de sorte que les fleurs se balancèrent dans l'eau sous l'éclairage tremblotant. À l'aise dans son silence, comme toujours, il ne se sentait nullement gêné que personne ne s'adresse à lui. Emily, penchée vers la pauvre jeune fille, lui chuchotait quelque chose. Celle-ci réfléchit un instant, puis elle glissa son propre secret à l'oreille d'Emily.

Ce fut un repas qu'aucun de nous ne se hâta de finir. Nous avions tous l'air d'ombres abandonnées, jusqu'à ce que nous nous penchions pour attraper la lumière. Nous bougions avec lenteur, comme si nous dormions à moitié. On remonta le gramophone et on fit circuler les citrons verts indonésiens.

« À Mr Mazappa, dit Mr Daniels à mi-voix.

– À la Prairie ensoleillée », répondîmes-nous en chœur.

Les mots portaient dans l'immense cale, et l'espace d'un moment, tout le monde demeura immobile. On n'entendait que la musique du gramophone, la lente respiration du saxophone. Une légère brume, déclenchée par un minuteur situé quelque part, tombait environ toutes les dix secondes sur les plantes, sur la table, sur nos bras et nos épaules. Aucun de nous ne cherchait à s'en protéger. Le disque terminé, on ne perçut plus que le grattement de l'aiguille avant qu'on ne la soulève. Les deux filles en face de moi ne cessaient d'échanger des murmures, et je les observais, les écoutais avec attention. Je me concentrais sur la bouche d'Emily avec son rouge à lèvres. Je surprenais un bout de phrase par-ci par-là. *Pourquoi ? C'est arrivé quand ?* La fille secoua la tête. Il me sembla qu'elle dit : *Tu pourrais nous aider.* Et Emily, baissant les yeux, garda un instant le silence, perdue dans ses pensées. Une tranchée de ténèbres séparait la table en deux, et je les distinguais au travers, depuis l'autre côté. Il y eut quelque part un rire, mais je me taisais. Je remarquai que Mr Gunesekera aussi regardait droit devant lui.

« C'est ton père ? » chuchota Emily, étonnée.

La fille fit signe que oui.

Asuntha

Elle ne parla à personne sur le bateau de ce que son père avait fait. Tout comme, petite, elle ne révélait ni où il était ni ce qu'il faisait. Même quand il fut arrêté et envoyé dans sa première prison. Il n'était alors qu'un voleur de profession, qui exerçait en marge de la loi. Il avait évolué ainsi après avoir été un jeune fauteur de troubles plein d'assurance.

Il était en partie asiatique, en partie autre chose. Il ne savait pas très bien quoi. Le nom de Niemeyer, il aurait pu en avoir hérité, l'avoir volé ou l'avoir inventé. Quand il fut emmené en prison, il laissa sa femme et son enfant pratiquement sans une roupie. Sa femme commença à perdre l'esprit et la fillette ne tarda pas à s'apercevoir qu'elle ne pouvait plus compter sur sa mère. Celle-ci devint silencieuse, refusant de communiquer, sinon pour cracher sa fureur contre tous, y compris sa fille. Des voisins tentèrent de l'aider, mais elle s'en prit à eux. Elle se mit à s'infliger des blessures. L'enfant venait d'avoir dix ans.

Elle se fit conduire à la prison de Kalutara. On l'autorisa à voir son père. Ils parlèrent, et il lui donna le nom de sa sœur qui vivait dans la province du sud. Elle s'appelait Pacipia. C'était apparemment tout ce que le père pouvait faire pour elle. Juste ce nom. Niemeyer avait alors environ trente-six ans. Sa fille le vit ainsi, acculé dans sa cellule, encore agile, mais les gestes naturels comme bridés. Il ne pouvait pas la serrer dans ses bras à travers les barreaux. Des barreaux comme ceux au travers desquels le voleur se serait faufilé après s'être enduit le corps d'huile. Aux yeux de sa fille, il paraissait cependant être un homme puissant qui allait et venait dans un silence efficace, à l'instar de sa voix basse qui paraissait franchir l'espace d'un bond et entrer en vous comme un murmure.

Le retour s'avéra plus difficile. Pendant le trajet, elle eut onze ans. Elle se rappela soudain que c'était son anniversaire, alors qu'elle parcourait à pied la cinquantaine de kilomètres qui séparait Kalutara de chez elle. Sa mère n'était pas à la maison, ni nulle part dans le village. Elle avait laissé un petit quelque chose, un cadeau enveloppé dans une feuille, un bracelet de cuir marron en partie orné de perles. Elle avait regardé sa mère les coudre au cours de ces dernières semaines parfois empreintes de folie. Elle le passa à son poignet gauche. Plus tard, son poignet devenu trop gros, elle le porterait dans les cheveux.

Tous les soirs, seule dans la hutte, elle attendait le retour de sa mère, allumant rarement la lampe, car il ne restait plus que quelques millimètres de pétrole. Dès que la nuit tombait, elle s'endormait, et elle se réveillait avant l'aube sans rien à faire jusqu'au lever du jour. Couchée sur sa paillasse, elle dessinait dans son esprit la carte de la campagne alentour et décidait de l'endroit où elle partirait le lendemain à la recherche de sa mère. Elle pouvait être n'importe où, cachée dans un village abandonné ou bien au bord d'une rivière où les arbres surplombaient le courant rapide. Il était possible que dans sa détresse, elle ait glissé le long d'une berge ou qu'elle soit tombée au cours d'une tentative pour traverser le lagon en pataugeant. La fillette craignait toutes les étendues d'eau ; on distinguait les ténèbres sous la surface, qui tentaient d'atteindre la lumière.

Réveillée par le chant des oiseaux, elle partait en quête de sa mère. Des voisins lui offraient l'hospitalité, mais le soir elle regagnait toujours la hutte. Elle s'était dit qu'elle chercherait encore deux semaines. Elle le fit une semaine de plus. Elle finit par écrire un message sur une tablette qu'elle accrocha au-dessus de la paillasse de sa mère, puis elle quitta le seul foyer qu'elle ait jamais eu.

Elle marcha au sud, vers l'arrière-pays, se nourrissant de fruits et de légumes qu'elle trouvait en chemin, mais la viande lui manquait. En quelques occasions, elle mendia à manger dans une maison et on lui donna du *dhal.* Elle ne raconta pas son histoire, disant simplement qu'elle était en route depuis une semaine. Elle croisa des moines avec leurs sébiles, passa devant des plantations de cocotiers où des gardes étaient postés à l'entrée, à qui l'on apportait leur repas à bicyclette. Elle s'arrêta leur parler pour humer l'odeur du repas qu'ils mangeaient devant elle sans se gêner. Dans un village, elle suivit à travers les ruelles un bâtard attiré par les restes jetés par la porte d'une cuisine. Elle tomba sur un jaque coupé en deux et mangea tant de ce fruit en forme de pétale qu'elle fut malade, puis saisie d'une forte fièvre. Elle descendit sur la berge d'une rivière et, accrochée à une branche, se plongea dans l'eau pour faire baisser la température de son corps. Elle était partie depuis plus de huit jours quand elle aperçut quatre hommes qui portaient un trampoline. Elle sut où elle était. Elle les suivit à quelque distance, et ils finirent par se retourner et lui demander qui elle était. Elle ne répondit pas. Elle traîna derrière eux, mais sans jamais les perdre de vue, jusqu'à ce qu'ils traversent un champ et disparaissent derrière une colline de broussailles. Elle arriva ainsi devant les tentes. Elle demanda Pacipia, et un homme mince la conduisit vers une femme. C'était la sœur de son père.

Sous certains aspects, elle lui ressemblait. Elle aussi bougeait comme un animal. Elle était très grande et paraissait plus dure que le père de l'enfant dans sa façon de traiter les hommes et les femmes autour d'elle. C'était un petit cirque de campagne qu'elle menait d'une main de fer. Avec la fillette, cependant, elle se montra différente. Elle souleva Asuntha dans ses bras et s'éloigna des artistes en direction d'un buisson d'épineux. Elle caressa les cheveux de l'enfant et écouta la fille de son frère lui raconter comment elle avait rendu visite à son père en prison, puis lui parler de la disparition de sa mère, et surtout de son envie de viande. Pacipia avait rencontré la mère d'Asuntha à deux ou trois reprises et elle se contenta de hocher la tête, veillant à ne pas montrer ce qu'elle pensait. Enfin, quand elle estima que tout allait bien, elle reposa la fillette par terre.

Elle conduisit Asuntha devant chaque tente. En raison de la chaleur de l'après-midi, leurs côtés étaient roulés, et l'enfant vit les acrobates qui dormaient en plein jour, tournés face au vent qui soufflait de la mer et pénétrait par les ouvertures. Bien qu'elle eût voyagé seule depuis plus d'une semaine, elle éprouvait encore un sentiment d'insécurité. Sa tante, toutefois, présumait que ce n'était pas dans sa nature d'être inquiète. C'était la fille de son père, non ? Au début, elle resta auprès de Pacipia qu'elle gêna dans ses préparatifs. Il devait y avoir, les jours suivants, quelques représentations au village de Beddegama. Après quoi, la troupe reprendrait la route. Un nouveau village de la province du sud chaque semaine. Sinon les musiciens se laisseraient ensorceler par les filles du pays et abandonneraient la troupe. Les musiciens n'avaient pas grand-chose à faire, mais leurs fanfares étaient indispensables à tous les cirques.

À cause de l'enfant, Pacipia s'entraînait avant l'aube, et ceux qui étaient déjà réveillés entendaient le bruit élastique du trampoline et, dans la semi-obscurité, voyaient Pacipia tournoyer en l'air, atterrir sur le dos ou les genoux, rebondir et s'envoler plus haut dans les ténèbres. Quand le soleil se levait, elle se dirigeait, couverte de sueur, vers un puits de ferme, remontait le seau au bout de la corde et se le versait dessus, puis elle recommençait et recommençait. Elle ressentait toujours ce même plaisir singulier devant un puits. Elle revenait dans son costume trempé, lequel sécherait au soleil, jusqu'à la tente où la fillette émergeait du sommeil. L'indépendance que Pacipia avait conquise semblait avoir disparu. Elle ne s'était jamais mariée, n'avait pas d'enfant, et voilà qu'elle se retrouvait responsable de cette fille jusqu'au retour de son frère.

Il y a toujours une histoire, une histoire qui attend. Qui existe à peine. À laquelle on ne s'attache que peu à peu et qu'on nourrit. On découvre la carapace qui contiendra notre personnage et le mettra à l'épreuve. On trouve alors le chemin que sera sa vie. Et ainsi, après quelques semaines, on vit Asuntha en l'air, tenue à bout de bras, puis lancée vers d'autres bras, passant d'arbre en arbre. Elle avait la force de son père, une ossature légère, et sous ses premières peurs, elle possédait une nature indépendante. Il faudrait qu'elle se débarrasse de ses craintes afin de laisser la confiance s'installer. Pacipia l'aiderait. Elle aussi avait été naguère emplie d'un désir d'indépendance quand elle était de ces enfants apparemment troublés et pleins de colère ; cela avait effrayé ses parents et les amis de ses parents. Or, les acrobates ont toujours besoin de se fier à leur entourage.

Le cirque se produisait sur n'importe quelle route de campagne bordée d'arbres. Les villageois apportaient des nattes et, en fin d'après-midi, ils s'asseyaient sur le macadam quand il n'était plus aussi brûlant, mais avant que les ombres ne s'allongent et ne gênent la vue des artistes. Puis on entendait le son de la fanfare, jaillissant d'une part des profondeurs de la forêt et d'autre part, avec davantage de magie, des hautes branches des arbres parmi lesquelles le trompettiste était juché. Alors un homme qui semblait en flammes, le visage peint comme un oiseau, se balançait au bout d'une corde, frôlant la tête des spectateurs et suivi d'un panache de fumée, avant d'attraper une autre corde, puis une autre, et ainsi sur toute la portion de route occupée par le public. Des sifflets et des sons de harpe émanaient de l'homme peint jusqu'à ce qu'il disparaisse dans le feuillage et qu'on ne le revoie plus.

Le reste de la troupe débouchait alors, en habits multicolores tachés et déchirés, et pendant une heure, ils sautaient des arbres, rattrapés par les bras des autres qui paraissaient chuter de plus grandes hauteurs encore. Un homme couvert de farine atterrissait sur le trampoline du milieu et s'élevait dans un nuage de poussière blanche. D'autres, portant des seaux remplis à ras bord, marchaient sur un fil tendu entre deux arbres, glissaient puis, accrochés par un seul bras, déversaient le contenu des seaux sur la foule. C'était tantôt de l'eau, tantôt des fourmis. Chaque fois qu'un homme s'avançait sur le fil, des roulements de tambour soulignaient le danger et la difficulté, tandis que la trompette criait et riait avec les spectateurs. Les funambules finissaient par tomber. Ils roulaient sur le macadam puis se relevaient. Jusqu'à ce que le public se lève, ils étaient les seuls à être debout. C'était fini, hormis un acrobate là-haut qui continuait à réclamer de l'aide, suspendu à une corde par un pied.

Au début, Asuntha ne se laissait attraper que par Pacipia. Ce n'était pas une question de confiance, mais elle pensait que si sa tante ne la cueillait pas dans l'air pour la ramener vers la sécurité, alors autant périr dans la chute. L'épreuve capitale eut lieu le jour où Pacipia s'écarta d'Asuntha perchée sur une haute branche et lui ordonna de sauter vers quelqu'un d'autre. Sachant que la réflexion et la tergiversation augmenteraient sa peur, Asuntha la domina aussitôt. En fait, le porteur eut à peine le temps de s'avancer.

Ainsi, Asuntha revêtit la carapace qui l'attendait. Elle était désormais membre du cirque de sept personnes qui traversait les provinces de la côte sud, et elle habitait l'une des quatre tentes, constamment mise en garde par Pacipia qui se méfiait des musiciens adultères. Un jour, au milieu d'une représentation, alors qu'elle se trouvait dans les arbres, elle reconnut son père parmi le maigre public et, se balançant d'une seule main, elle descendit à sa hauteur pour l'embrasser, puis elle ne le quitta plus de tout le spectacle. Il resta quelques jours. À dire vrai, comme il n'avait rien à faire, il était trop encombrant pour Asuntha et Pacipia. Il comprit rapidement que sa fille était dans l'endroit le plus sûr possible. Elle mènerait sa propre vie dans ce cirque, et non celle qu'elle aurait vécue auprès de lui.

Elle n'avait même pas envisagé de partir avec lui. À dater de ce jour, au cours des diverses rencontres entre le père et la fille, on eut le sentiment que c'était elle l'adulte qui le regardait s'enfoncer de plus en plus loin dans le crime. Une fois, il lui rendit visite alors qu'il était sous l'emprise paradisiaque de la drogue, et Asuntha ne lui prêta pas attention, se bornant à l'observer pendant qu'il nouait une amitié avec l'acrobate Sunil, celui qui arborait le visage peint d'un oiseau, à l'observer pendant qu'il riait en compagnie du jeune homme qu'il essayait de charmer avec sa voix.

Dans tout le pays, pendant les trois ans où elle ne le vit que rarement, des tas d'histoires circulèrent sur Niemeyer – il était devenu un criminel populaire, presque aimé. Il était entouré d'une bande, dont quelques tueurs qui côtoyaient plus ou moins le monde politique. Il continuait à porter ce nom étranger comme un symbole ou un défi à l'ordre établi. C'était un héritage ridicule qu'il revendiquait, transmis peut-être ou peut-être pas par quelque lointain ancêtre européen, si bien qu'on se moquait de ce nom, de même que de «l'héritier» qui persistait à le porter. Asuntha ne désirait que de temps en temps le réconfort de sa présence. Elle avait ses propres dangers à affronter. En tant qu'acrobate, elle s'était cassé une fois le nez, une fois un poignet, celui qui s'ornait du dernier cadeau que sa mère lui avait offert, fait de cuir et de perles.

Puis, à dix-sept ans, possédant tout le talent et la confiance en soi dont elle avait besoin, elle fit une mauvaise chute. Ils répétaient une simulation d'accident. Elle sauta d'une haute branche, se dégagea d'un coup de pied du tronc d'un arbre, rata son «porteur», tomba sur la route et sa tempe heurta une borne kilométrique. Lorsqu'elle reprit connaissance, elle n'entendit pas ce que Pacipia lui disait d'un ton insistant. Elle se contenta de hocher la tête malgré la douleur pour faire semblant de comprendre. La peur disparue était de retour. Elle ne serait donc plus d'aucune utilité pour les six autres artistes devenus sa famille. Un mois plus tard, toujours sourde, elle quitta furtivement le monde qu'elle avait choisi.

Quand la troupe comprit qu'elle ne reviendrait pas, Pacipia envoya Sunil à sa recherche, celui qui l'avait attrapée la première fois où elle avait dû se fier à quelqu'un d'autre que sa tante, Sunil qui avait désespérément tenté de l'attraper lors de sa dernière chute. Il entra dans Colombo où il s'évanouit. Pacipia n'eut plus aucune nouvelle de lui.

Sunil assistait à l'audience du procès Niemeyer, quand il aperçut Asuntha dans la tribune bondée du palais de justice de Colombo. À la sortie, il la suivit de loin dans une ruelle bordée de parapets inclinés puis dans une allée, laquelle devenait une rue d'orfèvres. Chekku Street. On aurait cru une rue médiévale à l'animation débordante. Asuntha continua à marcher et, quelque part dans Messenger Street, elle disparut. Sunil s'arrêta. Il savait que même s'il ne la voyait pas, elle de son côté pouvait le voir. Elle avait toujours vite saisi ce qui se passait autour d'elle – et comme sa peur était revenue, cette aptitude n'en était que plus forte. De surcroît, il était perdu. Il avait vécu presque toute sa vie dans la province du sud et ne connaissait pas vraiment la ville. Une main puissante lui empoigna le bras. Asuntha l'attira dans une pièce de la dimension d'un tapis. Il ne dit rien. Il savait que sa surdité l'embarrassait. Il s'assit et ne bougea pas.

Elle s'exprimait avec difficulté, elle qui articulait déjà mal. Elle semblait privée de toutes ses qualités. Il resta la soirée entière dans sa chambre, sans la quitter des yeux, et au matin il la conduisit à la prison où son père était détenu. Quand elle reçut l'autorisation de le voir, Sunil alla l'attendre dehors.

Son père se pencha vers elle et prononça un nom : « *Oronsay*, dit-il. Sunil et les autres embarqueront sur le même navire pour veiller sur moi. » Le paquebot partait pour l'Angleterre et ils l'aideraient à s'évader. Puis, passant presque son visage à travers les barreaux, il continua à lui parler.

Devant la prison, elle repéra la mince silhouette de Sunil qui l'attendait. Elle le rejoignit, plaqua la main sur sa nuque et lui chuchota à l'oreille ce qu'elle croyait devoir faire, et que sa vie ne lui appartenait plus mais appartenait à son père.

La Méditerranée

Ramadhin se plaça dans l'ombre. Cassius et moi étions accroupis dans un canot de sauvetage suspendu au-dessus de l'eau. En dessous de nous, sur le pont, Emily s'entretenait à voix basse avec l'homme appelé Sunil. Nous avions deviné l'endroit où ils se tiendraient et nous entendions chaque mot de leur murmure, amplifié par la coque de la chaloupe. Le moindre des bruits qu'ils faisaient peuplait nos ténèbres pendant que nous attendions dans une chaleur à rendre claustrophobe.

«Non, pas ici.

– Si, ici», dit-il.

Un froissement.

«Alors, laissons…

– Ta bouche. Si sucrée, disait-il.

– Oui. Le lait.

– Le lait?

– J'ai mangé un artichaut au dîner. Et quand on mange un artichaut et qu'on boit ensuite du lait, le lait prend un goût sucré… Même quand il y a du vin, je réclame du lait. Chaque fois que je mange un artichaut.»

Nous ne voyions pas de quoi ils parlaient. Peut-être que leur conversation était un code. Il y eut un long silence. Puis un rire.

«Il faut que je retourne bientôt…» dit Sunil.

Nous ne comprenions rien à ce qui se passait. Cassius se pencha vers moi et chuchota: «Où est l'artichaut?»

J'entendis qu'on grattait une allumette et, une seconde plus tard, je sentis l'odeur de la cigarette d'Emily. Player's Navy Cut.

Soudain, comme s'ils étaient devenus des étrangers l'un pour l'autre, ils entamèrent une discussion plus neutre. C'était troublant. L'artichaut nous avait menés en un lieu différent. Et maintenant, il était question d'horaires, du nombre de fois où le marin de veille passait sur le pont promenade au cours de sa ronde, de l'heure où le prisonnier prenait ses repas et de celle où il sortait marcher un peu. « Il y a une chose que je voudrais que tu fasses », dit Sunil, puis ils se remirent à murmurer.

« Il pourra vraiment faire ça ? »

La voix d'Emily s'éleva clairement dans l'obscurité. Elle semblait contenir une note de frayeur.

« Il sait quand les gardes sont le plus détendus ou le plus fatigués. Mais il est encore faible à cause des coups reçus.

– Des coups ? Quand est-ce arrivé ?

– Après le cyclone. »

Nous nous rappelâmes alors que plusieurs soirs de suite, avant Aden, le prisonnier n'était pas apparu sur le pont.

« Ils doivent soupçonner quelque chose. »

Soupçonner quoi ?

C'était comme si Cassius et moi, nous nous entendions penser dans le noir, tandis que la lente machinerie de nos jeunes cerveaux tentait de traiter cette soudaine information.

« Il faut que tu t'arranges pour qu'il te retrouve ici. Dis-nous quand. On sera prêts. »

Un silence s'ensuivit.

« Il te désirera. » Sunil rit. « Tu ne devras pas le dissuader. »

Je crus l'entendre prononcer le nom de Mr Daniels, puis il évoqua un certain Perera, et au bout d'un moment j'eus du mal à garder les yeux ouverts. Après leur départ, j'avais envie de dormir sur place, mais Cassius me secoua et on descendit du canot.

Mr Giggs

Pendant la première partie de la traversée, les passagers avaient accordé peu d'importance à la présence à bord de l'*Oronsay* d'un fonctionnaire anglais. On le voyait se promener seul sur les ponts, puis grimper sur l'étroite plate-forme devant la passerelle où il s'installait dans un fauteuil pliant comme s'il était le propriétaire du navire. On finit par apprendre que Mr Giggs était un militaire de haut rang envoyé à Colombo pour, selon la rumeur, faire équipe avec un membre du Bureau d'investigation criminelle de Colombo qui voyageait incognito. Tous deux étaient chargés d'escorter le prisonnier Niemeyer qui devait être jugé en Angleterre. Il se disait que le policier de Colombo était cantonné en classe touriste. Nous n'avions aucune idée de l'endroit où l'Anglais dormait. Nous supposions qu'il bénéficiait de quartiers plus luxueux.

À la table des autres, Mr Daniels nous raconta qu'on avait vu Mr Giggs s'en prendre violemment aux gardes peu après que Niemeyer avait été roué de coups. Personne ne savait si Giggs leur reprochait leur brutalité ou s'il était simplement furieux parce que l'histoire s'était ébruitée. À moins, suggéra Miss Lasqueti, que Giggs ne fût contrarié parce que cette correction pourrait offrir une porte de sortie au prisonnier, une échappatoire, lors de son procès à venir.

Ce que j'avais le plus remarqué chez l'officier anglais, c'étaient ses bras couverts de poils roux frisés, que je trouvais difficiles à regarder. Il portait des chemises et des shorts repassés ainsi que des chaussettes qui lui montaient à mi-mollet, mais ses poils roux me dérangeaient, et quand au cours de l'un des bals donnés à bord il invita Emily à danser une valse, je me sentis scandalisé, presque à l'image d'un père. Même Mr Daniels, pensai-je, serait encore préférable pour ma jolie cousine.

Je coinçai Miss Lasqueti afin de l'interroger sur les rapports entre Mr Giggs et le prisonnier.

«S'il a tué un juge anglais, c'est très grave. On ne laissera pas le procès se dérouler sur l'île. Il y a eu une première audience, et maintenant son cas est transféré en Angleterre. En quoi ça t'intéresse? En tout cas, ce Giggs en a la charge, et avec un inspecteur, Mr Perera, ils doivent s'assurer qu'il arrive bien à destination. Niemeyer a la réputation d'être un as de l'évasion. Dans la première cellule où on l'a enfermé, il y avait une lourde porte en bois à laquelle il a réussi à mettre le feu pour s'échapper, bien qu'il ait été brûlé dans l'affaire. Une autre fois, il a sauté d'un train en compagnie du garde menotté à lui et a traîné ainsi l'homme qui se débattait, jusqu'à ce qu'il trouve un forgeron. Ce n'est sûrement pas la fine fleur de la société.

– Pourquoi a-t-il tué le juge, ma tante?

– S'il te plaît, ne m'appelle pas "ma tante". Je ne le sais pas avec certitude. J'essaie de le découvrir.

– C'était un mauvais juge?

– Je l'ignore. Est-ce que ça existe, les mauvais juges? Disons que non.»

Je mis fin à ce bref entretien, car je ne savais pas quelle attitude adopter face à ces événements. Je vis Miss Lasqueti changer brusquement de direction pour aborder Mr Giggs, et je constatai que ce qu'elle lui disait semblait éveiller son attention et son intérêt.

Au repas suivant, elle nous confia ce qu'elle avait appris. Tout le bâtiment avait été apparemment «passé au peigne fin» par Giggs et Perera avant qu'aucun de nous n'ait embarqué. Escorter le prisonnier, cela impliquait aussi de veiller aux moindres détails à tous les niveaux du navire. Ils avaient fait condamner les voies d'évasion possibles, enlever des objets inoffensifs – un seau de sable pour les exercices d'incendie, un poteau métallique – mais susceptibles d'être transformés en armes. Ils avaient épluché la liste des passagers à la recherche d'éventuels acolytes du prisonnier. Ils avaient engagé des gardes venus des Maldives qui n'avaient aucun lien avec qui que ce soit à Ceylan. Ils avaient consacré deux jours à fouiller le paquebot de fond en comble. Maintenant, ils se montraient vigilants à l'excès, et c'était pourquoi Mr Giggs avait installé son poste d'observation devant la passerelle d'où il pouvait autant qu'il le désirait surveiller l'activité qui se déroulait à bord. Il avait également dit à Miss Lasqueti que la gravité du crime justifiait la qualité de l'escorte. Mr Perera passait pour être le meilleur agent du B.I.C., et Mr Giggs, encore qu'il l'affirmât lui-même, était le meilleur officier britannique disponible. Ainsi, avec les gardes des Maldives, ils contrôlaient tous les faits et gestes du prisonnier nommé Niemeyer.

Le Perera muet

Si Giggs était l'homme qu'on voyait le plus et dont on parlait le plus à bord de l'*Oronsay*, on n'en parlait pas moins de son partenaire attaché comme lui à prévenir l'évasion du prisonnier, mais celui-ci ne se montrait pas. Nous ne vîmes jamais Mr Perera, le policier ceylanais. Tout ce que nous savions, c'est qu'il s'agissait d'un Perera «muet», un membre de la famille qu'on appelait ainsi parce que son nom s'écrivait sans la lettre «i» muette, car il y avait les Perera et les Pereira. Il était évident que le B.I.C. avait choisi un inspecteur en civil, parce que s'il y avait des conspirateurs sur le bateau, ils ne sauraient pas qui les observait. En conséquence pendant que Giggs paradait, puis s'affichait près de la passerelle, son homologue asiatique de haut rang demeurait invisible. Tous deux avaient embarqué sur le paquebot qu'ils avaient soumis à une fouille complète. Et au moment où nous étions montés à bord, Mr Perera n'était plus qu'un passager parmi les autres, anonyme, qui voyageait peut-être sous un nom d'emprunt. Certains commençaient même à croire qu'il y avait peut-être deux agents Perera en civil.

Nous évoquions souvent l'homme mystérieux du B.I.C. Qui était-il ? Durant un après-midi entier, Cassius et moi, nous suivîmes toutes les personnes d'allure étrange, guettant les comportements bizarres. «Il y a deux types d'agents secrets, nous expliqua Miss Lasqueti. Les sociables et les discrets. Quand on est du type sociable, on se lie facilement, de façon compulsive. On entre dans un bar et on fait tout de suite connaissance avec les serveuses et le barman. On vend son personnage inventé aussi vite que possible. On appelle tout le monde par son prénom. Il faut avoir l'esprit vif et également penser comme un criminel. Et il y a les agents de l'autre type, et ceux-là sont plus retors. Comme ce Perera, peut-être. Il doit se glisser furtivement partout. C'est normal qu'on ne l'ait pas encore identifié. Giggs représente le côté public. Et Perera... qui sait?»

Ce Perera invisible et muet semblait être un maître dans ce qui fut plus tard dénommé «le coup du copain». C'est quand un policier en civil s'attache à un criminel, devient son ami, instille en lui un sentiment de peur en révélant que lui-même, le policier en civil, est encore plus fou et plus dangereux. Selon la rumeur, il y avait eu une affaire où ce Perera, pourtant un père de famille d'un naturel doux, avait conduit un homme, suspecté d'être membre d'un gang, dans la forêt royale de Kandy où il lui avait fait creuser une tombe. Il avait exigé qu'elle mesure un mètre vingt de long sur quatre-vingt-dix centimètres de large afin qu'on puisse replier le corps. Une exécution allait avoir lieu le lendemain à l'aube, avait-il dit. Croyant alors que Perera était intimement mêlé au monde du grand banditisme, le jeune membre du gang avait livré ses propres complices.

Voilà le genre de travail que Perera était censé effectuer par une journée ou une nuit normales pour le compte du B.I.C. Mais à l'époque, nous ignorions tout cela.

«Quel âge avez-vous?»
«Comment vous appelez-vous?»

Chaque fois que nous nous trouvions à portée de voix d'une personne détenant une autorité quelconque, nous passions notre temps à répondre à des questions. Pendant l'interrogatoire après la tempête, alors que nous tremblions davantage de froid que de peur, le commandant n'avait cessé de nous demander quel âge nous avions. Il enregistrait notre réponse, l'oubliait, et une minute plus tard, il nous le redemandait. Nous présumions qu'il avait l'esprit soit trop lent soit trop vif, car il avait reposé la question avant même d'écouter notre réponse. Nous finîmes par nous rendre compte qu'elle était recouverte d'une couche de mépris. Qu'en réalité, la question non formulée était : *À quel point êtes-vous stupides?*

Nous estimions avoir tout simplement commis un acte héroïque. Les heures que nous avions passées attachés sur le pont durant le cyclone ne valaient-elles pas l'histoire du pêcheur aveuglé sur la route de Damas? Et plus tard, apprendre qu'un héros tel que Shackleton avait été renvoyé de mon école, sans doute pour des faits similaires, a été d'un grand réconfort. *«Quel âge avez-vous, monsieur?»* aboyé par le directeur à l'intention de ce garçon trop ambitieux et désobéissant.

Il nous semblait évident que le commandant n'aimait guère sa cargaison asiatique. Plusieurs soirs, il récita ce qu'il considérait comme une pièce en vers hilarante, écrite par A. P. Herbert, sur la montée du nationalisme en Orient et qui se terminait ainsi :

Et tous les corbeaux dans les arbres criaient
d'une seule voix «Les Banians aux Banianais!»

Le commandant était fier de son numéro, et c'est sans doute de cette époque que date ma méfiance à l'égard de l'autorité et du prestige liés aux tables du commandant et autres tables de ce genre. De même, il y a eu cet après-midi en compagnie du Baron quand mes yeux étaient allés du noble buste d'Hector de Silva au corps apparemment sans vie gisant sur le lit. Si bien que peu après ses funérailles en mer, je m'approchai de la table à tréteaux où le buste était resté, comme oublié. Cassius et moi réussîmes à le soulever (le tenant, lui par les oreilles, moi par le nez) puis à le rouler jusqu'au bastingage et nous envoyâmes alors par-dessus bord l'image sculptée rejoindre le mort.

Peut-être avions-nous commencé à nous désintéresser des détenteurs du pouvoir. Nous préférions après tout le gentil Mr Daniels, obsédé par ses plantes et les soins à leur donner, ainsi que la pâle Miss Lasqueti et sa veste à pigeons pleine de poches rembourrées, destinées à transporter ses oiseaux. Ce seraient toujours des étrangers comme eux qui, aux différentes tables des autres de mon existence, me changeraient.

Le tailleur

Le convive le plus réservé de notre table était Mr Gunesekera, le tailleur. Le premier jour, quand il s'était installé parmi nous, il s'était présenté simplement en tendant sa carte. *Couseur Gunesekera. Prince Street, Kandy.* Ainsi, il annonçait son métier. Durant tous les repas, il demeurait silencieux, satisfait. Il riait lorsqu'on riait, de sorte qu'aucun silence gêné n'émanait jamais de sa place. Néanmoins, je ne sais pas s'il comprenait les plaisanteries échangées. Je soupçonnais que non. En tout cas, il était parmi nous l'affable et le courtois, même s'il nous jugeait parfois trop bruyants, surtout quand éclatait le gros rire de Mr Mazappa. Il était le premier à avancer une chaise à Miss Lasqueti, à passer le sel en déchiffrant nos gestes ou à agiter la main devant sa bouche pour nous avertir que la soupe était brûlante. De plus, il paraissait toujours s'intéresser à ce qui se disait. Mais jusqu'à présent, de tout le voyage, Mr Gunesekera n'avait pas prononcé une seule parole. Même quand on s'adressait à lui en sinhala, il répondait par un haussement d'épaules et une rotation de la tête complexes pour excuser sa dérobade.

Il était petit, mince. Pendant qu'il mangeait, je regardais ses doigts gracieux capables de coudre des merveilles quelque part dans Prince Street où, peut-être, il se montrait enjoué en compagnie de ses amis. Un soir, Emily arriva à notre table, une zébrure bleuâtre près de l'œil ; elle avait reçu dans l'après-midi un coup de raquette de badminton. Et Mr Gunesekera, une expression inquiète passant sur son visage, tendit la main pour toucher l'ecchymose de ses doigts délicats, comme pour en déterminer la cause. Emily, émue par ce geste, lui posa la main sur l'épaule et prit un instant dans les siens les doigts délicats. Ce fut l'un des rares moments de silence à notre table.

Plus tard, Mr Nevil fit remarquer que Mr Gunesekera devait avoir à la gorge une blessure plus grave qu'il dissimulait sous l'écharpe de coton rouge dont il ne se séparait jamais. De temps en temps, quand l'écharpe glissait, on distinguait la cicatrice. Après cela, nous n'importunâmes pas Mr Gunesekera par nos questions. Nous ne lui demandâmes pas s'il se rendait en Angleterre en raison de la perte d'un parent ou afin d'y subir un traitement médical pour ses cordes vocales. Il semblait peu probable qu'il y aille en vacances alors qu'il était dans un état où il ne voulait ou ne pouvait communiquer avec personne.

Chaque matin, le soleil à peine levé, je léchais le sel sur le bastingage, car je me croyais désormais capable de distinguer le goût de l'océan Indien de celui de la Méditerranée. Je plongeais dans la piscine et nageais sous l'eau comme une grenouille, puis arrivé au bout du bassin je basculais pour repartir, testant la limite de mes poumons, de mes deux cœurs. Je regardais Miss Lasqueti s'énerver contre le roman policier qu'elle lisait à toute allure et qu'elle s'apprêtait à jeter dans la mer sur laquelle nous voguions à ce moment-là. Et, de même que les autres, je buvais la présence d'Emily quand elle passait et s'arrêtait nous parler.

« Tu ne dois jamais te sentir insignifiant dans l'ordre de l'univers », m'a dit une fois Mr Mazappa. Ou peut-être était-ce Miss Lasqueti. J'ignore lequel des deux l'a dit, car vers la fin de la traversée, leurs opinions s'imbriquaient les unes dans les autres. Avec le recul, je ne sais plus très bien qui m'a donné tel ou tel conseil, qui s'est lié d'amitié avec nous ou qui nous a trompés. Et certains événements n'ont pris leur sens que bien longtemps après.

Qui, par exemple, nous a décrit le premier le palais des Armateurs à Gênes? À moins qu'il ne s'agisse d'un de mes souvenirs ultérieurs, quand, adulte, je suis entré dans ce bâtiment et que j'ai grimpé les marches de pierre menant d'un étage à l'autre? Parce qu'il y a quelque chose dans cette image à laquelle je me suis toutes ces années accroché, comme si elle expliquait la manière dont nous abordons l'avenir ou dont nous nous retournons vers le passé. On commence par le rez-de-chaussée du palais, on regarde les cartes naïves des ports des environs, des côtes de la région, puis, tandis qu'on monte d'étage en étage, les cartes de plus en plus récentes des îles à moitié découvertes, un continent possible. Quelque part au rez-de-chaussée un pianiste joue du Brahms. On l'entend à mesure qu'on poursuit son ascension et on se penche même au-dessus du puits central pour voir d'où vient la musique. Il y a donc du Brahms et des tableaux de bateaux qui, à peine baptisés, quittent le port en tanguant, préludes aux rêves de marchands où tout peut arriver – la richesse éventuelle ou une tempête désastreuse. L'un de mes ancêtres possédait sept navires qui ont brûlé entre l'Inde et Taprobane. Il n'avait pas un mur de cartes, mais, comme lui, ces armateurs ne pouvaient pas prédire l'avenir. On ne voit pas de portraits parmi les tableaux qui couvrent les murs des deux premiers étages du palais des Armateurs, mais au troisième, on trouve toute une armée de Vierges.

À la table des autres, on parlait de la peinture italienne. Miss Lasqueti, qui avait vécu quelques années en Italie, disait : « Les Vierges, si elles ont cette expression, c'est qu'elles savent qu'Il va mourir jeune, malgré les anges qui planent autour de l'Enfant avec ces petites flammes couleur de sang qui semblent jaillir de leur tête. Dans la sagesse qui lui a été donnée, la Vierge voit la carte toute tracée, la fin de Sa vie. Peu importe que la fille du coin utilisée par le peintre soit incapable d'adopter l'air de celle qui sait. Peut-être que le peintre lui-même est incapable de le rendre. Aussi, c'est seulement nous, les spectateurs, qui pouvons dire que ce visage est celui de quelqu'un qui connaît l'avenir. Car ce que son fils va devenir, l'histoire nous l'a appris. C'est celui qui regarde qui perçoit ce malheur. »

Je repense non seulement à cette discussion au cours d'un repas à bord d'un bateau, mais aussi à mes soirées d'adolescent à Mill Hill. Massi, Ramadhin et moi, après avoir avalé en vitesse un curry chez eux, nous filons attraper le train de 19 h 05 pour aller en ville.

Nous avons entendu parler d'un club de jazz. Nous avons seize et dix-sept ans. C'est cette expression, ce regard qui voit loin porté sur son fils et son cœur fragile, que j'ai sans doute lue sur le visage de la mère de Ramadhin.

Cette nuit, première fois que je rêve de Massi. Nous sommes séparés depuis des années. Je me trouvais au milieu de chalets aux appartements surélevés, car le rez-de-chaussée était réservé aux animaux. Je ne l'avais pas vue en rêve, et encore moins en réalité, depuis un temps considérable.

Quand elle est apparue, j'étais caché. Elle avait les cheveux coupés court, bruns, ce qui lui conférait un aspect différent de celui qui était le sien lorsqu'elle vivait avec moi. Elle avait le visage plus clair, avec des angles nouveaux, intéressants. Elle paraissait en bonne santé. Je savais que je pourrais retomber amoureux d'elle. Alors que je ne l'aurais pas pu si elle avait été comme avant, cernée par notre histoire mutuelle et d'une allure familière.

Un homme est sorti, l'a aidée à monter sur une table, et j'ai vu qu'elle était au début d'une grossesse. Ils ont entendu quelque chose et se sont dirigés vers moi. J'ai sauté par-dessus une haie, je me suis reçu sur les genoux, puis je me suis mis à courir le long d'une route bordée de marchands, de forgerons et de menuisiers, tous au travail. Leurs outils sonnaient comme le bruit des armes. C'est devenu de la musique et j'ai soudain constaté que je ne courais pas, que c'était Massi qui courait entre les rythmes dangereux des enclumes et des lames de scie. J'étais désincarné, je ne figurais plus dans le tableau, je ne faisais plus partie de son existence. Et c'était elle qui, enceinte depuis peu, pleine de vie, courait pour échapper aux périls. Massi avec ses cheveux bruns coupés court, déterminée à atteindre quelque chose au-delà de l'endroit où elle était.

On avait dû m'apprendre, ou je l'avais moi-même appris auparavant, à rompre facilement une liaison. Quand Massi et moi nous nous sommes séparés, je ne me suis pas défendu, quel qu'ait été le degré de souffrance. Nous nous sommes séparés avec presque trop de désinvolture. Si bien que, longtemps après la fin de ma relation avec elle, mais encore pris dans ses remous et son tourbillon, je me suis retrouvé à chercher une explication ou une excuse. J'ai décortiqué notre histoire jusqu'à ce que je pensais en être la vérité essentielle. Laquelle, naturellement, n'était qu'une vérité partielle. Massi affirmait que parfois, quand une situation m'accablait, j'avais recours à une ruse ou une habitude : je me transformais en quelque chose qui n'avait sa place nulle part. Je ne me fiais à rien de ce qu'on me disait, ni même à rien de ce que je voyais.

C'était, disait-elle, comme si j'avais grandi en m'imaginant que tout représentait une menace. Sans doute parce que j'avais été victime d'une tromperie. «Donc, tu n'accordes ton amitié, ton amour, qu'à ceux qui sont loin de toi.» Puis elle m'a demandé si je croyais toujours que ma cousine avait été mêlée à un meurtre. Et que, si je me décidais à dire ce que je savais, elle serait en danger.

«Ton fichu cœur et sa prudence. Qui as-tu aimé qui t'ait fait ça ?

— Je t'ai aimée.

— Quoi ?

— J'ai dit que je t'avais aimée.

— Je ne pense pas. Quelqu'un t'a fait du mal. Raconte-moi ce qui s'est passé à ton arrivée en Angleterre.

— Je suis allé à l'école.

— Non, à ton arrivée. Parce qu'il a dû y avoir quelque chose. Quand je t'ai revu, après la mort de Ramadhin, j'ai cru que tu allais bien, mais je me suis trompée. Alors ?

– J'ai dit que je t'avais aimée.

– Ouais, tu m'*as* aimée. Tu vas sortir de ma vie, c'est ça ? »

Et ainsi, raisonnables ou pas, nous avons brûlé le peu de bonnes choses qui restaient entre nous.

Chaque après-midi depuis notre départ de Port-Saïd, les musiciens de l'orchestre vêtus de leurs costumes de couleur prune habituels jouaient des valses sur le pont promenade, et tout le monde sortait profiter du soleil plus clément de la Méditerranée. Mr Giggs descendait parmi nous, serrait des mains. Il y avait aussi Mr Gunesekera, son écharpe rouge autour du cou, qui s'inclinait sur son passage. Miss Lasqueti portait sa veste à pigeons aux dix poches rembourrées, chacune contenant un *culbutant* ou un *jacobin* qui regardait autour de lui, la tête pointée, tandis qu'elle arpentait les ponts pour leur faire respirer l'air marin. Mais il n'y avait plus de Mr Mazappa. Son humeur sauvage, tapageuse s'était envolée. Il ne restait plus que de rares nouvelles excitantes, dont celle de la disparition du Weimaraner O'Neal qui, croyait-on, avait sauté par-dessus bord et nagé jusqu'au rivage au moment où nous quittions Port-Saïd. Pourtant, nous étions sûrs que si cela était arrivé, Mr Invernio se serait jeté à l'eau derrière lui. Nous étions néanmoins ravis qu'avec la disparition de ce double lauréat du concours de l'exposition canine Crufts, notre commandant ait un nouveau problème sur les bras. Jusqu'à présent, la traversée ne s'était pas déroulée sous les meilleurs auspices. Encore un problème, disait Miss Lasqueti, et ce pourrait fort bien être sa dernière. Dans l'intimité de notre cabine, Mr Hastie insinua qu'Invernio, puisqu'il s'était manifestement entiché de cet animal et qu'il ne semblait pas trop abattu par sa disparition, avait sans doute caché le braque dans un coin. Mr Hastie déclara qu'il ne serait pas étonné si on croisait dans quelques semaines Mrs Invernio – à condition qu'il existât une Mrs Invernio – promenant le chien de race dans Battersea Park. Un soir, on donna un concert en plein air sur le pont promenade, avec le bruit de la mer en fond sonore. C'était de la musique classique, une musique dont Cassius, Ramadhin et moi n'avions jamais entendu parler, et comme nous nous étions tous trois précipités pour prendre des sièges au premier rang, nous ne pouvions pas nous lever pour partir, à moins de feindre d'être malades. Je n'écoutais pas vraiment et j'essayais de concevoir une manière théâtrale de quitter ma place en me tenant le ventre. Toutefois, j'entendais de temps en temps quelque chose qui me paraissait familier. Les sons provenaient d'une femme rousse sur la scène qui jetait ses cheveux de droite et de gauche et jouait seule du violon pendant que les autres musiciens attendaient. Elle m'évoquait quelque chose. Peut-être l'avais-je aperçue à la piscine. La main d'un spectateur derrière moi me serra l'épaule, et je me retournai.

«Je pense que ce pourrait être ta violoniste», me souffla à l'oreille Miss Lasqueti.

Je m'étais plaint auprès d'elle des bruits qui, l'après-midi, provenaient de la cabine voisine de la mienne. Je regardai le programme que j'avais trouvé sur ma chaise. Puis la femme qui repoussait ses cheveux indisciplinés chaque fois que la musique le lui permettait. Ce n'était donc pas son visage qui m'était familier, mais les notes et les grincements qui commençaient maintenant à se combiner à la musique interprétée par les autres. On avait l'impression qu'ils se rejoignaient par hasard dans une mélodie similaire. Pour elle, ce devait être merveilleux après toutes ces heures épouvantables passées dans la chaleur étouffante de sa cabine.

CARNET DE NOTES, ENTRÉE N° 30 :
*Fautes commises (jusqu'à présent) par le commandant de l'*Oronsay

1. *Morsure mortelle infligée par un animal à Mr de Silva.*
2. *Enfants laissés sans surveillance pendant une dangereuse tempête.*
3. *Écarts de langage et grossièretés en présence d'enfants.*
4. *Révocation injuste de Mr Hastie, responsable du chenil.*
5. *Récitation d'un poème très injurieux à la fin d'un dîner officiel.*
6. *Disparition d'une statue en bronze de valeur représentant Mr de Silva.*
7. *Perte d'un Weimaraner lauréat de concours.*

Miss Lasqueti : un second portrait

Récemment, j'ai assisté à une classe de maître organisée par le cinéaste Luc Dardenne. Il a dit que le public de ses films ne devrait pas s'imaginer comprendre tout des personnages. En tant que spectateurs, nous ne devrions jamais nous sentir plus intelligents qu'eux ; nous n'en savons pas plus sur les personnages qu'eux-mêmes n'en savent. Nous ne devrions pas avoir de certitudes quant à leurs intentions, ni les mépriser. Je le crois aussi. Je considère que c'est là l'un des premiers principes de l'art, même si je soupçonne que beaucoup ne seraient pas d'accord.

Au début, Miss Lasqueti nous était apparue comme une espèce de vieille fille circonspecte. Ce qu'elle racontait ne nous passionnait pas. Elle s'enthousiasmait pour des décalques sur cuivre et des tapisseries. Mais ensuite elle révéla qu'elle avait la charge de deux douzaines de pigeons voyageurs, logés quelque part à bord du paquebot, qu'elle « rapportait à un ploutocrate », un de ses voisins du Carmarthenshire. Qu'est-ce qu'un ploutocrate avait à faire de pigeons ? nous interrogions-nous. « Silence radio », répondit-elle énigmatiquement. Quand nous avons entendu parler plus tard de ses relations avec Whitehall, le lien avec les pigeons est devenu plus clair. Le ploutocrate était une invention.

À ce moment-là, nous nous intéressions davantage à ce qui semblait être son affection pour Mr Mazappa. Nous avions moins conscience de sa curiosité croissante envers le prisonnier et les deux fonctionnaires (dont l'un que personne n'avait encore aperçu) qui ramenaient

Niemeyer en Angleterre. « Le prisonnier n'est que mon bagage »,
avait fait remarquer Mr Giggs à un groupe de ses admirateurs pendant
un dîner, affirmant son autorité et son rôle avec fausse modestie. Et
quel était le « bagage » de Miss Lasqueti ? Nous l'ignorions. Était-
ce quelque chose que j'aurais pu voir pendant la visite que je lui
avais rendue dans sa cabine plus tôt au cours du voyage, quand
elle avait voulu me parler de mes attaches avec le Baron ? Car s'il y eut
jamais un moment insolite dans mes rapports avec Miss Lasqueti, ce
fut cet après-midi où elle m'avait demandé de venir dans sa cabine à
l'heure du thé.

J'ai donc refait le chemin le long d'un sentier presque oublié vers cet
après-midi indélébile. Je suis étonné de trouver Miss Lasqueti en
compagnie d'Emily, comme si elle l'avait invitée à se joindre à nous
pour discuter d'une affaire sérieuse avec moi. Il y a du thé et des biscuits
sur la table. Emily et moi sommes assis droits sur les deux seules chaises
de la pièce, tandis que Miss Lasqueti s'installe au bout du lit et se
penche en avant pour parler. La cabine est beaucoup plus grande que
la mienne, pleine d'objets bizarres. Il y a comme un épais tapis à côté
d'elle. J'ai appris plus tard qu'il s'agissait d'une tapisserie.

« Je disais à Emily que mon prénom est Perinetta. Je crois que c'est
une variété de pomme, découverte aux Pays-Bas. » Elle murmure de
nouveau le prénom à part soi, comme si on ne l'utilisait pas assez
autour d'elle. Puis elle commence à parler. D'elle quand elle était jeune,
de son amour des langues, des ennuis qu'elle a connus au début
« jusqu'à ce qu'il se produise un événement qui m'a aidée à me sauver ».
Quand Emily l'interroge à ce sujet, elle répond : « Je vous le raconterai
une autre fois. »

Rétrospectivement, je comprends que l'évocation de son passé lui
fournissait ainsi l'occasion de me mettre en garde à propos de mon rôle
auprès du Baron dont elle avait eu, d'une manière ou d'une autre,
connaissance. Par contre, les incessants gestes d'approbation d'Emily
et son air sérieux paraissent insister sur l'importance de tout cela.
J'écoute à peine. J'ai accroché le regard d'un autre visage, dans un coin

de la cabine. C'est celui d'une statue ressemblant à un mannequin sur les épaules et les bras nus de laquelle sont drapés quelques-uns des vêtements de Miss Lasqueti. Pendant qu'elle continue à parler, je remarque une cicatrice sur le ventre d'albâtre qui donne l'impression d'avoir été dessinée ou peinte d'une main récente. C'est le visage qui me scrute, qui me regarde ouvertement, comme sans défense. On dirait une version plus jeune et moins contrôlée de Miss Lasqueti, mais affligée d'une blessure, bien sûr. Je me rends compte maintenant seulement, pendant que j'écris, que c'était peut-être la statue d'un bodhisattva. Je me demande... ce visage séculier, offert... Le discours de Miss Lasqueti se poursuit. Et si mon regard, en cet après-midi, l'a évitée tandis qu'elle réprouvait mes relations avec le Baron, c'est uniquement parce que j'étais sous l'emprise de ce visage pénétrant. Peut-être qu'elle s'était délibérément assise sur le lit pour que la statue derrière elle m'attire.

Plus tard, au moment où nous nous préparions à partir, elle m'a conduit vers ce qui m'avait intrigué et a fait glisser l'étoffe transparente qui recouvrait l'entaille dans la chair.

«Tu vois ça? Avec le temps, tu arrives à surmonter ces choses-là. Tu apprends à changer ta vie.»

La phrase ne signifiait rien pour moi, mais je me souviens encore de ses paroles. Et j'ai vu de près un instant la plaie réaliste, avant que le tissu ne retombe dessus. Tout était bien visible.

Miss Lasqueti possédait une autorité que je ne lui avais pas soupçonnée. Quand j'y repense, je me dis qu'elle a dû obliger le Baron à débarquer à Port-Saïd en le menaçant de le dénoncer s'il restait à bord. Il y a eu aussi ce moment tellement hallucinatoire qu'il aurait pu n'être que la réminiscence d'un rêve, quand, un soir, Cassius ou moi nous étions approchés d'elle. C'était au crépuscule, et l'un ou l'autre, nous avons cru la voir nettoyer à l'aide d'un coin de son chemisier ce qui ressemblait à un petit pistolet. Il s'agissait d'une touche cependant incertaine que nous ajoutions à son portrait. En tant qu'enfants, nous imaginions et acceptions toutes sortes de choses. Nous ne savions pas qu'elle éprouvait de l'affection pour nous. Elle consacra quelques après-midi à Cassius que son carnet à dessins intéressait. Elle liait facilement conversation.

Un autre épisode a ramené nos esprits à ce pistolet hypothétique. Au cours de l'un des après-midi que Cassius passa en sa compagnie, Miss Lasqueti lui prêta un stylo à plume. Il n'y pensa plus du tout jusqu'à ce que, après le dîner, il le sente dans la poche de son pantalon. Il alla la trouver à une table où elle était plongée dans une discussion avec quelqu'un, son sac à main posé sur une chaise à côté d'elle. Il se pencha pour mettre le stylo dedans, ne voulant pas les déranger, mais le bras nu de Miss Lasqueti jaillit comme un serpent, et elle lui saisit le poignet pour s'emparer du stylo. Elle ne tourna même pas la tête. «Merci, Cassius, je l'ai», dit-elle sans le regarder, puis elle reprit sa conversation.

Pour nous, c'était une nouvelle preuve.

Malgré les nombreuses opinions qu'elle exprimait, elle ne paraissait jamais s'ériger en juge. Je crois que la seule personne qui l'ennuyait constamment était Mr Giggs, parce qu'elle le considérait comme un fanfaron. Elle disait qu'il se vantait sans arrêt de ses talents de tireur d'élite. Nous apprendrions beaucoup plus tard que Miss Lasqueti n'avait rien à lui envier sur ce point, en découvrant une photographie de la jeune Perinetta qui, le dos tourné à une cible affichant un score parfait au concours de tir de Bisley, riait aux côtés du héros de guerre polonais Juliusz Grusza, qui devait par la suite représenter l'Angleterre dans l'épreuve de tir au pistolet à 50 mètres aux Jeux de l'Empire. C'était dans l'article sur Grusza que la prouesse de Miss Lasqueti était mentionnée, encore qu'on accordât davantage de place à l'histoire d'amour supposée entre les deux personnes figurant sur la photo. Elle portait une veste à chevrons et le soleil illuminait ses cheveux blonds, si bien que nous avons eu d'elle une autre image que celle de la vieille fille pâle qui dessinait des croquis sur l'*Oronsay* et jetait de temps en temps des livres par-dessus bord.

C'est Ramadhin qui était tombé sur l'article et la photo alors que nous vivions tous deux en Angleterre. Il les avait trouvés dans un ancien numéro de *The Illustrated London News*. Nous flânions dans la bibliothèque publique de Croydon et nous n'aurions pas reconnu Miss Lasqueti sans son nom dans la légende. Lorsque nous avons lu l'article, vers la fin des années 1950, l'homme à côté d'elle sur la photo, Juliusz Grusza, était devenu une célébrité nationale en tant que médaillé olympique et personnage influent de Whitehall où Miss Lasqueti était censée avoir ses entrées. Si Ramadhin et moi avions su comment contacter Cassius, nous lui aurions envoyé une copie de ce portrait préolympique.

À nos yeux d'enfants, ce n'était pas une belle femme. Si nous la jugions attirante, c'était en raison des diverses facettes que nous découvrions d'elle. Au début, elle s'était montrée distante par méfiance et timidité. Ensuite, on avait eu l'impression d'avoir affaire à une caisse de renardeaux dans une foire de village. Le nom de Lasqueti suggérait des origines continentales, mais elle existait sans problème auprès de cette espèce particulière, parmi les Anglais, de l'aristocratie des jardins.

Elle connaissait indubitablement les différentes variétés d'«anglicité». Par exemple, nous avions été frappés lorsque, à la table des autres, pendant une discussion sur la randonnée, elle avait affirmé savoir que certains randonneurs (dont un de ses petits cousins), quand ils partaient marcher un week-end, ne portaient que des chaussettes, des bottes et un sac à dos. Ils traversaient ainsi des forêts et des champs, franchissaient à gué des rivières à saumons. Quand vous les croisiez, ils ne vous prêtaient pas attention, comme si vous étiez invisibles, et ils présumaient que vous faisiez de même pour eux. Arrivant à l'orée d'un village à la tombée du jour, ils s'habillaient, puis entraient dans une auberge, mangeaient dans un coin et prenaient une chambre pour la nuit.

Devant une évocation aussi visuelle, tout le monde à notre table se tut. La plupart des passagers étaient des Asiatiques cultivés, incapables d'associer leur idée de l'Angleterre dérivée de Jane Austen et d'Agatha Christie à ces marcheurs nus. L'anecdote osée et racontée tout à trac constitua le premier accroc dans l'image de vieux papier peint que nous avions d'elle depuis le début. L'histoire des randonneurs réduisit notre table au silence, jusqu'à ce que Mr Mazappa revienne sur l'expression inexplicable des Vierges dont Miss Lasqueti avait parlé pendant le repas.

«Le problème avec toutes ces Vierges, dit-il, c'est qu'elles ont un enfant à allaiter et que les mères présentent des seins qui ressemblent à des vessies en forme de *panino*. Pas étonnant que les bébés aient l'air d'adultes mécontents. Je n'ai vu qu'un seul portrait où l'enfant paraisse bien nourri et apprécier le lait qu'il boit. C'est au palais de la Granja, la résidence d'été près de Ségovie, sur une minuscule tapisserie où la Vierge ne regarde pas vers l'avenir. Elle regarde l'Enfant Jésus qui tète avec plaisir.

– Vous parlez comme si vous vous y connaissiez en allaitement, lui fit remarquer quelqu'un à la table. Vous avez des enfants?»

Une hésitation d'une fraction de seconde, et Mr Mazappa répondit: «Oui, bien sûr.

– Je suis ravie que vous aimiez les tapisseries, Mr Mazappa», dit Miss Lasqueti, brisant le nouveau silence qui avait suivi cette réponse. Mr Mazappa n'ajouta rien. Ni le nombre de ses enfants, ni leurs noms. «Je me demande qui a fait votre tapisserie. Peut-être était-ce une femme de la tradition mudéjar. À condition qu'elle date du XVe siècle, naturellement. Je vérifierai quand je serai à Londres. J'ai travaillé quelque temps avec un monsieur qui collectionnait de telles œuvres. Il avait bon goût, mais c'était un dur de dur. Il m'a cependant appris à apprécier l'art de la tapisserie. C'est étonnant que ce soient des hommes qui vous enseignent des choses pareilles.»

Nous enregistrâmes ces révélations. Qui était le monsieur «dur de dur»? Et le petit cousin randonneur? Les connaissances de notre vieille fille ne semblaient pas se limiter à la vie des pigeons et au dessin.

Il y a quelques années, j'ai reçu un paquet expédié de Whitland dans le Carmarthenshire que m'avait fait suivre mon éditeur anglais. Il contenait plusieurs photocopies couleur de dessins ainsi qu'une lettre de Perinetta Lasqueti. Elle l'avait écrite après m'avoir entendu dans une émission de BBC World Service sur la «jeunesse», au cours de laquelle j'avais brièvement évoqué mon voyage pour l'Angleterre à bord d'un paquebot.

J'ai commencé par regarder les dessins. Il y en avait un de moi, tout mince, puis un croquis de Cassius en train de fumer, un autre, très beau, d'Emily coiffée d'un béret bleu paon. L'Emily qui avait depuis disparu de mon existence. Petit à petit, j'ai reconnu d'autres visages, celui du commissaire du bord et de Mr Nevil, de même que des lieux et des objets profondément enfouis dans mon passé : l'écran de cinéma à la poupe du paquebot, le piano dans la salle de bal, devant lequel était assise une silhouette floue, des matelots pendant un exercice d'évacuation, et cetera. Tous dépeignaient la traversée de notre navire, en 1954, de Colombo à Tilbury.

Whitland,
Carmarthenshire

Cher Michael,

Je vous prie d'excuser cette entorse aux usages, mais je vous ai connu, oh il y a de cela bien des années, quand vous étiez un petit garçon. L'autre soir, je vous ai entendu à la radio. Et à un moment, quand vous avez parlé de votre arrivée en Angleterre à bord de l'*Oronsay*, j'ai prêté davantage attention à ce qui se disait, car je me trouvais moi aussi à bord de ce paquebot en 1954. J'ai continué à écouter, mais je ne savais pas encore *qui* vous étiez. Je n'arrivais pas à établir le lien entre la voix à la radio, votre carrière, et l'enfant qui avait effectué la traversée jusqu'à ce que vous mentionniez votre surnom de «Mynah». Je me suis alors rappelé vous trois, et en particulier Cassius, ce garçon qui consacrait son temps à observer. Et je me suis rappelé Emily. Un après-midi, je vous ai invités, Emily et vous, à prendre le thé dans ma cabine. Je doute que vous vous en souveniez. D'ailleurs, pourquoi vous en souviendriez-vous ? Vous m'intriguiez, tous les trois. C'était mon côté Whitehall qui me rendait curieuse, je suppose. Et il ne se passait pas grand-chose à bord, sinon vous trois qui ne cessiez de vous attirer des ennuis... Mais permettez-moi d'en venir à l'autre objet de cette lettre, en dehors de vous transmettre mes plus chaleureuses salutations.

Je souhaite depuis longtemps prendre contact avec Emily. Je pense souvent à elle. Car il y a quelque chose que je désirais lui dire pendant le voyage, et je ne l'ai pas fait. Cet après-midi-là, je voulais simplement vous arracher aux griffes du Baron. Or, c'était Emily que j'aurais dû chercher à sauver. Car je l'avais vue à plusieurs reprises en compagnie de l'homme de la troupe Jankla, et ses relations avec lui m'apparaissaient comme fâcheuses et dangereuses. Il y avait aussi une chose que je m'étais promis de lui donner et qui aurait pu lui être utile, l'aider à se sortir de cette situation, mais cela non plus, je ne l'ai pas fait. Ce n'était guère pertinent. C'était, dirions-nous, une vérité future, même s'il s'agissait d'une histoire datant de plusieurs années, du temps de ma propre jeunesse. J'ai donc joint à cet envoi la lettre originale que je vous prie de bien vouloir faire suivre à votre cousine. Je ne connaissais pas bien Emily, mais elle m'avait paru être, malgré sa nature généreuse, une personne ayant besoin de protection. Je vous remercie par avance de lui envoyer le paquet ci-joint.

J'ai fait des copies de quelques-uns des croquis que j'avais dessinés au cours de cette traversée, j'espère qu'ils vous plairont.

Affectueusement,
Perinetta

C'était une lettre de deux feuillets, mais le paquet qu'elle me demandait d'envoyer, avec le nom d'Emily écrit dessus, contenait son poids de pages, un peu jaunies. Je l'ai ouvert. Les écrivains sont sans vergogne. Permettez-moi cependant de dire que je n'avais pas vu Emily depuis des lustres et que je n'avais aucune idée de l'endroit où elle pouvait être. La dernière fois que je lui avais parlé, c'était à son mariage avec un certain Desmond, juste avant qu'ils ne partent pour l'étranger. Je ne me souvenais même plus pour quel pays. Après un instant d'hésitation, j'ai donc ouvert le paquet destiné à Emily et j'ai commencé à lire la première des nombreuses pages rédigées d'une petite écriture cursive, comme pour souligner le caractère personnel et intime de la lettre. À mesure que je lisais, j'avais le sentiment que celle-ci traitait de l'incident survenu dans le passé de Miss Lasqueti, qu'elle avait mentionné l'après-midi où, entrant dans sa cabine, j'y avais trouvé Emily arrivée avant moi. À un moment, Emily avait demandé à Miss Lasqueti à quoi elle faisait allusion quand elle avait mentionné un événement l'ayant aidée à se sauver. À quoi Miss Lasqueti avait répondu : « Je vous le raconterai une autre fois. »

Je suis allée en Italie, alors que j'avais un peu plus de vingt ans, pour y apprendre la langue. J'avais des dispositions pour les langues et j'aimais l'italien par-dessus tout. Quelqu'un me suggéra de solliciter un emploi à la villa Ortensia. Un riche couple d'Américains, Horace et Rose Johnson, l'avait achetée et la transformait en une sorte de musée des archives de l'art. Après deux entretiens, ils m'engagèrent comme traductrice – pour la correspondance ainsi que pour les recherches et le catalogage. Je venais chaque jour à bicyclette à la villa pour y travailler six heures, puis je regagnais la chambre exiguë que je louais en ville.

Les propriétaires avaient un fils de sept ans. C'était un garçon charmant et drôle. Il aimait bien me regarder arriver à bicyclette, toute fébrile, car j'étais presque toujours en retard. Il se postait à côté du portique en pierre au bout de la longue allée bordée de cyprès qui menait à la villa. Chaque jour à neuf heures, ou quelques minutes après, je franchissais les quatre cents mètres de l'allée et il levait les bras, puis feignait de consulter une montre à son petit poignet comme s'il me chronométrait. Un jour, tandis que je pédalais dans l'allée, une longue écharpe verte autour du cou et une sacoche à l'épaule, je remarquai qu'il n'était pas le seul à m'observer. À l'étage, derrière le garçon qui ne la voyait pas, il y avait une silhouette à une fenêtre et, au moment où j'atteignis le portique, elle disparut. Je ne savais pas de qui il s'agissait. Le lendemain, elle était de nouveau là, comme une espèce de fantôme visible, si bien que j'agitai la main à son intention. Après quoi, elle ne revint plus.

Ma tâche à l'institut était difficile et j'avais des journées chargées. Tableaux, tapisseries et sculptures arrivaient à un rythme accéléré, et il me fallait tout répertorier. Et je devais aussi travailler sur le réaménagement des jardins en compagnie de Mrs Johnson qui souhaitait retrouver leur dessin d'origine à l'époque des Médicis. Je courais donc beaucoup dans les couloirs, sur les terrasses, au milieu des violentes querelles qui opposaient les jardiniers arrachés à des propriétés à travers toute l'Europe – de sorte que nous, les interprètes, devions nous précipiter pour aider à exprimer les avis et les griefs.

Horace et Rose Johnson apparaissaient de temps en temps, à l'instar de dieux. Ils se promenaient, entraient dans nos bureaux, ou alors partaient brusquement pour Naples ou même l'Extrême-Orient. Ils nous rendaient visite sur nos lieux de travail d'une manière bien différente de celle de Clive, leur fils. Lui, il faisait son entrée plutôt comme un petit coquillage qui roule là par hasard, si bien qu'on mettait un certain temps avant de noter sa présence. Un jour, comme je descendais l'escalier de la grande rotonde, je le vis qui, accroupi, brossait l'image d'un chien dans le feuillage en bas de l'une des tapisseries intitulée : *Verdure avec chien*. Une tapisserie des Flandres du XVIe siècle. J'adorais cette œuvre. Elle réchauffait et humanisait l'immense salle circulaire. Quoi qu'il en soit, le petit garçon avait trouvé une brosse qu'il passait tendrement sur le poil du chien de meute. C'était une tapisserie délicate, le produit classique des tisserands des provinces des Pays-Bas.

« Fais très attention, Clive, dis-je. C'est un objet de valeur.

– Mais je fais attention », répondit-il.

C'était l'été, le gamin n'avait pas de chien dans cette villa, malgré tout l'espace qu'elle offrait. Ses parents n'étaient pas là. L'un d'eux cherchait à gagner Khartoum pour on ne savait quelle raison, ou quelle œuvre d'art à acquérir. Je me disais qu'aux yeux de ce garçon de sept ans, l'absence de son père devait durer depuis des siècles, et je me demandais ce que cet environnement signifiait pour lui. Un enfant regarde un panorama, ou un tableau, et il n'y voit pas du tout la même chose qu'un père. Clive voyait un chien qu'il n'avait pas. Rien d'autre.

La plupart des tapisseries de la villa étaient symboliques. Les religieuses étaient chargées d'icônes et de paraboles. Les profanes (dont *Verdure avec chien*) représentaient des versions d'un paradis terrestre ou bien traitaient des pouvoirs dangereux ou merveilleux de l'amour – figurés en général par des scènes de chasse. Le chien représenté sur la tapisserie était en fait un chien de chasse au sanglier. D'autres œuvres montraient un faucon fondant sur une colombe dans un ciel sans nuages – un exemple de l'idée de « conquête » attachée à l'amour. L'amour en tant que meurtre, par conséquent, ou anéantissement de l'individu le plus faible. Mais quand on regardait les tapisseries accrochées dans la grande rotonde ou dans les salles vastes et froides, on devinait leur véritable but, à savoir amener un jardin dans une maison de pierre nue. Ces œuvres avaient été tissées dans des greniers glacials de quelque pays nordique – des endroits où l'on n'avait peut-être jamais vu un sanglier, une colombe ou la verdure luxuriante qu'elles dépeignaient. Elles étaient magnifiques dans ce nouveau cadre. Elles possédaient de la dignité. Les couleurs utilisées en arrière-fond étaient humbles, de sorte qu'une beauté florentine qui passerait devant l'une de ces tapisseries pourrait s'en trouver d'une certaine façon encore embellie. Parfois, elles étaient politiques, en rapport avec les biens ou le statut. Elles arboraient les armes des Médicis : les cinq boules rouges du système solaire, plus la boule bleue accordée par concession de la maison de France.

«On a l'impression que cette œuvre est sans danger, non?»
Horace et moi étions dans la salle Capone, entourés par les fresques, quand je me rendis compte qu'il s'adressait directement à moi. Je travaillais ici depuis plus d'un mois et il avait toujours fait comme si je n'existais pas. Il tendit la main comme pour décrocher un oiseau peint dans le ciel bleu.
«Mais l'art n'est jamais sans danger. Tout cela n'est qu'une petite salle dans toute une vie.» Pour un homme censé adorer l'art, je le jugeais méprisant à son égard.
«Venez», ajouta-t-il. Il me prit par le coude avec précaution, avec précision, comme si c'était un endroit de l'anatomie qu'il était socialement acceptable de toucher et dont on pouvait s'emparer en partie. Il me conduisit le long du couloir jusqu'à la grande rotonde où était suspendue une tapisserie d'une vingtaine de mètres. Il en souleva un coin pour me permettre de regarder en dessous, là où les couleurs étaient soudain éclatantes, violentes.

« C'est là que réside le pouvoir, vous voyez. Toujours. Le dessous. »

Il s'écarta de la tapisserie pour se placer au centre de la salle circulaire, sachant que sa voix porterait jusqu'au haut plafond. « Plus de cent femmes ont sans doute travaillé pendant un an à cette œuvre. Elles se sont battues pour cela. Cet ouvrage les a nourries. Les a aidées à survivre à l'hiver des Flandres de l'an 1530. C'est cela qui confère sa vérité, sa profondeur, à ce tableau sentimental. »

Il attendit en silence que je le rejoigne.

« Dites-moi, Perinetta… vous vous appelez bien Perinetta ? Qui a réalisé cela ? Cent femmes avec leurs mains glacées et gercées ? L'homme qui a dessiné la scène ? Eh bien, ce qui l'a réalisé, c'est simplement une année et un lieu. C'était une époque où l'on identifiait un artiste uniquement par l'endroit d'où il venait ou par celui où il finissait par s'établir pour travailler. Les villes revendiquent la moitié des œuvres d'art d'Europe. Regardez… on distingue la marque de la ville d'Audenarde. Mais bien sûr, il faut aussi considérer lequel des Médicis l'a achetée pour une somme représentant toute la richesse d'un petit pays et l'a fait transporter en Italie, protégée par des gardes et des argousins, sur plus de mille cinq cents kilomètres… »

Pendant qu'il discourait ainsi, j'aurais pu aisément me glisser bien au chaud dans sa poche. J'étais très jeune la première fois qu'il me parla. Le problème, c'est que les hommes, avec la sorte de pouvoir que donnent l'argent et le savoir, s'attribuent l'univers. Ce qui leur confère une sagesse facile. Seulement, ces gens-là vous ferment les portes. Au sein de cet univers, il y a des codes, des pièces où vous n'avez pas le droit d'entrer. Dans leur vie quotidienne, il y a toujours quelque part une coupe de sang. Il en était conscient. Horace Johnson n'ignorait pas quel genre d'animal il chevauchait. Pareil savoir s'accompagne de brutalité. Je ne le savais pas alors. Pas cet après-midi-là quand il me conduisait dans la grande rotonde en me tenant juste par le coude, puis que, de la même main, il soulevait un coin de la tapisserie comme s'il s'agissait de la jupe d'une servante pour en dévoiler les brillants dessous.

Je vécus dans ce monde trois saisons et je finis par découvrir que je ne contrôlais aucune des voies que je croyais avoir librement choisies. Je n'avais pas conscience des trappes et des douves qui existaient chez les riches. Je n'avais pas conscience qu'un homme tel qu'Horace traitait même ceux qu'il aimait et ceux dont il désirait la présence comme il devait traiter ses ennemis, les plaçant dans une position où ils n'avaient aucune chance de se livrer à des représailles.

À Sienne, quand on se poste au coin de la via del Moro et de la via Sallustio Bandini et qu'on lève les yeux, on lit ces vers de Dante, extraits du *Purgatoire* :

> *C'est, répondit-il, Provenzan Salvani,*
> *il est ici parce qu'il a présumé*
> *de prendre Sienne entière entre ses mains.*

Et en haut de la via di Vallerozzi, là où elle croise la via dei Montanini, gravé dans la pierre jaune :

> *Je ne fus pas sage, bien que Sapia*
> *me fût donné pour nom ; et je fus plus heureuse*
> *du malheur d'autrui que de mon bien*[1].

Dans les grands centres de pouvoir, voyez-vous, la compétition se fonde moins sur la victoire que sur la volonté d'empêcher l'ennemi de réussir ce qu'il veut réellement.

---

1. Traduction de Jacqueline Risset.

Un Noël, on donna une soirée costumée pour le personnel et, pendant la fête, je me rendis soudain compte qu'Horace tournait autour de moi dans le patio à moitié désert. J'étais arrivée déguisée en Marcel Proust, mes cheveux blonds dissimulés, une fine moustache collée au-dessus de ma lèvre supérieure, et vêtue d'une cape. Était-ce cela qui l'intéressait? Était-ce cela qui l'autorisait à cacher ses intentions?

Il me demanda s'il pouvait m'apporter quelque chose.

«Non, rien, répondis-je.

– Voulez-vous danser dans les grandes villes européennes?»

Je ris.

«J'ai déjà ma petite chambre tapissée de liège, dis-je. Et je crois que cela me suffit.

– Je comprends. Dans ce cas, permettez-moi de vous peindre. Telle que vous êtes en ce moment. A-t-on déjà fait votre portrait?»

Je répondis que non.

«Vous pourriez porter votre écharpe verte.»

Cela débuta ainsi, donc. J'entrai dans sa conscience habillée en homme. Et je devrais ajouter que mon portrait qu'il a peint se trouve peut-être encore dans l'une des chambres fortes au sous-sol de la villa. Sur ce tableau sans doute inachevé, je suis tout habillée, mais après avoir fait l'amour. Bien que j'eusse l'air modeste d'une timide petite héritière provinciale ou de la fille innocente d'un ami.

Naturellement, c'était la silhouette que j'avais aperçue à la fenêtre de l'étage et qui me regardait arriver au travail le matin à bicyclette. Il avait pris son temps pour me trouver. Il continuait à présent d'un mouvement aussi lent. Il émaillait son croquis d'une conversation sans fin: sa connaissance des couleurs, la chorégraphie d'une fresque, les vertus de l'albâtre. Et moi, afin de montrer une hésitation face à la cour qu'il commençait à me faire, je portais les premiers temps ma moustache à la Proust, de sorte que quand il m'accueillait dans son atelier, il lui fallait m'étreindre et m'embrasser avec cette moustache entre nous. Je la gardai ainsi quelques jours et je l'oubliais pendant que nous parlions et que je partageais avec lui des histoires de ma jeunesse. D'un ton endormi, je livrais ces informations à sa vive curiosité. Il était aussi sage qu'intelligent. Il fit de moi son amie. Il était plus vieux que moi, et les vieux talents sont différents, apparemment plus raffinés, peut-être. Et je n'avais pas eu d'amant plus jeune pour comparer – ni aucun amant, à dire vrai. Tout cela arriva accompagné d'un flux et d'un reflux qui étaient autant une conversation qu'une révélation physique. L'écharpe verte qu'il dénouait de mon cou quand j'entrais dans l'atelier, et puis, un après-midi, par une journée torride d'août, il proposa plus. Un petit pas. C'était peut-être le charme de ses mots, mon éducation. J'appris à loger mon dos nu contre lui, à aller au-delà de ce qui, tout d'abord, n'avait paru être que douleur, jusqu'à ce que cela devienne une habitude de notre désir.

Certes, je sais qu'il existe pour cela une tradition. Mais pour moi, à l'époque, c'était une contrée stupéfiante, délirante, choquante, peuplée de goûts à accepter et à satisfaire. Ensuite, je me promenais dans l'atelier bien meublé, ma peau, ma « couleur » sensibles à l'air qui filtrait par les persiennes. Ne portant que des chaussettes, je déambulais et j'effleurais de l'ombre de ma main les sages esquisses qu'auparavant il avait dessinées de moi. J'avais souvent l'impression d'être seule dans l'atelier, comme s'il ne m'observait pas ni ne dévorait ma présence – une œuvre exposée pour la première fois en ce lieu. Je basculais dans ce mélange de savoir et de désir. Le poids de son bras, le poids de tout son être, mes sons contre le son de mon amant, et comme il suffisait que peu de lumière tombe sur l'épaule d'un personnage dans un tableau pour suggérer le chagrin ou la dissimulation, et comme cette coupe du Caravage était près du bord de la table pour suggérer la tension de la chute.

J'ai lu la lettre de Perinetta Lasqueti tard dans l'après-midi, capturant à la flamme d'un autre temps les détails du passé flambant encore dans sa mémoire. Une lettre si intime et si intense, d'une voix tellement différente de celle que j'attendais, qu'on l'aurait crue destinée à un lecteur imaginaire.

Ce fut là que mon esprit se développa, dans son atelier de la via Panicale, où les cloches de la ville sonnaient comme un ordre de rappel durant notre heure coupable. Il me regardait penchée au-dessus de lui. Il me regardait par-dessus mon épaule nue tandis que je feuilletais l'un de ses lourds livres d'art. Levant les yeux, je voyais le reflet de notre tableau dans la glace et je me rappelais un moment semblable où son fils lisait sur un grand sofa de la salle Capone pendant qu'Horace – là en tant que père – se tenait derrière lui et le regardait. Nous étions pareils, le garçon et moi, sous le contrôle du père.

Pourquoi ce jour-là à bord de l'*Oronsay* vous ai-je invitée en même temps que votre jeune cousin ? Au cours du voyage, je vous avais observée et je craignais peut-être que vous ne vous trouviez vous aussi en fâcheuse situation. Je voyais avec quelle facilité vous suiviez ce chemin. Mais je n'étais pas sûre. À la place, j'avais mis votre cousin en garde contre le Baron. Ce que je n'avais pas perçu, ou compris, cet après-midi-là, c'est que c'était vous qui étiez réellement en danger. J'avais choisi de protéger le mauvais enfant. Pourquoi ne m'en étais-je pas rendu compte ?

Je vois mon séjour à Florence au travers d'une glace déformée, ce qui teinte d'ironie le plaisir de cette époque. Après avoir fait l'amour avec lui comme il le voulait, je l'étudiais. Le rectangle de soleil tombant du mur sur lui, sur tous ces poils que je n'avais jamais vus chez un homme, cet air de satyre, tout cela faisait que j'avais l'impression de cohabiter avec une autre espèce, née et grandie dans la forêt. Mon écharpe verte autour de mes épaules anglaises, cependant que je me promenais au milieu de l'odeur des peintures et du parfum de châtaigne de nos ébats, je me disais que j'étais aimée parce qu'on me changeait.

De temps en temps, il sortait un tableau, quelque chose de japonais, ou un dessin original qu'il avait payé une fortune. Il prenait ma main, qui l'avait aimé intimement une demi-heure plus tôt, puis guidait mon index sur les contours d'un bol, d'un pont ou du dos d'un chat – je me souviens en particulier du dessin d'une femme tenant sur ses genoux un chat qui se débattait. Avec mon doigt, il dessinait les lignes comme s'il les créait, comme s'il tentait d'effleurer l'immortalité.

Il me demanda ce que je faisais quand je ne travaillais pas, et aussi de décrire ma petite chambre qu'il ne viendrait pas voir. Il voulait savoir où j'avais été avant, ce qui me passionnait. On m'avait fait une cour timide quand j'étais à l'école… mais je commençais à ne plus avoir grand-chose à lui dire. Et puis, un après-midi, je me rappelai le moment charmant avec Clive et la tapisserie. Je lui racontai alors comment, descendant l'escalier circulaire de la grande rotonde, j'avais vu son fils brosser doucement le poil d'un chien qui se trouvait au milieu du feuillage.

Horace n'écoutait que d'une oreille. Et il pensa sans doute que je décrivais une réalité, car il se figea et dit : «Quel chien ?»

La règle entre nous, sa règle, avait été qu'il ne devait y avoir aucun signe de reconnaissance, aucune répercussion en dehors de l'atelier et au-delà des heures que nous y passions. Si on jetait des cailloux, il fallait qu'ils tombent dans l'eau en silence et qu'ils ne fassent pas un seul rond. En fait, pendant que je travaillais, je le voyais rarement. Je prenais ma pause thé en compagnie d'autres membres du personnel et j'emportais mon déjeuner sur la deuxième terrasse du parc où je me tenais sous la statue menaçante du Colosse. J'aimais ne pas être dérangée et, si possible, lire pendant mon heure de loisir. Un jeudi, alors que je me détendais là, j'entendis près de moi une respiration précipitée, quelqu'un qui voulait pleurer ou même hurler, mais qui ne parvenait à s'exprimer que par son souffle haletant. Je me levai, suivis le bruit et découvris le petit garçon. Son père avait dû le punir. Quand il me vit, le sang lui monta au visage et il s'enfuit comme si je lui avais fait je ne sais quoi. Et bien sûr, c'était le cas. Ma petite anecdote pré-coït sur lui et le chien.

Le lendemain après-midi, je reprochai violemment à Horace sa trahison et hurlai comme son fils n'avait pu le faire. Je n'étais pas hors d'haleine. J'avais nourri ma colère et je comptais le blesser de toutes les manières possibles pour son attitude envers l'enfant. Je le voyais tel qu'il était, un tyran qui se dissimulait sous son aimable pouvoir et son autorité. Je savais qu'il se glisserait ainsi toute sa vie parmi les gens, sans jamais rien apprendre. Quand je constatai que mes paroles ne l'atteindraient pas, je ramenai le bras en arrière pour frapper, et il saisit mon poing pour retourner le coup contre moi. Les ciseaux que je brandissais me percèrent le flanc avec toute la haine et la force que je dirigeais contre lui. Il prétendrait certainement qu'il avait juste paré un geste de colère, de folie. J'étais pliée en deux, la tête, les cheveux presque sur les talons, les ciseaux plantés dans ma chair. Je ne disais rien. Je ne bougeais pas et, surtout, je refusais de pleurer. J'étais comme le petit garçon. Horace voulut me redresser et j'agrippai mes jambes. J'avais besoin de rester pliée, de former pour lui une plus petite cible. Je soupçonnais même que la situation l'excitait et que si j'avais réagi autrement, si j'avais fondu en larmes et que, dans mon désespoir, je me fusse accrochée à lui, nous aurions essayé de refaire l'amour une dernière fois, comme pour sceller le passé. Il aurait alors compris que c'était bien fini. Car il ne se serait jamais laissé placer dans une position où il lui aurait fallu de nouveau compter sur quelqu'un comme moi, quelqu'un qui portait sur lui un jugement si clair.

« Viens, je vais panser ta blessure. »

Je l'imaginai ouvrir mon chemisier et regarder le filet de sang jaillir, couler sur mon ventre blanc. Je me dépliai lentement et quittai son atelier. Je m'arrêtai dans le couloir à demi éclairé. Je transpirais. Je baissai les yeux, et alors que j'arrachais les ciseaux, la minuterie s'éteignit et je me retrouvai plus seule encore dans l'obscurité. Je restai une minute de plus, dans l'attente de quelque chose. Il ne sortit pas.

À la villa Ortensia, les préparatifs en vue de la fête du solstice duraient depuis des semaines. On attendait des invités venus des villes voisines ainsi que des artistes, des critiques, des membres de la famille, des citoyens de Florence et l'ensemble de ceux qui travaillaient aux archives ou dans les jardins. C'était le geste annuel que sa femme et lui faisaient pour la communauté et qui marquait la fin de la saison. Ensuite, les mois d'été, la famille retournerait en Amérique ou repartirait en voyage pour sillonner les domaines russes. La chaleur estivale était trop inconfortable, même dans les hautes salles de pierre de la villa, même dans ses jardins ombragés.

La fête devait avoir lieu dans deux jours et, allongée sur mon lit, je me demandais si j'allais ou non y assister. Serait-ce lui ou moi qui souffrirait selon la décision que je prendrais ? J'avais « pansé » ma blessure – quel terme affecté ! – au-dessus d'un petit lavabo sans eau chaude. Ce n'était pas bien malin ni raisonnable, et j'en garderais ma vie entière la cicatrice. Les amants que j'aurais après lui s'arrêteraient dessus et prétendraient

LA TABLE DES AUTRES

soit que c'était beau, soit que c'était sans importance. Puis ils me montreraient les leurs – aucune ne serait aussi spectaculaire que la mienne.

Je sortis par ce couloir plongé dans le noir chercher un pharmacien dans la via Panicale. Je me rappelle en avoir trouvé un et lui avoir décrit la plaie comme une « profonde coupure ». « Grave ? demanda-t-il.

– Profonde, répétai-je. C'est un accident. »

Il me donna quelque chose de la famille du soufre, de même que des bandes, des compresses, un liquide antiseptique du genre de ceux qu'on utilisait pendant la guerre de Crimée, je le soupçonne. Rien de mieux. Je ne lui dis pas que c'était pour moi, alors que je devais être toute pâle et que je chancelais probablement. Je doutais de tout. Il ne me restait que ma connaissance de l'italien, si bien que je me concentrais là-dessus. Voulant peut-être s'assurer que j'allais bien, le pharmacien ne cessait de parler. À un moment, je baissai les yeux et je vis une grande tache de sang sur ma jupe.

Le chemin pour rentrer chez moi fut long. Je passai presque toute la soirée ainsi que la journée et la nuit du lendemain au lit. Je ne me soignai pas. J'avais laissé tomber les paquets par terre. Je demeurai couchée, désirant réfléchir dans le noir. Que venais-je de vivre ? Avais-je encore un avenir ? Horace ne figurait pas dans mes interrogations. C'est alors, je crois, que je suis devenue moi-même.

Au matin, je pouvais à peine bouger. Je me forçai cependant à me lever pour aller au lavabo, à côté duquel il y avait une glace longue et étroite. Je détachai le chemisier et la jupe collés à ma peau, jusqu'à ce que la plaie apparaisse. Je l'enduisis de l'onguent que le pharmacien m'avait donné, puis je retournai m'allonger, laissant la blessure à l'air libre. Je fis de nombreux rêves. Et discutai à voix haute avec moi-même. Je descendis du lit pour me regarder dans la glace à la lumière de l'après-midi.

La plaie ne saignait plus. Je m'en tirerais. Je ne mourrais pas, condamnée par moi-même. Et j'irais demain à la fête du solstice. Je n'irais pas. J'irais.

J'arrivai exprès assez tard pour échapper aux discours de bienvenue. Je marchais doucement et, à chaque pas, la douleur me vrillait le flanc. Je me dirigeai néanmoins vers la source de la musique de chambre que j'entendais. C'était sur la petite scène du Teatrino, le «petit théâtre», un peu au-delà de la deuxième terrasse. J'avais toujours adoré cet endroit où public et artistes se trouvaient sur un pied d'égalité. Un duo piano violoncelle jouait juste derrière les spectateurs, sous les arbres illuminés. Et pendant le troisième mouvement, alors que tout se mélangeait et que la musique balayait le jardin comme un vent ordonné et nous emportait, une joie soudaine m'envahit. Je me sentis enveloppée, comme d'un manteau de musique.

Je jetai un coup d'œil autour de moi – aux familles, employés, célébrités qui recevaient ce cadeau – et je vis Horace qui écoutait. On avait l'impression qu'il scrutait la musique. Pour lui, rien d'autre ne paraissait exister. Puis je compris qu'il fixait la violoncelliste, une femme totalement absorbée par la technique et l'esprit de son art, et je songeai qu'il n'en détacherait son regard à aucun prix. Je supposai d'abord qu'elle était sa proie sexuelle. Or, me fallait-il admettre, il y avait davantage que cela. Horace aurait pu tout aussi bien être amoureux de la pianiste dont les doigts experts couraient pour accompagner la musique du violoncelle et la soulever avec légèreté, une opération autant de mécanique que d'hypnotisme. Leur art était ce talent partagé, composé de petits ressorts, de vis, de résine, d'accords et d'un rythme appris. Tout ceci enracinait l'indéfinissable violoncelliste dans une sombre sensualité. Et me rendait profondément heureuse qu'elle fût dans un royaume où Horace, malgré tout son pouvoir et sa richesse, ne pourrait jamais entrer. Il pourrait la séduire, l'engager et la réchauffer de son intelligence. Il pourrait la prendre et folâtrer avec elle, mais il ne pourrait jamais atteindre l'endroit où elle se trouvait.

En bas de la dernière page écrite des années auparavant, Miss Lasqueti avait ajouté une note :

Où êtes-vous, chère Emily ? Allez-vous me communiquer votre adresse ou m'écrire ? J'avais rédigé cette lettre dans l'intention de vous la remettre pendant notre voyage à bord de l'*Oronsay*. Parce que, ainsi que je l'ai dit, j'avais pris conscience que, comme moi quand j'étais jeune, vous étiez sous le charme de quelqu'un. Et je pensais être en mesure de vous sauver. Je vous avais vue en compagnie de Sunil, un des membres de la troupe Jankla, et il me semblait que vous étiez mêlée à quelque chose de dangereux.

Mais je ne vous l'ai jamais remise. Je craignais... je ne sais pas. Toutes ces années, j'ai pensé à vous. Je me demandais si vous vous étiez libérée. Je sais que moi-même, je me suis regardée, quelque temps, avec noirceur et amertume, jusqu'à ce que j'échappe à ce cercle vicieux. « Désespérez jeune et ne regardez jamais en arrière », a dit un Irlandais. Et c'est ce que j'ai fait.

Écrivez-moi,
Perinetta

Deux ans après avoir lu la correspondance de Miss Lasqueti, je me trouvais pour quelques jours en Colombie-Britannique quand j'ai reçu un coup de téléphone dans ma chambre d'hôtel. Il était à peu près une heure du matin.

«Michael? C'est Emily.»

Il y a eu un long silence, jusqu'à ce que je lui demande d'où elle appelait. Je m'attendais à un lointain fuseau horaire, une ville européenne où il faisait déjà jour, mais elle m'a répondu qu'elle n'était qu'à quelques kilomètres de là, sur l'une des îles Gulf. Il était donc clairement aussi une heure du matin à l'endroit d'où elle téléphonait. Elle avait essayé plusieurs hôtels, m'a-t-elle dit.

«Tu peux te libérer? J'ai lu cet article sur toi dans le *Georgia Straight*. Tu peux venir me voir?

– Quand?

– Demain?»

J'ai répondu oui, elle m'a donné les indications nécessaires et, après avoir raccroché, je suis resté là, au neuvième étage de l'hôtel Vancouver, incapable de dormir. «Prends le traversier à Horseshoe Bay pour Bowen Island. Celui de deux heures et demie. Je t'attendrai là-bas.»

J'ai fait ce qu'elle m'a dit. Je ne l'avais pas vue depuis quinze ans.

La conversation entendue

Nous étions encore en Méditerranée, à quelques jours de notre arrivée en Angleterre. Les artistes de la troupe Jankla offrirent une représentation et, au cours d'un bis, invitèrent les passagers à se produire à côté d'eux sur leur scène de fortune. Emily figurait parmi les volontaires. On la fit tournoyer jusqu'à ce qu'elle se retrouve à l'horizontale, comme prête à s'envoler si elle échappait à la prise de Sunil.

On persuada ensuite Emily et les autres de former le haut d'une pyramide humaine. Et une fois celle-ci en place, elle s'ébranla lourdement sur le pont, l'allure d'une créature dotée d'une multitude de manches. Près du bastingage, les acrobates qui constituaient la base de la pyramide entreprirent de se balancer à la grande peur des passagers volontaires qui se mirent à hurler soit de terreur, soit d'une joie étrange qu'ils découvraient soudain en eux. Puis l'édifice humain, au sommet duquel certains criaient encore, fit lentement demi-tour pour revenir vers nous. Emily était la seule à avoir conservé son calme, la seule à paraître fière de son numéro, et quand tous furent descendus, c'est elle qui eut droit à une petite récompense. La fanfare redoubla et on jucha Emily sur les épaules de l'un des membres de la troupe. Ceux de la table des autres qui assistaient au spectacle, dont Mr Daniels, Mr Gunesekera et nous trois, applaudirent. Sunil, debout sur les épaules d'un autre homme, l'air presque naturel, s'approcha d'elle et lui glissa un bracelet autour du poignet. Elle tressaillit quand le fermoir mordit sa chair, et il y eut un instant délicat lorsque ses genoux parurent céder sous elle. Je vis un lent filet de sang couler le long de son bras. Sunil, qui la maintenait d'une main, plaqua la paume de son autre main sur le front d'Emily pour l'apaiser. Après qu'on les eut tous deux reposés à terre, Sunil passa un onguent sur la blessure d'Emily qui, ensuite, leva bravement le bras pour montrer à tous le bracelet, ou quoi que ce soit, qui ornait son poignet. La représentation donnée par la troupe Jankla avait eu lieu en fin d'après-midi, et quand elle s'acheva la plupart des passagers regagnèrent leur cabine afin de se reposer ou de se préparer pour le dîner.

C'était le soir, deux ou trois heures plus tard. Cassius et moi étions dans le même canot de sauvetage que l'avant-veille lorsque nous avions appris qu'Emily devait rencontrer quelqu'un ici. Assis dans le noir, nous surprîmes une conversation hésitante entre elle et un homme qui l'avait rejointe. À un moment, celui-ci prononça son nom : Lucius Perera. Le Perera agent secret, le Perera du B.I.C., qui s'entretenait avec ma cousine et qui, pour une raison inconnue, lui révélait son identité !

« Je ne pensais pas que ce serait *vous* », dit-elle.

Je passai en revue toutes les voix que j'avais entendues et surprises pendant la traversée. J'eus la certitude de ne pas connaître celle-là. La discussion parut informelle, jusqu'à ce qu'Emily s'enquît de la condition du prisonnier. Perera répondit en se moquant vivement de ses inquiétudes. Il poursuivit en lui demandant si elle savait au moins quel crime le prisonnier avait commis.

On entendit Emily partir.

Mr Perera resta là, juste en dessous de nous, arpentant le pont sur quelques mètres. C'était un officier supérieur de la police de Colombo, et nous étions pratiquement au-dessus de sa tête, si près qu'on distingua la lueur de la flamme de l'allumette qu'il gratta pour allumer sa cigarette.

LA TABLE DES AUTRES

Puis Emily revint. « Excusez-moi », dit-elle. Rien de plus. Après quoi, ils se remirent à parler.

Au début, la voix d'Emily m'avait semblé lasse, ensommeillée, malgré son désir de s'informer de l'état de Niemeyer. Et lorsque Perera s'était montré brusque, elle l'avait planté là. Elle ne désirait plus continuer la discussion. J'avais souvent été témoin de ce comportement : avec elle, il y avait une barrière à ne pas franchir. Elle était aventureuse, courtoise, mais elle pouvait aussi se fermer et se détourner d'un seul coup de vous. Pourtant, elle était revenue afin de reprendre sa conversation avec Perera. Était-ce par politesse ? Sa gentillesse sonnait faux, toutefois. Je me rappelais la remarque que Sunil avait faite au sujet d'un homme qu'elle était censée rencontrer. « *Il te désirera.* » Et puis, comme pour répondre à mes pensées, Perera dut lui faire des avances ou alors poser la main sur elle, car elle protesta : « Non, *non* ! » Et poussa un petit cri.

« C'est bien le bracelet que vous avez gagné tout à l'heure ? demanda-t-il dans un murmure. Laissez-moi voir votre main… » Sa voix était ferme, comme s'il recherchait une information dont lui seul connaissait la nature. « Montrez-moi votre main. »

Nous avions le sentiment d'écouter la radio dans le noir. « C'est… » l'entendîmes-nous dire. Il y eut un bruit de lutte. Il se passait quelque chose. Aucun des deux ne parlait plus. Je perçus un cri étouffé contre la coque de notre chaloupe, puis le choc sourd de quelqu'un qui tombe. Une voix de femme chuchota.

Cassius et moi ne bougions pas. J'ignore combien de temps nous restâmes ainsi. Un long moment, en tout cas. Jusqu'à ce que les murmures cessent et que le silence règne. On descendit alors du canot de sauvetage. Un corps était étendu sur le pont. Les mains de l'homme étaient nouées autour de son cou, comme pour comprimer une plaie qui saigne. Ce devait être Mr Perera. Nous nous approchâmes, mais soudain le corps frissonna. On se figea sur place, puis on s'enfuit dans les ténèbres.

Je retournai dans ma cabine où je m'assis sur la couchette du haut, le regard rivé sur la porte, sans savoir quoi faire. Cassius et moi n'avions pas échangé une parole, pas le moindre mot. La seule personne que j'aurais pu aller trouver, c'était Emily, mais il n'en était pas question. Elle devait avoir pris un couteau. Peut-être avait-elle laissé quelques instants Perera pour partir en chercher un. L'esprit vide, je fixai encore la porte. Elle s'ouvrit. Hastie entra, suivi d'Invernio, de Tolroy et de Babstock, et je m'allongeai sur ma couchette où, feignant de dormir, je les écoutai parler doucement, puis entamer les enchères.

Cassius et moi étions installés par terre dans la cabine de Ramadhin. Il était tôt, et nous savions l'un et l'autre qu'il nous fallait le mettre au courant de ce dont nous avions été témoins, car il était toujours le plus calme, le plus lucide sur la conduite à tenir. Nous lui racontâmes ce que nous avions entendu, le départ et le retour d'Emily, puis la scène avec Mr Perera, le corps que nous avions vu, les mains qui agrippaient le cou entaillé. Notre ami resta assis sans rien dire, sans donner aucun avis. Lui aussi était confondu. Nous gardâmes le silence, comme après l'affaire du chien et d'Hector de Silva.

Ramadhin finit par déclarer : «Naturellement, il faut que vous lui parliez.»

Mais j'étais déjà passé voir Emily. Elle avait à peine été capable d'arriver à la porte pour m'ouvrir et, une seconde plus tard, elle s'affalait devant moi dans un fauteuil et se rendormait. Je me penchai pour la secouer. Elle avait été assaillie toute la nuit par des rêves étranges, dit-elle ; peut-être avait-elle été intoxiquée par un aliment qu'elle aurait mangé au dîner.

«Nous avons mangé la même chose, répondis-je. Et je n'ai rien eu.

– Tu veux bien m'apporter quelque chose ? Un peu d'eau...»

J'allai lui en chercher, et elle se contenta de tenir le verre sur ses genoux.

«Tu étais à côté des canots de sauvetage, tu te rappelles ?

– Quand ça ? Laisse-moi dormir, Michael.»

Je la secouai de nouveau.

« Souviens-toi, tu étais bien sur le pont hier soir ?

– Oui, il me semble.

– Pour y rencontrer quelqu'un. »

Elle bougea dans son fauteuil.

« Je crois que tu as fait quelque chose. Tu ne te rappelles pas ? Tu te souviens de Mr Perera ? »

Elle se redressa avec difficulté et me regarda.

« On sait qui c'est ? ».

Cassius et moi, nous sommes retournés à l'endroit où nous avions vu le corps de Mr Perera. Nous nous sommes agenouillés à la recherche de traces de sang, mais le pont ne présentait pas la moindre tache.

Je regagnai ma cabine que je ne quittai pratiquement pas de la journée. Nous avions tous trois décidé de rester dans notre coin. Mr Hastie avait rangé des fruits dans un placard pour les servir pendant les parties de cartes, et je les mangeai afin d'éviter d'aller déjeuner à la table des autres.

Je me demandais si ce que j'avais vu était ce que je croyais avoir vu. Je n'avais personne à qui en parler. M'adresser à Mr Daniels ou à Miss Lasqueti, ce serait trahir ce que, à ma connaissance, Emily avait fait. Mon oncle était juge, pensai-je. Il serait peut-être en mesure de sauver Emily. Sinon, nous pouvions le faire en gardant le silence. Au cours de l'après-midi, je montai quand même seul sur le pont C, puis je redescendis consulter la carte que j'avais tracée pour regarder si nous étions encore loin de notre destination. À un moment, je dus m'endormir.

La cloche annonçant le dîner retentit, et peu après j'entendis Ramadhin frapper à la porte de ma cabine selon le code convenu. Je lui ouvris. Il me fit signe de venir, et je les suivis, Cassius et lui. Un buffet en plein air était dressé sur des tables à tréteaux, et on emporta de quoi manger. Cassius avait pris un verre rempli à ras bord. «Je crois que c'est du cognac», dit-il. Sur le pont promenade, on trouva un endroit tranquille où on s'installa tous les trois, essuyant quelques averses, pour boire le contenu du verre de Cassius comme si nous avalions du poison.

L'horizon était brumeux, bouché, et nous ne voyions rien. La pluie cessa. Il y aurait donc une chance que la promenade nocturne du prisonnier ait lieu. Son apparition serait pour nous synonyme d'un semblant de retour à l'ordre. On resta sur le pont désert jusqu'à la tombée de la nuit.

Le veilleur effectua sa ronde, s'arrêta au bastingage, regarda les vagues se briser contre la coque du bateau, puis repartit. Peu après, on amena le prisonnier.

Sur cette section du pont, il n'y avait que deux ou trois lampes, si bien que nous étions invisibles. L'homme était accompagné des deux gardes. Il avait toujours les mains menottées, et la chaîne qui entravait ses chevilles raclait bruyamment le sol tandis qu'il marchait. Il s'arrêta pendant qu'on attachait à son collier la lourde chaîne rivée au pont. Cela se passait dans la pénombre, où ils agissaient au toucher, avec des gestes nés de l'habitude. Nous l'entendîmes dire, très calmement : « Défais-la », et il nous fallut écarquiller les yeux pour constater qu'il étranglait à moitié l'un des gardes dont la tête formait un angle étrange. Le prisonnier s'accroupit, entraînant le garde avec lui, puis il roula sur le flanc pour permettre à l'homme d'ouvrir le cadenas de la chaîne reliée au collier de métal qui lui enserrait le cou. Dès qu'il fut défait, il secoua la tête pour s'en débarrasser.

« Lance-moi les clés pour les pieds », ordonna-t-il à l'autre garde. Il devait savoir que chacun en possédait un jeu. Il s'était de nouveau exprimé d'une voix calme qui conférait un certain pouvoir à cet homme réduit à l'impuissance.

« *La clé ou je lui brise la nuque.* »

Le deuxième garde ne bougea pas et Niemeyer accentua sa pression. Le premier était immobile, peut-être évanoui. On entendit un gémissement. Il ne provenait pas du garde mais de la jeune sourde, la fille du prisonnier, qui déboucha de l'ombre. Les nuages filaient devant la lune et un peu de clarté se répandait sur le pont. L'horizon s'était éclairci. Si Niemeyer avait compté s'échapper à la faveur de l'obscurité, ses espoirs devaient être déçus.

La fille s'avança, se pencha au-dessus du garde inconscient, regarda son père, puis secoua la tête. Après quoi, elle s'adressa à l'autre garde de sa voix laborieuse, si peu utilisée : « Donnez-lui la clé. Pour ses pieds. S'il vous plaît. Il va le tuer. » L'homme s'accroupit à côté de Niemeyer, et pendant qu'il se débattait avec la serrure, la fille et le prisonnier ne bougèrent pas. Ensuite, ce dernier se leva, regarda autour de lui, puis au loin par-dessus le bastingage. Jusqu'à cet instant, il avait eu uniquement conscience de l'espace limité par ses entraves et, maintenant, il entrevoyait une possibilité d'évasion. Ses jambes étaient libres. Seuls ses poignets demeuraient enchaînés, le cadenas placé sous ses yeux. Le veilleur arriva alors, vit ce qui se passait et siffla. Aussitôt, tout se déclencha, le pont se peupla de marins, d'autres gardes et de passagers. Niemeyer s'empara de sa fille et courut à la recherche d'une issue. Il s'arrêta au bastingage de la poupe. On pensa qu'il allait sauter, mais il se retourna pour jeter un coup d'œil derrière lui. Personne ne s'approcha. Nous sortîmes de notre coin en rampant. Inutile de nous cacher, inutile d'être empêchés d'assister à la scène.

Une fraction de seconde, tout le monde sembla cloué sur place, tandis qu'au loin brillaient les lumières de Naples, ou peut-être de Marseille. Niemeyer s'avança avec Asuntha, la foule s'écarta pour lui ménager un étroit couloir, et les gens ne criaient pas mais lançaient, comme une plainte : « La fille ! Relâchez la fille ! Laissez-la partir ! » Personne n'osa lui barrer le passage pour que la foule se referme sur lui, sur cet homme pieds nus et menotté en compagnie de sa fille. Et pendant tout ce temps, celle-ci non plus ne cria pas. Son visage était le seul qui ne montrait aucune émotion au milieu de la colère qui montait, on ne voyait que ses deux grands yeux qui surveillaient tout, cependant que Niemeyer s'engageait par petits bonds dans ce tunnel qu'on lui avait ouvert. « Relâchez la fille ! »

Un coup de feu éclata alors, et les lumières s'allumèrent partout, sur le pont, dans la passerelle au-dessus de nous, derrière les vitres de la salle à manger, et cet afflux de clarté inattendu inonda le pont et se déversa dans la mer. On distingua alors le visage livide de la fille. Quelqu'un hurla, détachant bien chaque mot : « Ne lui donnez pas la dernière clé. » Et j'entendis près de moi Ramadhin dire très doucement: «Donnez-lui la clé.» Car il était évident que sans cette clé, quelle qu'elle soit, le prisonnier représentait un danger pour la fille et pour tous. Si les traits d'Asuntha n'exprimaient rien, ceux du prisonnier, en revanche, affichaient un air de sauvagerie que nous ne lui avions pas connu pendant les nuits où nous l'avions observé au cours de sa promenade nocturne. À chacun de ses pas, l'étroit couloir s'élargissait pour lui permettre de passer. Enfermé dans son espace clos de liberté, il n'avait nulle part où aller. Il s'arrêta, prit le visage de la fille entre ses grandes mains. Puis il se remit à courir, l'entraînant dans ce tunnel d'hommes. Il bondit soudain sur le bastingage, souleva la fille dans ses bras et parut sur le point de sauter dans les eaux noires.

Un projecteur se braqua lentement sur les deux silhouettes.

Le vent avait forci sans que nous nous en soyons aperçus. Je me cramponnais à Ramadhin, mais Cassius s'était approché de Niemeyer et d'Asuntha, la fille pour qui il s'était toujours inquiété et qu'il avait désiré protéger. À quelques pas devant moi, je vis Emily. La voix qui avait averti tout le monde à propos de la clé était celle de Mr Giggs, qui se tenait loin au-dessus de nous sur la passerelle violemment éclairée. Le pistolet avec lequel il avait tiré en l'air était pointé sur le prisonnier et la fille dans ses bras. Le commandant était à côté de lui et tous deux criaient des ordres à l'équipage, tandis que le navire tremblait et ralentissait. On entendait le clapotis contre la coque. Plus rien ne bougeait. À tribord brillaient les lumières distantes d'un rivage.

Tout ce temps-là, alors que la fille était toujours dans les bras de son père, mon regard ne quitta pas Mr Giggs. Il était évident que la suite des événements dépendrait de lui.

«Descendez!» hurla-t-il. Mais Niemeyer refusa d'obtempérer. Il resta où il était. Il regarda la mer en dessous de lui. La fille, elle, ne regardait rien. Giggs visait toujours le prisonnier. Un nouveau coup de feu retentit. Et, comme pour répondre à un signal, le paquebot, avec une secousse, repartit.

Je me tournais vers Niemeyer, quand mes yeux se posèrent sur Emily. Elle fixait intensément un endroit situé de l'autre côté du pont. Je suivis la direction de son regard et, à cet instant, je surpris Miss Lasqueti jetant un objet par-dessus bord. Si je m'étais tourné ne serait-ce qu'une seconde plus tard, si j'avais marqué la moindre hésitation, je n'aurais rien vu.

Niemeyer était parfaitement immobile, comme dans l'attente de la douleur. La chaîne d'une cinquantaine de centimètres qui entravait ses poignets pendait devant lui. La balle l'aurait-elle manqué? Il leva les yeux vers Giggs qui semblait se tenir le bras. L'arme se serait-elle enrayée? Le pistolet, tombé sur le pont en dessous de la passerelle, avait tiré une balle dans l'obscurité. Tout le monde ou presque regardait soit Niemeyer et la fille, soit la passerelle. Mes yeux, par contre, demeuraient fixés sur Miss Lasqueti que je vis reprendre aussitôt une expression innocente, celle d'une spectatrice parmi les autres, si bien que ce que j'avais vu me faisait l'effet d'une hallucination. Le mouvement d'un bras qui lançait quelque chose dans la mer aurait pu ne rien signifier. Sauf qu'Emily aussi l'avait surpris. Il aurait pu s'agir de l'un de ses livres à moitié lus, ou bien encore de son pistolet.

Giggs tenait son bras blessé. Et Niemeyer était debout en équilibre sur le bastingage de la poupe. Alors le prisonnier, étreignant toujours la fille de ses mains menottées, sauta dans la mer.

Emily avait dû observer toute la scène en sachant très bien ce qui se passait. Après, pourtant, elle n'en parla pas. Pendant toute l'agitation qui suivit ce saut dans la mort et la tentative d'évasion, Emily ne dit pas un mot. Les semaines précédentes, je l'avais souvent vue penchée vers Asuntha pour lui parler ou l'écouter, de même que je l'avais vue de temps en temps en compagnie de Sunil. Mais quel qu'ait été le rôle de ma cousine dans cette affaire, il demeurerait tu durant la majeure partie de notre vie. Avais-je été témoin de quelque chose d'autre survenu sous la surface de ce qui était arrivé ce soir-là? N'était-ce que le produit de l'imagination enfiévrée d'un petit garçon? Je me retournai, cherchant Cassius du regard, puis je m'avançai vers lui, mais les événements paraissaient avoir réduit mon ami au silence, et il me traita comme si j'étais un étranger.

La traversée deviendrait une histoire innocente dans le cadre étroit de ma jeunesse, ai-je dit un jour à quelqu'un. Avec trois ou quatre enfants au centre, effectuant un voyage dont la carte toute tracée et la destination connue suggéreraient qu'il n'y avait rien à craindre ou à éclaircir. Pendant des années, je m'en suis à peine souvenu.

Le chantier de démantèlement

J'ai embarqué à bord du *Queen of Capilano* à Horseshoe Bay aux environs de deux heures moins le quart et, dès que le traversier a quitté Vancouver, je suis monté sur le pont promenade. Je portais un parka et je me suis laissé fouetter par le vent tandis que le bateau grondait et roulait au milieu d'un paysage d'estuaires et de montagnes. C'était un petit traversier bourré de panneaux d'avertissement indiquant ce qu'on pouvait et ne pouvait pas faire. Il y en avait même un qui interdisait la présence de clowns à bord, apparemment à la suite d'une échauffourée intervenue quelques mois auparavant. Le bateau est entré dans le chenal et je suis resté sur le pont balayé par les rafales, le regard tourné vers Bowen Island. La traversée ne durait pas longtemps. Vingt minutes plus tard, nous accostions, puis les passagers à pied ont commencé à débarquer. Je me demandais à quoi Emily allait ressembler. De temps en temps, j'avais entendu parler de ses frasques, car pendant ses deux dernières années d'études à Londres, elle avait fréquenté toute une bande de fêtards. Nous évoluions dans deux mondes différents, éloignés l'un de l'autre. La dernière fois que nous nous étions vus, c'était à son mariage avec le dénommé Desmond quand je m'étais soûlé à la réception d'où j'étais parti de bonne heure.

En descendant la rampe métallique, je n'ai vu personne. Emily n'était pas venue à ma rencontre. J'ai attendu que les voitures sortent et, cinq minutes plus tard, je me suis engagé sur la route.

Il y avait une femme seule dans le petit parc juste en face. Elle s'est détachée de l'arbre auquel elle était adossée. J'ai reconnu la démarche, les gestes, alors qu'elle s'avançait prudemment vers moi. Emily a souri.

« Viens, la voiture est là. Bienvenue dans ma petite thébaïde. J'adore ce mot. Il m'évoque l'Égypte. » Elle s'efforçait de dissimuler sa gêne. Mais, naturellement, nous en éprouvions tous les deux et nous n'avons pas échangé une parole en nous dirigeant vers sa voiture. Je me doutais qu'elle m'avait observé pendant que, sur le quai, je regardais autour de moi, car elle voulait s'assurer que j'étais bien celui qu'elle attendait.

Elle a démarré tout de suite, roulé vite et, hors de la ville, elle s'est garée sur le bas-côté, a coupé le contact. Elle s'est penchée pour m'embrasser.

« Merci d'être venu.

– Une heure du matin ! Tu appelles toujours les gens à cette heure-là ?

– Toujours. Non. J'ai essayé toute la journée de te joindre. J'ai téléphoné à une dizaine d'hôtels avant de trouver celui où tu étais. Après, tu devais être sorti. Je craignais que tu partes avant qu'on puisse se voir. Tu vas bien ?

– Oui. Juste affamé. Et surpris par tout ça.

– On mangera à la maison. Je nous ai préparé de quoi déjeuner. »

Elle est repartie et, un peu plus loin, elle a tourné dans une petite route qui conduisait vers la mer. On a descendu une colline, puis elle a emprunté un chemin étroit appelé Wanless Road. À dire vrai, il ne méritait pas d'avoir un nom. Quatre ou cinq cottages surplombaient la mer, et elle a niché sa voiture à côté de l'un d'eux. Le lieu évoquait la solitude, même si le plus proche voisin se trouvait à vingt pas. À l'intérieur, la maison paraissait encore plus petite, mais la terrasse donnait sur l'eau et l'infini.

Emily a confectionné des sandwiches, ouvert deux bières, puis m'a désigné l'unique fauteuil. Elle s'est affalée sur le canapé. Nous avons aussitôt commencé à parler, de nos vies, de ses années passées en Amérique centrale, puis en Amérique du Sud avec son mari. Du fait de la carrière de celui-ci, un spécialiste en électronique, leurs amis changeaient tous les deux ou trois ans. Ensuite, elle l'avait quitté. Son mariage avait été raisonnable, a-t-elle dit, et elle s'en était dégagée, ayant compris que c'était une «construction trop froide» pour y habiter jusqu'à la fin de ses jours. La rupture datait de quelques années et elle pouvait donc l'évoquer avec une autorité facile, en esquissant de ses mains les situations qu'ils avaient traversées, les paysages au milieu desquels ils avaient vécu. C'était comme si mes liens lointains avec elle permettaient à Emily de se confier à moi. Ainsi, elle m'a dessiné sa vie. Après quoi, elle s'est tue et nous sommes restés là, à nous regarder.

Je me rappelais un détail au sujet d'Emily, remontant au jour de son mariage. La noce, comme elles semblaient toutes l'être à l'époque, constituait une apothéose, la révélation d'un objectif partagé. Desmond était beau, et Emily un bon parti. Il y avait en ce temps-là peu d'autres éléments à prendre en considération pour faire un mariage heureux. Quoi qu'il en soit, à un moment, avant que je ne quitte la réception, je surpris Emily qui, adossée au chambranle d'une porte, regardait Desmond. Il y avait de la distance dans son regard, comme si elle faisait maintenant une chose qui devait être faite. Puis elle retrouva vite l'esprit de la fête. Qui se souviendrait de ces quelques secondes-là? Mais c'est toujours ce que je pense quand je me remémore son mariage – qu'il s'agissait d'une manière d'échapper au désordre peut-être, de même qu'auparavant elle avait échappé à un père au tempérament orageux, imprévisible, quand on l'avait envoyée poursuivre ses études dans un autre pays. Elle avait donc eu cette expression, comme si elle pesait la valeur de quelque chose qu'elle aurait acheté ou qu'on viendrait de lui donner.

J'ai continué à observer Emily, elle qui, dans ma jeunesse, avait été un temps une sorte de tyran de beauté. Encore que je l'aie aussi connue calme et prudente, même si elle dégageait parfois l'impression d'être une aventurière. Les histoires de sa vie de femme mariée, pourtant, sur les lieux de leurs diverses affectations, et ses affaires de cœur me paraissaient correspondre à une version familière de ma cousine, telle que je l'avais connue à bord de l'*Oronsay*.

Serait-elle devenue l'adulte qu'elle était en raison de ce qui s'était passé au cours de ce voyage? Je l'ignorais. Je ne saurais jamais combien il l'avait changée. Je me suis contenté d'y réfléchir à part moi, là, dans ce cottage dépouillé sur l'une des îles Gulf où elle semblait habiter seule, où elle avait l'air de se cacher.

«Tu te rappelles la traversée sur l'*Oronsay*, le paquebot qu'on a pris?» ai-je fini par demander.

Nous n'en avions jamais reparlé. J'en étais arrivé à croire qu'elle avait enfoui dans sa mémoire ou qu'elle niait sincèrement ce qui s'était produit ce soir-là près du canot de sauvetage. Pour autant que je puisse en juger, cela n'avait été pour Emily qu'un voyage de trois semaines menant à une vie animée en Angleterre, et il comptait si peu pour elle, apparemment, qu'on en éprouvait un sentiment étrange.

«Oh, oui!» s'est-elle exclamée comme si on lui soufflait un nom qu'elle n'aurait jamais dû oublier. Puis elle a ajouté: «Si je m'en souviens bien, tu étais un vrai *yakka*, un vrai démon.

– J'étais jeune, c'est tout.»

Elle m'a dévisagé pensivement. Je voyais qu'elle commençait à porter ses souvenirs dans cette direction, à entrapercevoir quelques épisodes.

«Je me rappelle que tu as causé un tas d'ennuis. Flavia en avait par-dessus la tête. Mon Dieu, Flavia Prins. Je me demande si elle vit encore...

– Je crois qu'elle habite en Allemagne, ai-je dit.

– Ahhhh...» Elle a laissé sa voix traîner. Elle fouillait loin en elle.

Nous sommes restés dans son séjour lambrissé de pin jusqu'à la tombée de la nuit. De temps à autre, elle se tournait pour regarder les traversiers qui circulaient entre Snug Cove et Horseshoe Bay. Au milieu du chenal, ils poussaient un long gémissement. Ils étaient maintenant les seuls objets éclairés qui bougeaient dans les ténèbres bleu-gris. Quand elle se levait à six heures, a dit Emily, elle voyait le premier traversier glisser le long de l'horizon. J'ai compris que c'était devenu son univers, le panorama de chacune de ses journées, de ses soirées et de ses nuits.

«Viens, allons nous promener», a-t-elle dit.

Nous avons grimpé la pente raide du chemin que nous avions descendu en voiture quelques heures plus tôt, un chemin envahi de feuilles que le vent faisait voler.

«Comment as-tu atterri ici? Tu ne m'as pas raconté. Quand es-tu arrivée au Canada?

– Il y a environ trois ans. Après notre séparation, je suis venue ici et j'ai acheté cette maison.

– Tu n'as jamais pensé à prendre contact avec moi?

– Oh, Michael, ton monde… le mien.

– Eh bien, on s'est revus.

– Oui.

– Ainsi, tu vis seule.

– Tu as toujours été curieux. Oui, et je vois quelqu'un. Comment te dire… il a eu une vie difficile.»

Je me rappelais qu'elle avait toujours fréquenté des gens à problèmes, à risques. Elle avait eu un long parcours de ce côté-là. J'ai repensé à l'époque où elle était arrivée en Angleterre pour entrer comme pensionnaire au collège de filles de Cheltenham. Je la voyais aux vacances, toujours membre de la communauté sri-lankaise de Londres, un petit copain qui tournait autour d'elle. Un air d'anarchie planait sur ses nouveaux amis. Un week-end, lors de sa dernière année, elle fit le mur, grimpa à l'arrière d'une moto et fonça à travers le paysage du Gloucestershire. Dans l'accident, elle se cassa le bras, à la suite de quoi on la renvoya de la pension. Et elle ne fut plus vraiment acceptée au sein de la communauté asiatique toujours très soudée. Elle finit par s'en échapper en épousant Desmond. Le mariage se conclut rapidement, car un poste à l'étranger attendait son mari, et ils partirent presque aussitôt. Après leur séparation, Emily décida pour quelque triste raison de s'exiler sur cette île tranquille de la côte ouest du Canada.

Sa vie ici ne semblait pas tout à fait réelle comparée à ce qu'elle et moi devions imaginer quand nous étions jeunes. Je nous revoyais encore Emily et moi à bicyclette, giflés par la pluie de la mousson, ou quand, assise jambes croisées sur un lit, elle me parlait de son école en Inde, et je revoyais aussi ses minces bras bruns qui ondulaient vers moi au cours de l'une de nos danses. J'ai repensé à ces moments en marchant près d'elle.

« Pour combien de temps tu es là, dans l'Ouest ?

– Je repars demain, ai-je répondu.

– Où ? Pour où ? »

J'étais embarrassé.

« Honolulu, en fait.

– *Ho-no-lu-lu !* » Elle l'a dit avec mélancolie.

« Je suis navré.

– Non, non, tu n'as pas à l'être. Merci d'être venu, Michael. »

J'ai dit : « Tu m'as aidé une fois. Tu te rappelles ? »

Ma cousine n'a pas répondu. Soit elle se souvenait de ce matin-là dans sa cabine, soit elle ne s'en souvenait pas. Dans l'un ou l'autre cas, elle a gardé le silence et je n'ai pas insisté.

« Je peux faire quelque chose pour toi ? » ai-je demandé, et elle m'a considéré avec un sourire qui sous-entendait que ce n'était pas la vie qu'elle avait attendue ou choisie.

« Rien, Michael. Tu ne m'aideras pas à comprendre tout ça. Et je ne crois pas que tu puisses m'aimer et m'apporter la sécurité. »

Nous nous sommes baissés pour passer sous les branches du cèdre, puis nous avons redescendu les marches de bois avant d'entrer dans le cottage par la porte verte. Nous étions tous deux fatigués, mais nous tenions à rester éveillés. Nous sommes sortis sur la terrasse.

« Sans les traversiers, je serais perdue. Le temps n'existerait plus… »
Elle est demeurée un moment silencieuse.

« Il est mort, tu sais.

– Qui ?

– Mon père.

– Je suis désolé.

– J'avais besoin de le dire à quelqu'un qui l'a connu… qui savait ce qu'il était. J'aurais dû rentrer pour ses funérailles. Mais je ne suis même plus à ma place là-bas. Je suis comme toi.

– Nous ne sommes nulle part à notre place, je suppose.

– Tu te souviens de lui ? Un peu ?

– Oui. Tout ce que tu faisais était mal. Je me souviens de son caractère. Mais il t'aimait.

– Toute mon enfance, j'ai eu peur. La dernière fois que je l'ai vu, c'est quand je suis partie alors que j'étais encore adolescente.

– Je me rappelle que tu me racontais tes cauchemars. »

Elle s'est lentement tournée, comme si elle désirait y repenser seule. Elle se tournait, mais je ne voulais pas qu'elle abandonne le passé. J'ai donc tenté de reparler des jours vécus à bord du paquebot, de ce qui était arrivé vers la fin du voyage.

« Sur l'*Oronsay*, tu crois que, d'une certaine façon, tu t'identifiais à cette fille dont tu étais proche ? La fille du prisonnier ? Elle aussi était mêlée à la vie de son père.

– C'est possible. Mais je pense que je cherchais juste à l'aider, tu comprends.

– Le soir où tu étais près du canot de sauvetage en compagnie du policier en civil – Perera –, j'ai tout entendu. J'ai entendu ce qui s'est passé.

– C'est vrai ? Pourquoi tu ne me l'as pas dit ?

– Je te l'ai dit. Je suis venu te voir le lendemain matin. Tu ne te souvenais de rien. Tu avais l'air droguée, à moitié endormie.

– Je devais essayer d'obtenir quelque chose de lui… pour eux. Mais j'étais tellement désorientée.

– L'homme a été tué cette nuit-là. Tu avais le couteau ?»

Elle n'a pas répondu.

«Il n'y avait personne d'autre.»

Nous étions tout près l'un de l'autre, emmitouflés dans nos manteaux. Dans le noir, j'entendais les vagues sur le rivage.

«Si, il y avait quelqu'un, a-t-elle dit enfin. Il y avait la fille, Asuntha, et Sunil non loin. Ils me protégeaient…

– C'est donc eux qui avaient le couteau ? Ils te l'ont donné ?

– Je ne sais pas. C'est tout le problème. Je ne sais pas vraiment ce qui est arrivé. C'est abominable, tu ne trouves pas ?» Elle a relevé le menton.

J'ai attendu qu'elle continue.

«J'ai froid. Rentrons.»

Une fois à l'intérieur, elle m'a paru inquiète.

«Qu'est-ce qu'ils voulaient que tu prennes à l'homme qui a été tué ? À Perera ?»

Elle s'est levée du canapé pour aller ouvrir le réfrigérateur. Elle s'est tenue un moment devant, puis elle est revenue sans rien. Il était clair qu'elle vivait sur les nerfs.

«Il semblait n'y avoir sur le bateau que deux clés permettant d'ouvrir le cadenas de la chaîne du prisonnier. Le militaire anglais, Giggs, en avait une, et Mr Perera l'autre. Sunil soupçonnait que l'homme qui s'était avéré être Perera s'intéressait à moi, si bien qu'il m'a demandé d'arranger un rendez-vous à côté de la chaloupe. Bien sûr, Sunil savait déjà que je ferais n'importe quoi pour lui. J'étais en son pouvoir. Je jouais le rôle d'appât, je suppose.

– Et c'était qui ? Je croyais que tout le monde ignorait l'identité du policier en civil qui circulait à bord du bateau.

– C'était quelqu'un qui ne parlait jamais à personne. C'était ton tailleur à la table des autres, Gunesekera.

– Mais il ne parlait jamais. Il ne pouvait pas parler ! Et j'ai entendu la voix de l'homme qui était avec toi près du canot.

– Sunil a découvert que c'était lui le policier. Il l'a surpris en train de parler à l'officier anglais. Alors, tu vois, il pouvait parler.»

Je pensais être en mesure de vous sauver, avait écrit Miss Lasqueti dans la lettre qu'elle m'avait adressée. *Mais j'avais vu à plusieurs reprises Emily en compagnie de l'homme de la troupe Jankla, et ses relations avec lui m'apparaissaient comme fâcheuses et dangereuses.*

Au fil des ans, des bribes confuses, des recoins d'histoires perdus prennent un sens plus clair quand on les regarde sous une nouvelle lumière. Je me souvenais de Mr Nevil décrivant la manière de sélectionner sur un chantier les éléments de paquebots démantelés pour leur donner un nouveau rôle, un nouvel usage. Je me suis donc retrouvé non plus avec Emily sur Bowen Island, mais au sein des événements du passé, à m'efforcer de me rappeler l'après-midi où ma cousine avait participé à un numéro de cirque pendant lequel on lui avait glissé un bracelet qui lui avait entaillé les chairs du poignet. Je me remémorais aussi l'homme silencieux qui portait une écharpe rouge autour du cou, l'homme que nous considérions comme un tailleur et que nous n'avions plus revu à la table des autres au cours des derniers jours du voyage.

«Tu sais ce que je me rappelle au sujet de Mr Gunesekera? ai-je dit. Je me rappelle combien il était gentil. Le jour où tu avais un bleu au-dessus de l'œil et où tu es venue à notre table – tu as dit que tu avais reçu un coup de raquette de badminton. Il a avancé la main pour l'effleurer. Il imaginait peut-être que la contusion avait une autre origine, que ce n'était nullement un accident, mais qu'elle avait été causée par quelqu'un, Sunil peut-être, quand il t'avait demandé de faire ce qu'il voulait. Tu te figurais attirer Gunesekera, mais peut-être qu'il se faisait simplement du souci pour toi.

– Ce soir-là près du canot de sauvetage – je m'en souviens à présent –, je crois qu'il a eu un geste, qu'il m'a agrippé la main. Il semblait dangereux. Et Sunil et Asuntha ont surgi… Arrêtons, maintenant. S'il te plaît, Michael, je ne peux pas. D'accord?

– Peut-être qu'il ne s'attaquait pas à toi. Je pense qu'il voulait examiner la blessure à ton poignet. Il avait dû voir Sunil te passer le bracelet après la pyramide, puis frotter l'entaille avec quelque chose. En réalité, c'était lui qui cherchait à te protéger. Et il a été tué.»

Emily n'a rien dit.

« Le lendemain, quand je n'ai pas réussi à te réveiller, je t'ai secouée, et tu as dit que tu avais l'impression d'avoir été empoisonnée. Peut-être qu'on avait cueilli une plante dans le jardin de Mr Daniels pour te droguer ou t'embrouiller les idées. Pour que tu ne conserves aucun souvenir. Il y avait des poisons là-bas, tu sais.

– Dans ce magnifique jardin? »

Emily gardait les yeux fixés sur ses mains. Elle a soudain dressé la tête et m'a dévisagé, comme si tout ce qu'elle avait cru depuis des années, chacun de ses repères, avait été un mensonge.

« Tout ce temps, j'ai été persuadée que c'était moi qui l'avais tué, a-t-elle dit doucement. C'est peut-être vrai.

– Cassius et moi aussi, on en était persuadés. On avait vu le corps. Mais je ne le crois plus. »

Elle s'est penchée en avant sur le canapé et a enfoui son visage dans ses mains. Elle est restée ainsi un moment. Je l'ai regardée, sans rien dire.

« Merci.

– Mais tu les as aidés à s'échapper. Et résultat, Niemeyer et la fille sont morts.

– Peut-être.

– Comment, "peut-être"?

– Juste, peut-être. »

La colère m'a brusquement saisi.

« La fille, Asuntha, elle avait toute une vie devant elle. C'était une enfant!

– Dix-sept ans. Moi aussi, j'avais dix-sept ans. Nous sommes tous devenus adultes avant d'être adultes. Tu le penses, parfois?

– Elle n'a même pas crié.

– Elle ne pouvait pas. Elle avait la clé dans sa bouche. C'était là qu'elle la cachait. Après qu'on l'avait prise à Perera. C'est de ça qu'ils avaient besoin pour s'évader. »

Je me suis réveillé sur le canapé-lit, dans le séjour sans rideaux inondé de lumière. Assise dans le fauteuil, Emily me regardait, comme pour noter ce que j'étais devenu après le passage des ans, réévaluant son jugement sur le garçon désobéissant qui avait vécu près d'elle pendant toute une période de sa jeunesse. La veille, à un moment, elle m'avait dit qu'elle avait lu mes livres et que chaque fois qu'elle les feuilletait, elle cherchait à établir le rapport entre tel événement fictif et le drame originel qui s'était déroulé en sa présence, ou un épisode dans un jardin qui était à l'évidence celui de mon oncle à côté de High Level Road. Nous avions tous deux changé de place. Elle n'était plus l'objet des attentions de soupirants obsédés. Je n'étais plus à la table des autres. Pour moi, Emily demeurait cependant la figure inaccessible.

Un écrivain, je ne me rappelle plus qui, a parlé d'une personne dotée d'une «grâce déroutante». Avec sa chaleur teintée d'incertitude, Emily m'était toujours apparue ainsi. On lui faisait confiance, mais elle n'avait pas confiance en elle. C'était quelqu'un de «bien», mais pas à ses propres yeux. Ces éléments ne s'étaient pas encore équilibrés ou accordés entre eux.

Installée là, les cheveux relevés et maintenus par des épingles, elle encerclait ses genoux de ses bras. Dans la lumière du matin, son visage était beau, plus humain. Qu'est-ce que cela signifie? Que je pouvais désormais déchiffrer tous les aspects de sa beauté, je présume. Elle était à l'aise, son visage reflétait davantage d'elle-même. Et je comprenais comment les aspects plus sombres étaient enveloppés dans cette générosité. Ils ne niaient pas l'existence d'une proximité. Je me rends compte que durant la majeure partie de ma vie, la personne qui n'a jamais quitté mes pensées, c'est Emily, en dépit de nos disparitions et de nos séparations.

«Tu as un traversier à prendre, a-t-elle dit.

– Oui.

– À présent, tu sais où j'habite. Reviens me voir.

– Je reviendrai.»

La clé dans sa bouche

Emily m'a conduit au port et je me suis dirigé à pied vers le traversier avec les autres passagers. Elle m'avait dit au revoir dans la voiture. Elle n'était pas descendue, mais elle n'avait pas démarré et m'avait sans doute regardé m'éloigner à travers le pare-brise dont le reflet me la rendait invisible. J'ai grimpé les deux escaliers jusqu'au pont supérieur d'où j'ai contemplé l'île, les cottages qui parsemaient la colline et, près de l'embarcadère, la voiture rouge dans laquelle Emily se trouvait. Le traversier a tremblé, puis nous sommes partis. Il faisait froid, mais je suis resté sur le pont. Une traversée de vingt minutes qui m'évoquait un écho, un petit poème du passé, tout comme Emily l'avait été la journée d'hier et cette nuit.

J'avais autrefois un ami dont le cœur avait «bougé» à la suite d'un événement traumatisant dont il refusait de parler. C'est seulement quelques années plus tard, au cours d'un examen pour une affection bénigne, que son médecin a découvert ce changement. Quand il m'avait raconté cela, je m'étais demandé combien parmi nous avions un cœur qui s'effarouchait et battait selon un angle différent, à un millimètre ou peut-être moins de son emplacement d'origine, un repositionnement inconnu de nous. Emily. Moi-même. Et peut-être Cassius aussi. Comment nos émotions ont-elles dévié depuis, plutôt que fait face aux autres, entraînant une simple ignorance ou parfois une autosuffisance et une insensibilité dommageables pour nous? Est-ce cela qui nous a toujours laissés dans l'incertitude, à une table des autres, à regarder derrière nous sans cesse, en quête de ceux avec qui nous avons voyagé ou qui nous ont formés, et cela aujourd'hui encore, à notre âge?

Alors, pour la première fois depuis des années, j'ai pensé au cœur rebelle et fibrillaire de Ramadhin dont il avait conscience et qu'il avait tellement ménagé pendant la traversée, tandis que nous courions autour de lui, joyeux et dangereux. Tant d'années s'étaient écoulées depuis ce voyage et ces après-midi chez lui à Mill Hill. Et c'est Ramadhin, lui qui ne faisait pas les quatre cents coups, qui n'avait pas survécu. Que valait-il donc mieux pour chacun de nous à l'égard de notre cœur, l'ignorance ou une prudence comme la sienne?

J'étais toujours sur le pont supérieur du traversier, le regard fixé au-delà de la poupe sur l'île verte. Je me représentais Emily regagnant sa nouvelle maison par les routes sinueuses, si loin de l'endroit où elle était née. Une petite cabane sur une côte tempérée, qu'elle partageait de temps en temps avec un homme. Après toutes ces années, elle était arrivée sur une autre île. Mais une île qui peut vous emprisonner aussi bien que vous protéger. « Et je ne crois pas que tu puisses m'aimer et m'apporter la sécurité », avait-elle dit.

Sous cet angle et dans cette froide perspective, je les ai imaginés tous les deux, Niemeyer et sa fille, dans les eaux noires – cet homme encore redoutable et à nos yeux impitoyable, qui serait éternellement ceci: un Magwitch et sa fille –, se débattant au milieu des vagues qui roulaient avec fracas, soulevées par l'hélice du bateau qui les avait abandonnés là. Ils ne pouvaient pas se voir et il la sentait à peine entre ses bras à cause du froid. Et leur souffle... il ne reste plus guère de temps et ils remontent à la surface, dans le noir, et ils respirent, aspirent tout, prennent une goulée d'air. Il ne faut pas encore qu'il la lâche, sa fille qu'il ne voit pas, qu'il ne sent pas sous ses doigts émoussés. Maintenant ils sont à l'air au moins, à la surface, la peau de la Méditerranée, un soupçon de lune, un soupçon de lumière sur un rivage lointain.

Niemeyer prend le visage de sa fille entre ses mains menottées, comme en cet ultime instant sur le bastingage pour annoncer leur départ. Il pose sa bouche sur la sienne qu'elle ouvre puis, de sa langue, elle pousse vers lui pour la lui remettre la clé qu'elle serrait entre ses dents. Ils ont du mal à se cramponner l'un à l'autre tant leurs corps sont ballottés, et dans cette mer noire, la clé est trop petite pour passer de main en main. Comme les courants sont forts et menacent de les séparer, il va prendre lui-même la clé dans sa bouche et tenter d'ouvrir le cadenas. Aussi, il lâche la fille, lâche la surface, et plonge avec la clé, seul, ayant pour unique objectif d'ouvrir le cadenas de ses doigts déjà raidis par le froid. C'est l'instant qui décide s'il restera ou non à jamais un prisonnier.

On lui avait dit de ne pas l'attendre. Elle a consenti assez de sacrifices. Son père, s'il est capable de se libérer, la trouvera où qu'elle soit. Ils sont entourés de ports historiques. C'est, après tout, la grande mer intérieure, découverte des siècles auparavant et habitée depuis, celle où les bateaux naviguaient aux étoiles ou aux temples sur les promontoires quand il faisait jour. Le Pirée, Carthage, Assos. Toutes ces cités-États côtières de la mer Égée, des portes pour les tribus qui y entraient simplement à pied, venues du désert ou ayant nagé jusqu'au rivage après que leurs navires avaient fait naufrage dans la tempête. Asuntha s'éloigne. Des semaines durant, elle a adopté le profil de celle que l'eau terrifie. Et là, toute sa jeunesse réfrénée la pousse en avant. Elle file vers la première terre qui la cachera jusqu'à ce qu'on la découvre. Si bien que pour le moment elle nage juste vers *quelque part* – vers l'une des anciennes cités qui se sont bâties sur l'existence d'un delta ou d'une marée fiable – pour y entamer une nouvelle vie. Comme nous le faisons peut-être lorsque nous-mêmes accostons.

Niemeyer remonte à la surface pour prendre une nouvelle respiration et, dans les ténèbres, malgré le vent dans la nuit, il entend vers quelle direction elle nage. Il voit l'*Oronsay* éclairé comme une longue broche, au loin, en route pour Gibraltar. Il plonge de nouveau, pas encore libéré de son cadenas dont la clé a du mal à trouver le minuscule et délicat accès dans ces eaux noires et dans l'écho et le gémissement des machines du paquebot qui s'éloigne.

Lettre à Cassius

Pendant la plus grande partie de ma vie, j'ai su que je ne pourrais rien donner à Cassius qui lui serait utile. Et pendant toutes ces années, je n'ai jamais sérieusement pensé à prendre contact avec lui. D'une certaine façon, nos relations s'étaient suffi à elles-mêmes au cours de ce voyage de vingt et un jours. Je n'éprouvais nul besoin (sinon par légère curiosité) de le connaître davantage. Le profil de Cassius était clair, du moins pour moi. Déjà à l'époque, je savais qu'il deviendrait un être indépendant, qui ne posséderait rien. Son seul intérêt tourné vers l'extérieur, en dehors de notre camaraderie, laquelle n'était à l'évidence que temporaire, était celui qu'il avait porté à cette fille. Et quand Asuntha avait disparu dans la mer, j'avais vu mon ami, comme brûlé par une vérité adulte, se replier davantage encore.

Un peintre aux mains brûlées. À quoi a ressemblé sa vie après cela ? Ses dernières années d'adolescence, il n'avait dû compter sur personne et ne croire en rien. C'est facile d'être ainsi quand on est adulte, quand on peut survivre par soi-même. Mais Cassius, je le crains, a perdu le reste de son enfance cette nuit-là à bord du paquebot. Je me souviens de l'avoir vu planté là pour l'éternité, coupé de nous, qui fouillait les remous bleu foncé, fluorescents.

Sans tout ce que j'ai retiré de la gentillesse tranquille de Ramadhin, je sais que je n'envisagerais pas d'aller aujourd'hui trouver Cassius. Il est devenu une force agressive dans le monde de l'art. Il y a de la moquerie facile en lui, mais c'est sans importance. Il avait été un garçon de douze ans et avait pris l'initiative de protéger quelqu'un avec une compassion d'enfant. Malgré son anarchisme presque naturel, il avait voulu aider cette fille. Bizarre. Il voulait aider la fille de Niemeyer comme Ramadhin avait voulu aider Heather Cave. Que s'était-il passé pour que nous trois ayons éprouvé le désir de protéger des êtres qui paraissaient moins en sécurité que nous?

Je me suis dit au début que si je choisissais un titre du genre *Le Voyage du Mynah*, je parviendrais à l'atteindre où qu'il soit. Car il ne me connaissait pas sous mon vrai nom. Puisque j'avais atteint Miss Lasqueti dans sa demeure actuelle grâce à mon surnom, je devrais arriver à l'atteindre lui aussi. Je ne sais pas si Cassius lit ou s'il méprise la lecture. En tout cas, ce récit est pour lui. Pour l'autre ami de mon enfance.

Arrivée

On se glissa en Angleterre dans le noir. Après tout ce temps passé en mer, nous ne vîmes rien de notre entrée dans le pays. Juste un bateau-pilote qui nous attendait à l'embouchure de l'estuaire, une lumière bleue clignotante, pour nous conduire jusque dans la Tamise le long d'un rivage inconnu plongé dans l'obscurité.

L'odeur soudaine de la terre monta jusqu'à nous. Dans l'aube qui pointa enfin, tout ce qui nous entourait nous parut modeste. Nous ne vîmes ni berges vertes, ni villes célèbres, ni grands ponts enjambant le fleuve qui se soulèveraient en deux arches pour nous permettre de passer. Tout ce que nous longions nous semblait être le vestige d'une autre époque industrielle – digues, marais salants, embouchures de canaux dragués. Nous croisâmes des pétroliers et des corps-morts. Nous cherchâmes les ruines héraldiques dont on nous avait parlé en classe d'histoire à Colombo à des milliers de kilomètres de là. Nous vîmes une flèche. Puis on atteignit un endroit plein de noms : Southend, Chapman Sands, Blyth Sands, Lower Hope, Shornmead.

Notre navire lâcha quatre brefs coups de sirène suivis d'une pause, d'un autre coup, puis il entama doucement la manœuvre d'accostage à Tilbury. L'*Oronsay* qui, des semaines durant, avait personnifié l'ordre autour de nous s'immobilisa enfin. En amont de ce bras est de la Tamise, plus loin à l'intérieur des terres, il y avait Greenwich, Richmond et Henley. Mais nous étions maintenant arrêtés, machines stoppées.

Dès le pied de la passerelle, je perdis Cassius et Ramadhin de vue. Quelques secondes s'étaient écoulées et nous étions séparés, perdus les uns pour les autres. Il n'y eut pas de dernier regard, et on ne se rendit même pas compte de ce qui s'était produit. Après l'immensité des mers, nous étions incapables de nous retrouver dans le bâtiment des arrivées en béton brut, au bord de la Tamise. Nerveux, ne sachant où nous allions, nous nous frayâmes un passage au milieu de la foule. Quelques heures plus tôt, j'avais déplié et enfilé mon premier pantalon long. J'avais mis des chaussettes qui bourraient mes chaussures. Descendant la large rampe jusqu'au quai, je marchais donc maladroitement. Je tâchais de deviner qui était ma mère. Je ne me souvenais plus bien à quoi elle ressemblait. J'avais une photo, mais elle était au fond de ma petite valise.

C'est maintenant seulement que j'essaie de me représenter ce matin-là à Tilbury du point de vue de ma mère venue accueillir le fils qu'elle avait laissé à Colombo quatre ou cinq ans auparavant, tâchant d'imaginer à quoi *lui* ressemblait, même si elle avait peut-être reçu un cliché récent en noir et blanc pour l'aider à identifier un garçon de onze ans parmi la horde de passagers qui débarquaient du bateau. Ce devait avoir été un moment d'espoir ou de terreur, plein de possibilités. Comment allait-il se comporter avec elle? Un enfant poli mais réservé, ou bien avide d'affection. C'est à travers ses yeux et ses désirs, je suppose, que je me vois le mieux, tandis qu'elle fouillait comme moi la foule du regard, sans que ni elle ni moi sachions ce que nous cherchions, comme si l'autre était pareil à un numéro tiré au hasard dans un panier, avant de devenir un intime pour la décennie suivante ou même pour le restant de notre vie.

«*Michael?*»

J'entendis «Michael», prononcé d'une voix effrayée à la pensée de se tromper. Je me retournai, mais je ne reconnus personne. Une femme mit la main sur mon épaule et dit: «Michael.» Elle tâta ma chemise en coton et reprit: «Tu dois avoir froid, Michael.» Je me rappelle qu'elle a répété et répété mon nom. Au début, je ne regardais que ses mains, sa robe, et quand je vis son visage, je sus que c'était son visage.

Je posai ma valise et je m'accrochai à ma mère. C'est vrai que j'avais froid. Jusqu'à cet instant, je m'inquiétais uniquement à l'idée d'être perdu à jamais. Mais maintenant, après ce qu'elle avait dit, j'avais froid en effet. Je l'enlaçai, les mains contre son large dos. Elle se recula pour m'observer en souriant, puis elle me serra fort contre elle. Je distinguais une partie du monde à côté d'elle, les silhouettes qui filaient, me remarquant à peine dans les bras de ma mère avec, à mes pieds, la valise empruntée qui contenait tout ce que je possédais.

Puis je vis Emily passer à grandes enjambées dans sa robe blanche. Elle s'arrêta, tourna la tête pour me regarder. Ce fut comme si l'espace d'un moment, tout s'arrêtait et repartait en arrière. Son visage s'éclaira d'un sourire prudent à mon intention. Elle revint sur ses pas et posa ses mains, ses mains chaudes, sur les miennes plaquées contre le dos de ma mère. Une caresse, puis une pression, comme une sorte de signal. Puis elle s'éloigna.

Il me semblait qu'elle avait dit quelque chose.

«Qu'est-ce qu'Emily a dit? demandai-je à ma mère.

— Il est temps d'aller à l'école, je crois.»

De loin, avant de disparaître dans le monde, Emily agita la main.

Remerciements

À Larry Schokman, Susie Schlesinger, Ellyn Toscano, Bob Racie, Laura Ferri, Simon Beaufoy, Anna Leube, Duncan Kenworthy, Beatrice Monti, Rick Simon, Coach House Press, Jet Fuel à Toronto, la Bancroft Library de Berkeley, Californie. Et aussi à John Berger, Linda Spalding, Esta Spalding, Griffin Ondaatje, David Young, Gillian et Alvin Ratnayake, Ernest Macintyre – pour l'emprunt d'un personnage –, Anjalendran, Aparna Halpé et Sanjaya Wijayakoon. À Stewart Blackler et Jeremy Bottle, ainsi qu'à David Thomson quelques années plus tard. Et à Joyce Marshall qui a un jour fumé un fauteuil en rotin.

Merci à Ellen Levine, Steven Barclay, Tulin Valeri, Anna Jardine, Meagan Strimus, Jacqueline Reid et Kelly Hill. Merci à tous ceux de chez Knopf, USA – Katherine Hourigan, Diana Coglianese, Lydia Buechler, Carol Carson et Pei Loi Koay. Un grand merci à Louise Dennys, Sonny Mehta et Robin Robertson. Un merci tout particulier à mon éditrice canadienne, Ellen Seligman.

Pour Stella, la tendre chasseresse – plus d'orages.
Pour Dennis Fonseka, *in memoriam*.

Le bateau déboucha de la brume et ils embarquèrent.
Toutes les choses nouvelles dans la vie étaient censées arriver ainsi…

CRÉDITS ET REMERCIEMENTS

Les Éditions du Boréal reconnaissent l'aide financière du gouvernement du Canada par l'entremise du Fonds du livre du Canada (FLC) pour leurs activités d'édition et remercient le Conseil des Arts du Canada pour son soutien financier.

Les Éditions du Boréal sont inscrites au Programme d'aide aux entreprises du livre et de l'édition spécialisée de la SODEC et bénéficient du Programme de crédit d'impôt pour l'édition de livres du gouvernement du Québec.

Illustration de la couverture : photographie du *RMS Strathnaver* (gracieuseté de Tony et Gwenllian Jones). Photomontage : Christine Lajeunesse.

EXTRAIT DU CATALOGUE

Ying Chen
Immobile
Le Champ dans la mer
Espèces
Le Mangeur
Querelle d'un squelette avec son double
Un enfant à ma porte

Ook Chung
Contes butô
L'Expérience interdite

Gil Courtemanche
Je ne veux pas mourir seul
Le Monde, le lézard et moi
Un dimanche à la piscine à Kigali
Une belle mort

Michael Crummey
Du ventre de la baleine

France Daigle
Petites difficultés d'existence
Pour sûr
Un fin passage

Francine D'Amour
Écrire comme un chat
Pour de vrai, pour de faux
Presque rien
Le Retour d'Afrique

Michael Delisle
Tiroir N° 24

Louise Desjardins
Cœurs braisés
Le Fils du Che
So long

Germaine Dionne
Le Fils de Jimi
Tequila bang bàng

Fred Dompierre
Presque 39 ans, bientôt 100

David Dorais et Marie-Ève Mathieu
Plus loin

Christiane Duchesne
L'Homme des silences
L'Île au piano

Irina Egli
Terre salée

Marina Endicott
Charité bien ordonnée

Jacques Folch-Ribas
Les Pélicans de Géorgie
Paco

Jonathan Franzen
Freedom

Katia Gagnon
La Réparation

Simon Girard
Dawson Kid

Anne-Rose Gorroz
L'Homme ligoté

Agnès Gruda
Onze Petites Trahisons

Louis Hamelin
Betsi Larousse
La Constellation du Lynx
Le Joueur de flûte
Sauvages
Le Soleil des gouffres
Le Voyage en pot

Bruno Hébert
Alice court avec René
C'est pas moi, je le jure!

Suzanne Jacob
Amour, que veux-tu faire?
Les Aventures de Pomme Douly
Fugueuses
Histoires de s'entendre
Parlez-moi d'amour
Un dé en bois de chêne
Wells

Nikos Kachtitsis
Le Héros de Gand

Emmanuel Kattan
Nous seuls

Nicole Krauss
La Grande Maison

Marie Laberge
Adélaïde
Annabelle
La Cérémonie des anges
Florent
Gabrielle
Juillet
Le Poids des ombres
Quelques Adieux
Revenir de loin
Sans rien ni personne

Marie-Sissi Labrèche
Amour et autres violences
Borderline
La Brèche
La Lune dans un HLM

Dany Laferrière
Chronique de la dérive douce
L'Énigme du retour
Je suis un écrivain japonais
Pays sans chapeau
Vers le sud

Robert Lalonde
Des nouvelles d'amis très chers
Espèces en voie de disparition
Le Fou du père
Iotékha'
Le Monde sur le flanc de la truite
Monsieur Bovary ou mourir au théâtre
Où vont les sizerins flammés en été?
Que vais-je devenir jusqu'à ce que je meure?
Le Seul Instant
Un cœur rouge dans la glace
Un jardin entouré de murailles
Le Vacarmeur

Nicolas Langelier
Réussir son hypermodernité
et sauver le reste de sa vie en 25 étapes faciles

Monique LaRue
Copies conformes
De fil en aiguille
La Démarche du crabe
La Gloire de Cassiodore
L'Œil de Marquise

Rachel Leclerc
Noces de sable
La Patience des fantômes
Ruelle Océan
Visions volées

André Major
L'Esprit vagabond
Histoires de déserteurs
La Vie provisoire

Gilles Marcotte
Une mission difficile
La Vie réelle
La Mort de Maurice Duplessis et autres nouvelles
Le Manuscrit Phaneuf

Yann Martel
Paul en Finlande

Colin McAdam
Fall

Maya Merrick
Sextant

Stéfani Meunier
Au bout du chemin
Ce n'est pas une façon de dire adieu
Et je te demanderai la mer
L'Étrangère

Hélène Monette
Le Blanc des yeux
Il y a quelqu'un?
Là où était ici
Plaisirs et Paysages kitsch
Thérèse pour Joie et Orchestre
Un jardin dans la nuit
Unless

Caroline Montpetit
L'Enfant
Tomber du ciel

Lisa Moore
Février
Open

Alice Munro
Du côté de Castle Rock
Fugitives

Émile Ollivier
La Brûlerie

Véronique Papineau
Les Bonnes Personnes
Petites histoires avec un chat dedans (sauf une)

Daniel Poliquin
L'Écureuil noir
L'Homme de paille
La Kermesse

Monique Proulx
Les Aurores montréales
Champagne
Le cœur est un muscle involontaire
Homme invisible à la fenêtre

Pascale Quiviger
La Maison des temps rompus
Pages à brûler

Yvon Rivard
Le Milieu du jour
Le Siècle de Jeanne
Les Silences du corbeau

Alain Roy
Le Grand Respir
L'Impudeur
Quoi mettre dans sa valise?

Mauricio Segura
Bouche-à-bouche
Côte-des-Nègres
Eucalyptus

Alexandre Soublière
Charlotte before Christ

Gaétan Soucy
L'Acquittement
Catoblépas
Music-Hall!
La Petite Fille qui aimait trop les allumettes

Miriam Toews
Drôle de tendresse
Irma Voth
Les Troutman volants

Lise Tremblay
La Sœur de Judith

Guillaume Vigneault
Carnets de naufrage
Chercher le vent

Kathleen Winter
Annabel

Ce livre a été imprimé sur du papier 100 % postconsommation,
traité sans chlore, certifié ÉcoLogo
et fabriqué dans une usine fonctionnant au biogaz.

ACHEVÉ D'IMPRIMER EN AOÛT 2012
SUR LES PRESSES DE MARQUIS IMPRIMEUR
À CAP-SAINT-IGNACE (QUÉBEC).